DREAMBOOKS

DREAMBOOKS★

DREAMBOOKS★

두 번 사는 랭커

ORIGINAL FANTASY STORY & ADVENTURE

사도연 판타지 장편소설

dream books
드림북스

두 번 사는 랭커 3 탑

초판 1쇄 인쇄 2019년 6월 11일
초판 2쇄 발행 2020년 11월 20일

지은이 사도연
발행인 오영배
편집 편집부
일러스트 우문
표지 · 본문 디자인 오정인
제작 조하늬

펴낸 곳 (주)삼양출판사 · 드림북스
주소 서울시 강북구 도봉로 173
대표 전화 02-980-2112 **팩스** 02-983-0660
편집부 전화 02-987-9393 **팩스** 02-980-2115
블로그 blog.naver.com/dreambookss
출판등록 1999년 3월 11일 제9-00046호

ISBN 979-11-283-9662-5 (04810) / 979-11-283-9659-5 (세트)

+ 이 도서의 국립중앙도서관 출판시도서목록(CIP)은 서지정보유통지원시스템홈페이지(http://seoji.nl.go.kr)와 국가자료공동목록시스템(http://www.nl.go.kr/kolisnet)에서 이용하실 수 있습니다. (CIP제어번호: CIP332019020926)

사도연 판타지 장편소설
3
두 번 사는 랭커
탑
dream books
드림북스

목차

Stage 7.
종료

아랑단의 본거지에서 멀리 떨어진 나무 위.

연우는 고요한 눈길로 아랑단을 내려다보고 있었다.

츠츠츠—

무너진 폐허 사이사이로 검은 안개가 자욱하게 퍼진다. 마치 물에 떨어뜨린 잉크처럼.

시체 위로도. 내려앉은 지면 위로도. 부서진 건물 잔해 사이로도.

사귀들이 볼일을 끝내고 다시 근원으로 되돌아가고 있다는 증거였다.

연우는 그쪽으로 손을 뻗으면서 열기 스킬을 발동, 자그마한 불씨를 당겼다.

그리고.

콰아앙! 쾅! 콰쾅!

불씨는 안개를 따라 퍼져 나가면서 불의 해일이 되었다. 아랑단의 본거지를 뒤덮었다.

불기둥이 치솟고, 땅거죽이 뒤집혔다.

마치 이 땅 위에 아랑단과 관련된 모든 걸 날려 버리려는 것 같았다.

콰르르—

폭발은 한참 동안 이어진 뒤에야 겨우 사그라졌다.

하지만 그러고도 여전히 곳곳에 저주받은 불길이 남아 불씨를 틔웠으니.

새카맣게 그을린 대지와 흉험한 폐허만 남아, 원래 이곳에 튜토리얼을 지배하던 아랑단이 있었다는 것을 말해 줄 뿐이었다.

—고…… 마워.

—덕분에…… 이제 쉴 수…….

어디선가 목소리도 들리는 것 같았다.

콰아아—

연우는 손으로 머리를 쓸어 올리면서 하늘을 올려다봤다.

검은 재와 하얀 연기가 자욱하게 깔린 밤하늘.

달이 오늘따라 더 밝았다.

*　*　*

연우는 다시 폐허를 찾았다.

혹시 자신이 빠뜨리거나 흔적을 남긴 게 있나 마지막으로 점검하기 위해서였다.

그러다 연우는 내려앉은 건물 잔해 사이로 시커멓게 타버린 채 죽은 시체를 발견할 수 있었다.

어떻게든 빠져나오려고 했던 건지, 엉금엉금 기어서 밖으로 나오려던 흔적이 남아 있었다.

형체는 알아볼 수 없어도, 빌드라는 건 단번에 알아볼 수 있었다.

"그렇게 죽고 싶다더니. 마지막엔 오히려 살고 싶었나?"

연우는 어이가 없어 피식 웃고 말았다.

역시 사람은 상황에 따라 하루에도 몇 번씩 생각이 바뀌는 간사한 존재들이었다.

연우는 감각 영역을 최대한으로 확장시켜 폐허를 샅샅이 훑었다.

혹시 빠뜨린 생존자가 있나 싶어서 꼼꼼하게 살폈다.

다행히 기척은 하나도 찾을 수 없었다. 불 폭풍 때문인지 쥐새끼 하나 찾기 힘들었다.

'하긴. 그런 폭발 속에서 살아남는 게 이상할 정도니.'

아랑단은 이것으로 완전히 무너진 것이나 마찬가지였다.

연우는 더 이상 미련을 두지 않고 몸을 돌려 자리를 벗어나고자 했다.

그때.

"음?"

파스스.

연우는 뭔가 흐트러지는 소리에 반사적으로 고개를 돌렸다.

죽은 빌드의 사체가 마침 불어오는 바람에 잘게 부서져 흩어지고 있었다.

그리고 그 자리에 보라색 돌이 덩그러니 남아 있었다.

돌은 여전히 요사스러운 빛을 발하고 있었다. 아니, 오히려 지하에서 봤을 때보다 더 화려하게 빛나고 있었다.

"날아간 게 아니었나?"

연우는 참 끈질긴 돌이다 싶었다.

이왕이면 폭발과 함께 날아가 버렸으면 하는 마음이 컸는데.

그래도 혹시나 하는 생각에 찾아왔더니.

아니나 다를까, 돌은 아무래도 실패작 주제에 그가 생각했던 것보다 훨씬 단단하고 정교하게 만들어진 것 같았다.

그렇다고 함부로 버려 둘 수는 없는 일.

연우는 일단 자신이 수거했다가 나중에 방법이 생기거든 처리해야겠다는 생각이 들었다.

수백수천의 영혼과 피륙이 담겨 있는 돌.

어쩌면 실패작이 아닌 미완성품이라, 다른 방법을 찾으면 완성시킬 수 있을지도 모른다.

순간 자신이 가질까 하는 생각도 잠깐 들었다.

하지만 아무리 힘을 갈구하고 적의 약점을 틀어쥐고 싶어도, 그런 꺼림칙한 걸 손에 쥐고 싶지는 않았다.

'최소한 정우에게 부끄러운 형은 되지 말아야 할 테니까.'

그래서 돌을 줍기 위해 손을 뻗는 그 순간.

화아악!

눈이 부실 정도로, 보라색 돌이 환한 빛무리를 터뜨리고.

츠츠츠.

흐물흐물 녹으면서 연우의 손아귀로 빨려 들어갔다.

여태껏 단 한 번도 느끼지 못했던 감각.

연우는 흠칫 놀라 손을 거두려고 했지만, 이상하게 몸이 꿈쩍도 하지 않았다.

보라색 액체는 모공을 타고 피부 속으로 스며들었다. 그리고 혈관을 따라 꾸역꾸역 심장 쪽으로 거슬러 올라갔다.

개미 떼가 몸속을 제멋대로 휘젓고 다니는 기분.

연우는 어떻게든 액체를 밖으로 밀어내고 싶었지만, 마력회로는 여전히 요지부동이었다.

결국 연우는 보라색 액체가 체내에 완전히 자리 잡을 때까지 가만히 몸을 부르르 떨고 있어야만 했다.

액체는 심장 바로 옆 부분에 똬리를 틀었다.

다시 하나로 뭉쳤다. 이전보다 훨씬 더 단단하게 압축되면서 구슬만 한 크기가 되었다.

파아아—

연우는 구슬이 완성된 뒤에야 겨우 보이지 않는 속박에서 벗어날 수 있었다.

그리고 잔뜩 굳은 얼굴로 심장 옆에 자리 잡은 '돌'을 면밀히 살폈다.

'뭐지, 이건?'

두근.

두근.

심장 옆에 또 다른 심장이 하나 더 생긴 느낌.

전혀 이해할 수 없는 현상이었다.

자꾸 이질감이 느껴져 마력을 유동시켜 돌을 어떻게든

밀어 보려 했지만 꿈쩍도 않았다.

도리어 마력은 돌 주변을 뱅글뱅글 맴돌면서 보호를 하려 하고 있었다.

마치 원래 있던 마력회로의 부품인 것처럼. 너무 자연스럽게 받아들이고 있었다.

정작 돌은 가만히 앉아 아무런 반응도 보이지 않는데.

연우는 눈살을 찌푸렸다.

그는 자신이 제어할 수 없는 현상에 대해서 심리적 압박을 쉽게 받는 편이었다.

이번에도 마찬가지.

전혀 생각지도 못한, 꺼림칙한 힘이 체내에 자리 잡았으니. 영 찝찝하기만 했다.

게다가 이건 어떤 작용이나 효과를 가지고 있는지 알 수도 없었다.

그래도 혹시나 하는 생각에 의념을 집중해서 돌을 자세하게 살폈다.

다행히 정보는 이전보다 많이 열람할 수 있었다.

[???한 ???의 돌]

분류: ???

등급: ???

설명: ???

* ???

비활성화 상태입니다. (봉인)

**이 아티팩트는 '유니크'입니다. 탑에서도 오로지 단 한 개밖에 존재하지 않으며, 모든 게 비밀에 붙여 있습니다. 재질이며, 등급, 옵션 등 아무런 정보도 열람하실 수 없습니다.

**아직 완성되지 않은 아티팩트입니다. 아티팩트를 완성해 주십시오. 그래야만 봉인된 정보를 열람할 자격을 획득할 수 있습니다.

'결국 알아낼 수 있는 건 이게 전부인가?'

연우는 가볍게 혀를 찼다.

그래도 한 가지는 확실해졌다.

이 돌은 단순한 실패작이나 불량품이 아닌 미완성품이라는 것. 그리고 완성시키기 위해서는 별다른 과정이 필요하다는 것.

그리고 완성 전까지는 심장 옆에 자리만 잡고 있을 뿐, 아무런 효과도 발휘하지 않는다는 것.

연우는 결국 미련을 떨치고 머리를 털었다.

여기에 집중해 봤자 당장 더 알아낼 수 있는 건 없었다. 그렇다고 해서 돌을 완성시킬 마음도 없었다.

'찝찝하지만 계속 놔두는 수밖에.'

나중에 빼낼 방법이 생기면 그때 가서 제거하면 될 일.

당장 몸에 어떤 영향만 미치지 않는다면 괜찮았다.

'이제 전부 끝났나.'

연우는 폐허가 된 주변을 한 번 더 살피다가 가볍게 땅을 박찼다.

이제 여기서 볼일은 전부 끝났다.

튜토리얼에서 겪었던 하루 중에서 가장 길고 치열했던 하루가 그렇게 끝나고 있었다.

*　*　*

연우는 가면을 다시 쓰고 폐허에서 얼마 떨어지지 않은 곳을 찾았다.

칸과 도일을 따로 피신시켜 뒀던 장소였다.

"이제 끝났으니 나와."

바위 숲 사이로 칸과 도일이 천천히 걸어 나왔다.

씨익.

칸이 그를 보면서 함박웃음을 지었다.

"언제나 느끼는 거지만, 역시 너는 스케일이 달라."

"무슨 소리지?"

"참 거창하게도 깽판 쳐 놨다고. 우리들이야 그렇다고 쳐도, 너는 얘네들이랑 무슨 척을 졌기에 이딴 꼴로 만드냐?"

연우는 대답 없이 가볍게 어깨만 으쓱거렸다.

알아서 생각하라는 의미.

처음 구해 줬을 때와 똑같은 태도. 칸은 가볍게 투덜거렸다.

"하여간 또 저놈의 신비주의."

그때, 도일이 물었다.

"형, 그럼 빌드는?"

"죽었다."

"잘됐네요. 그건."

도일은 그제야 안심이 된다는 듯 배시시 웃었다. 하지만 웃는 입가와 다르게 눈빛은 차갑게 가라앉아 있었다.

그놈은 자신의 손으로 해치우고 싶었는데.

그러지 못한 사실이 내심 안타까웠다. 그리고 이딴 일을 저지른 청화도에 대한 분노가 가슴에 불을 지폈다.

하지만 도일은 하르간의 둥지 때처럼 무작정 화를 내지 않았다.

오히려 분노를 심장 깊숙한 곳에다 차분히 가라앉혔다.

연우가 했던 충고도 있었고, 이번 일로 확실히 크게 깨달은 것도 있었다.

힘이 없는 용기는, 단순한 만용에 불과하다는 것.

이 분노를 터뜨리기 위해서는 반드시 힘을 가져야만 했다.

어느 누구를 만나더라도 절대 꿀리지 않을 힘을.

그런 도일의 생각이 전해진 걸까.

칸은 가만히 그런 도일을 살펴보다가, 들으라는 듯이 바닥에 엉덩이를 깔고 앉았다.

“아아, 빌어먹을 새끼들도 다 뒈졌고. 이제 조금만 더 가면 되는데. 니미. 이제는 몸이 말썽이네. 조금만 걸어도 속이 울렁대니 원.”

도일이 상념에서 깨어나 칸을 돌아봤다.

사실 그동안 부상을 입고 제대로 치료도 못 하고, 끼니도 제대로 못 먹었기 때문에 몸이 한계에 봉착한 상태였다.

이렇게 움직일 수 있는 게 신기할 정도였다.

“도일아.”

“으, 응?”

“우리 아무래도 여기까진 거 같지?”

도일은 칸의 말뜻을 알아차리고 고개를 끄덕였다.

"응. 아무래도 그런 것 같아."

"으으. 여기까지 굴러다닌 게 아까워 죽겠네."

게다가 아랑단이 전멸하면서 긴장감도 확 풀렸으니. 피로가 한꺼번에 몰려오는 것 같았다.

칸은 인상을 찡그리면서 뒷머리를 벅벅 긁다가, 뭔가를 다짐한 듯 홱 하고 연우를 돌아봤다.

"카인, 넌 이제 어디로 갈 거냐? 당연히 G구획으로 갈 거지?"

연우는 가볍게 고개를 끄덕였다.

"가능하다면."

"그럼 이거 받아라."

"……?"

연우는 얼결에 칸이 던지는 주머니를 받았다.

그리고 주머니를 열어 보다 살짝 눈이 커졌다.

안쪽에는 하르간의 왕관과 증표가 수북하게 들어 있었다.

"나와 도일이 그동안 쓸 거 안 쓸 거 바득바득 아껴 가면서 모은 것들이야."

도일이 옆에서 고개를 끄덕였다.

연우가 눈살을 좁혔다.

"대가를 갚으려는 거라면 필요 없으니 도로 갖고 가. 이딴 거 챙기려고 온 게 아니니까."

연우는 보상을 좋아한다. 하지만 이런 식으로 뜯어낼 생각 따윈 추호도 하지 않았다.

하지만 칸은 고개를 휘휘 저었다.

"그런 거 아냐."

"그럼?"

"우리는 이만 리타이어하려고."

"뭐?"

뜻밖의 말.

연우의 눈이 살짝 커졌다.

하지만 칸은 뭘 그리 놀라냐는 얼굴로 어깨를 으쓱거렸다.

"사실 네가 신나게 깽판 치고 있을 때, 도일이랑 진지하게 이야기 좀 해 봤거든. 어차피 이런 몰골로는 G구획으로 못 가. 가 봤자, 순위도 유지 못 하고 밑에 있는 놈들한테 잡아먹힐 게 뻔하고."

도일이 말을 받았다.

"그래서 저희는 그러기 전에 깨끗하게 이번 회차는 포기하고, 다음 기회를 노리려고요. 사실 1, 2위가 아니면 의미가 없기도 하고 말이죠."

연우는 고개를 끄덕였다.

튜토리얼을 1위로 지나친 자에게는 상당한 보상이 주어진다.

자신이 악착같이 공적치를 모으려고 했던 이유이기도 했다.

칸과 도일도 그걸 노렸던 것 같았다.

다만, 의문이 생겼다.

"그런데 회차를 포기하고, 재도전을 할 수 있나?"

"응? 모르셨어요? 원래 튜토리얼은 몇 번에 걸쳐서 도전을 하는 플레이어도 꽤 많아요. 탑에 들어갈 자격을 얻을 때까지요."

"……."

아주 당연한 상식이 아니냐는 눈빛.

연우는 아무 말도 할 수 없었다.

동생은 여기에 대해서 별다른 언급을 해 놓지 않았으니까. 그래서 연우는 여태 튜토리얼이 생애에 단 한 번만 도전할 수 있는 줄로만 알았다.

'이 자식이, 진짜.'

결국 연우는 그동안 하지 않아도 될 고생을 숱하게 해 버린 셈이었다.

하지만.

피식.

'그래도. 재미는 있었지.'

그렇다고 해서 후회스럽거나 하지는 않았다.

튜토리얼이 열리는 건 시기가 매번 따로 정해져 있는 게 아니었다.

탑이 원할 때에 열린다.

그러니 다음이라고 해도 얼마나 더 기다려야 할지 아무도 몰랐다.

'빌드도 잡을 수 있었고. 괜찮은 놈들도 만났고.'

가면 아래, 연우의 눈가가 살짝 호선을 그렸다.

"그래서 나더러 이걸 갖고 가라는 건가?"

"어차피 그냥 버리는 것보단 누가 쓰는 게 좋잖아? 게다가."

칸이 대답하면서 입꼬리를 씩 말아 올렸다.

"너라면 왠지 판트와 에도라, 그 재수 없는 것들 낯짝에다 주먹이라도 꽂아 줄 것 같아서 말이야. 흐흐흐!"

도일이 옆에서 가볍게 혀를 찼다.

"형. 그거 알아?"

"뭘?"

"지금 되게 추해 보여."

"닥쳐, 새꺄."

"자기가 못 할 거 같으니까 카인 형한테 떠넘길 생각이나 하고. 하여간 인성 하고는."

"시끄러, 인마. 이렇게라도 해야 내 배알이 안 꼴릴 것 같은데 어떡하라고?"

연우는 티격태격하는 두 사람을 보면서 눈을 반짝였다.

몇 번이고 보고 들었던 이름.

튜토리얼 랭킹을 확인할 때마다 항상 상위를 장식하던 이름이었다.

그리고.

'G구획에서 반드시 꺾어야 할 자들.'

단둘이서 아카샤의 뱀을 잡은 실력자들이기도 했다.

"그 둘은, 어떤 사람들이지?"

"그것들?"

칸은 뭐라고 말해야 하나 잠깐 고민하다가 이렇게 대답했다.

"괴물들."

언제나 장난치기 바빴던 칸이었지만, 지금 이 순간만큼은 진지했다.

"내가 몇 번이고 넘어 보려고 애썼지만, 그럴 수 없었던 괴물 새끼들이었어. 그것들은."

이를 바득바득 가는 칸의 눈빛에서 읽을 수 있는 감정은 '열등감' 이었다.

연우는 판트와 에도라라는 두 사람이 어떤 존재일지 감이 잡히질 않았다.

자신이 알기로도 칸은 분명히 실력이 뛰어난 편이었다.

튜토리얼에 있는 게 이상할 정도로.

그런 칸이 열등감을 느끼고, 괴물이라고 표현할 정도라면.

대체 어떤 실력을 갖고 있을까?

칸은 이를 바득바득 갈다가, 한쪽 입꼬리를 씩 말아 올렸다.

"그러니까 그거 갖고 확 1위 해 버려. 그럼 우리는 너한테 우승을 양보한 게 되고. 서로서로 얼마나 그림이 좋냐? 캬!"

연우는 혼자서 북 치고 장구 치는 칸을 보면서 피식 웃었다. 그리고 주머니를 챙겼다.

"좋아. 너희들의 몫까지, 열심히 해 보지."

"그래그래. 바로 이런 거거든. 경쟁에서 싹 트는 남자들의 의리. 우정. 스포츠맨십. 크으! 내가 그렇게 바라던 그림이 바로 이런 거란 말이지!"

"……지랄한다."

칸은 옆에서 이죽거리는 도일에게 중지를 펴 보인 다음, 연우를 보면서 말했다.

"아무튼 끝까지 잘해 봐라, 브로(Bro)."

연우는 고개를 끄덕이면서 자리에서 일어났다.

그리고 주머니에서 하르간의 왕관을 꺼내 머리에 썼다.

가면에다 왕관까지 쓴 우스꽝스러운 모습.

칸과 도일이 그게 뭐냐며 옆에서 낄낄 웃어 대자, 연우도 따라서 같이 웃고 말았다.

꼴은 웃길지 몰라도, 지금은 다른 때보다 훨씬 마음이 든든했다.

그리고.

한참 웃은 뒤에, 몸을 돌렸다.

이제 남은 시간은 겨우 이틀.

남은 구획은 하나.

마지막까지 얼마 남지 않았으니 달려야 했다.

타이머는 이 시간에도 빠르게 내려가고 있었다.

[28:43:11_90]

*　　　*　　　*

[20:02:33_76]

하르간의 왕관을 필요로 하는 히든 피스는 지하 가장 깊숙한 곳, 가시 두더지 '들' 의 둥지에 숨어 있었다.

연우는 칸과 도일이 가르쳐 준 대로 내려가면서 가시 두더지들을 일일이 퇴치하고, 마지막 방에서 보스 몬스터와 부딪쳤다.

[15:55:41_82]

녀석은 강했다.

아카샤의 뱀과 견줄 수 있지 않을까 싶을 정도로.

공략법인 하르간의 왕관이 없었다면 둥지에 파묻히거나, 보스 몬스터에게 먹혔을지도 몰랐다.

하지만 연우는 긴 싸움 끝에 겨우 녀석을 쓰러뜨렸고.

쿵!

마침내 커다란 바위에 꽂혀 있던 검을 뽑을 수 있었다.

비그리드(Vigrid).

칸과 도일이 판트 남매를 넘을 수 있을 거라고 여겼던 최후의 패.

그리고.

연우는 검을 등에 걸며 마지막 구획으로 통하는 경계선을 통과했다.

[12:01:38:_26]

튜토리얼이 끝나기 딱 한나절을 앞둔 시점이었다.

*　　*　　*

“오효효효. 아무리 봐도 이분은 정말이지 대단한 욕심꾸러기 같아요. 아카샤의 뱀에, 아랑단까지 먹어 치우더니, 이제는 비그리드까지 손에 넣으셨단 말이지요?”

이블케는 자신의 눈앞에 떠오른 스크린을 보는 내내 크게 박수를 치면서 좋아했다.

일주일이나 늦게 튜토리얼을 참가한 주제에 ‘기다렸다는 듯이’ 히든 피스를 독식하고, 결국에는 아랑단까지 날려 버린 플레이어.

정말 보면 볼수록 신기한 존재였다.

어떻게 이런 녀석이 있을 수 있을까 싶을 정도로.

그리고 연우가 마지막 G구획에 입장한 이때.

남은 시간도 불과 12시간밖에 되지 않은 이 시점에서 또 어떤 볼거리를 제공할지.

이블케는 기다리는 즐거움이 너무 좋아 미칠 것 같았다. 심장이 거세게 뛰고 있었다.

“그리고 자고로 이런 아주 재미난 것들은, 나만 알고 있을 때서야 비로소 가장 크게 빛을 발하는 법이지요.”

이블케는 허공을 가볍게 두들기면서 연우에 대한 자세한 기록들을 빠른 속도로 ‘1급’에 지정하기 시작했다.

관리자들 중에서도 웬만한 최고위직이 아니면 절대 열람할 수 없는 보안 등급.

최근에 관리자들 중에서 자신의 직분을 내팽개치고, 일개 플레이어들과 사사로이 거래를 트는 자들이 있다고 했다.

이런 건 단단히 봉인을 해 둬야만 뒤탈이 없었다.

이블케는 그렇게 모든 열람권을 차단한 뒤.

다시 양손을 깍지 끼면서 턱을 괬다.

그의 두 눈은 여전히 스크린에서 고정되어 떨어질 줄을 몰랐다.

*　　*　　*

[F구획을 솔로 플레이로 통과했습니다.]

[누구도 쉽게 이루지 못할 업적을 이뤄 냈습니다. 추가 공적치가 제공됩니다.]

[공적치를 3,000만큼 획득했습니다.]

[추가 공적치를 2,000만큼 획득했습니다.]

[체력과 마력이 회복됩니다.]

[모든 상태 이상이 회복됩니다.]

[튜토리얼의 마지막 구획, G구획에 입장했습니다.]

화아악!

빛무리가 가시면서 바뀐 광경이 드러났다.

연우는 하늘 한가운데에 둥둥 떠 있는 어느 대리석 바닥 위에 있었다.

대리석 바닥에는 하늘로 이어지는 계단이 끝도 없이 놓여 있어, 마치 이곳으로 오라는 듯 유혹을 해 댔다.

그리고 계단 너머.

구름 위에 떠 있는 드넓은 무대 위에서는 강렬한 기파가 수도 없이 몰아치고 있었다.

쾅! 콰쾅!

분명 그쪽에서 무슨 일이 벌어지는지는 알 수 없었지만.

강자들이 다수 포진해 있다는 것만큼은 확실하게 알 수 있었다.

저곳이 바로 G구획의 마지막 스테이지.

'드디어 여기까지 왔다.'

연우는 눈을 빛내면서 계단을 오르기 시작했다.

순간, 새로운 메시지가 떠올랐다.

[G구획의 시련을 시작합니다.]

[당신은 여태 6개의 구획을 성공적으로 통과하면서 자신이 탑에서 필요로 하는 도전자임을 증명해 보였습니다. 하지만 탑은 여전히 도전자들에게 더 많은 공적치와 자격 증명을 요구하고 있습니다.

이곳에서는 다른 도전자를 꺾어 공적치를 강탈할 수 있습니다. 최대한 많은 도전자를 상대해 최대한 많은 공적치를 쌓고, 자격을 증명하십시오.

높은 공적치를 쌓을수록, 높은 순위를 기록할수록 더 높은 보상이 지급됩니다.]

G구획의 내용은 아주 간단했다.

메시지의 내용처럼 G구획까지 왔다는 것은 이미 자신을 충분히 증명했다는 뜻.

탑에서도 통할 만한 실력을 갖고 있단 뜻이었다.

하지만 그 정도로 끝나서는 신이 되고자 하는 수련자라고 할 수 없었다.

신이 되고자 한다면, 남들보다 월등히 뛰어나며, 탐욕과 야망이 많아서 정체(停滯)를 몰라야만 한다.

그래서 G구획에서는 결투를 통해 상대가 가진 공적치를 가져오는 게 가능했다.

E구획과 F구획이 증표 쟁탈전 때문에 내용이 비슷했다지만, 여기서는 보다 더 노골적으로 플레이어들 간의 대립을 요구했다.

최상위 주자들이 한 자리에 모인다.

당연히 그들 사이에는 긴장감이 조성될 수밖에 없었다.

G구획은 간단하게 배틀 로얄이라고 생각하면 되었다. 승자가 패자의 모든 것을 독식할 수 있는 시스템.

때문에 플레이어들 간의 순위 경쟁이 치열했고, 하위 플레이어들은 어떻게든 상위 플레이어들을 끄집어 내리기 위해 연합을 하는 경우도 잦았다……

……하지만 그렇다고 해서 무작정 혼란만 있는 건 아니었다. 다른 플레이어를 상대하고 힘이 빠지거나, 기습이라도 받아 공적치를 잃으면 큰일이었으니까.

때문에 이곳은 플레이어들 간의 눈치 싸움이 치열하게 벌어지는 아수라장이었다.

동생은 G구획을 딱 두 개로 줄여서 표현했다.

배틀 로얄.

그리고 다른 하나는.

'아수라장.'

최상위 플레이어들 간의 난잡한 혼전이 벌어지는 장소.

'하지만 그렇기 때문에 순위 변동이 수도 없이 일어나, 마지막 역전을 꾀할 수 있는 곳.'

탁!

마지막 계단을 오르자, 드넓은 스테이지가 드러났다.

그리고 그 순간.

스테이지에 있던 플레이어들의 이목이 이쪽으로 쏠렸다.

"뭐야, 저놈은?"

"혈검이나 폭시 테일일 줄 알았는데. 뭔 이상한 놈이 나타나?"

"혈검과 폭시 테일이 리타이어했다는 말도 있던데. 진짜가?"

"그거야 나중에 알게 될 일이고. 튜토리얼도 얼마 남지 않았는데 슬렁슬렁 나타난 걸 보니 별것 아닌 것 같은데."

스테이지 위에 서 있는 플레이어는 대략 70여 명.

그중 50여 명이 한창 전투를 치르는 중이었고, 남은 20여 명은 부상을 입거나 기권을 하면서 외곽에 있는 안전지대에 몰려 있었다.

난데없는 연우의 등장에 관심을 보인 건, 그런 안전지대에 있는 플레이어들이었다.

G구획의 스테이지는 크게 두 개로 분류되었다.

휴식을 취하면서 생각을 정리할 수 있는 외곽의 안전지대.

그리고 다른 하나는 서로 간에 공적치를 빼앗을 수 있는 내곽의 전투 지대.

어차피 안전지대에 있는 플레이어들은 대개 자신의 순위에 만족해하거나, 탑에 입성할 자격을 얻는 것에 의의를 두는 자들.

전혀 신경 쓸 필요가 없었다.

그래서 연우는 그들이 뭐라고 떠들건 말건 간에 신경 쓰지 않았다.

대신에 스테이지 중앙에 위치한 전투 지대의 상황을 살폈다.

쿵!

"오. 날 앞에 두고도 딴 곳을 볼 여유가 있다는 건가? 이거 여태 못 알아봐서 되게 황송한데? 으하하핫!"

전투 지대는 특이하게도 50명가량 되는 플레이어들이 한 남자와 한 여자를 에워싼 형태였다.

아니, 정확하게는 여자는 가장 후방에 서서 가만히 팔짱만 끼고 있을 뿐.

남자는 여자를 보호하듯이 앞으로 나서면서 다른 플레이어들을 압박하고 있는 상태였다.

단지 기세만으로.

고오오!

"괴물 같은……!"

"제길! 저딴 게 튜토리얼에 있다고? 말이 돼?"

분명히 둘러싼 플레이어들 쪽의 머릿수가 월등하게 많은데도 불구하고.

그들은 태풍처럼 휘몰아치는 기의 폭풍에 겨우 서 있는 게 고작이었다.

이를 악물고, 하체에 힘을 주며 어떻게든 쓰러지지 않으려 안간 힘을 썼다.

하지만 남자는 그런 플레이어들의 모습이 우스꽝스럽기만 했다. 쩌렁쩌렁한 웃음소리가 스테이지를 연신 울려 댔다.

보랏빛 머리칼에 금색 눈. 아랫입술을 살짝 비집고 나온 송곳니. 2미터는 넘을 것 같은 건장한 체구.

흔히 플레이어들이 아무리 기동성을 중요시한다고 해도 경장갑 정도는 입는 데 반해, 남자는 품이 넓어 움직이기 불편할 것 같은 고대 도복 같은 신비로운 복장을 하고 있었다.

하지만 가장 눈에 띄는 것은 오른쪽 관자놀이를 뚫고 꼿꼿하게 선 뿔이었으니.

'외뿔부족.'

탑에 존재하는 여러 이종족 중에서도 '무의 화신'이라 불린다는 존재들.

남자는 패기를 발산하는 것만으로도, 이미 스테이지를 발아래에 두고 있었다.

연우는 그런 녀석이 누군지 알 것 같았다.

'판트.'

튜토리얼 랭킹 2위.

칸과 도일이 그토록 넘어 보려고 애썼지만, 끝내 넘을 수가 없었던 벽.

그가 앞으로 한 발자국을 내디뎠다.

쿠웅!

단순한 발 구름인데도 불구하고, 마치 천둥이 친 것처럼 폭음이 쩌렁쩌렁하게 울렸다.

플레이어들은 더 짙어진 패기에 압도되어 움찔 뒤로 물러섰다. 힘이 약한 자들은 안색이 창백해질 정도였다.

분명히 판트 남매가 갖고 있을 공적치가 가장 많을 테니, 힘을 합쳐서 그들부터 쓰러뜨리자고 의견을 모았던 게 불과 몇 시간 전이었건만.

판트가 발산하는 힘은 그들이 예상했던 것보다 훨씬 대단했다.

아니, 어쩌면 원래 그들이 알고 있던 정보는 확실했을지도 모른다.

다만, 그들이 알고 있던 것이, 튜토리얼 이전의 것일 뿐.

판트 남매도 튜토리얼을 통과하면서 성장한 것일지도 몰랐다. 원래 괴물이었던 놈들이, 더 대단한 괴물이 된 것이다.

"뭐 하는 거냐? 날 잡으러 온 거 아니었어? 그럼 덤벼. 멀뚱히 서 있지 말고. 아니면."

판트가 송곳니가 훤히 드러나도록 사납게 웃었다.

마치 그 모습이 먹이를 고르는 맹수처럼 흉포했다.

"내가 간다."

콰아앙!

판트가 대지를 거세게 박차면서 포탄처럼 앞으로 튀어 나갔다.

"젠장!"

"막아!"

플레이어들은 안색이 희게 질린 상태로도 일사불란하게 포메이션을 갖췄다.

스킬이 잇달아 발동되면서 화려한 이펙트가 그들의 머리 위로 반짝거렸다.

일대에 걸쳐서 마법진이 그려지면서 강력한 버프가 몇 번씩 중첩되었다.

중갑옷을 입거나 방패를 든 플레이어들은 앞으로 튀어 나가면서 충돌에 대비했다.

그리고 격돌했다.

콰르릉!

판트가 가진 마력은 대단했다.

주먹을 휘두를 때마다 대기가 찢겨 나가면서 뇌성(雷聲)이 연달아 터져 나오고, 주먹이 작렬한 자리에는 폭풍이 쉴 새 없이 휘몰아치면서 대지를 몇 번씩 들썩이게 만들었다.

마치 바람 앞에 놓인 촛불처럼 위태로워 보이던 플레이어들은 비교적 공세에 잘 버텼다.

하지만 그건 어디까지나 '비교적' 일 뿐.

판트는 몇 번씩이고 플레이어들이 만든 벽을 꿰뚫고, 부수고, 짓밟았다.

발을 구르면 벽이 흔들리고, 주먹을 휘두르면 플레이어가 밖으로 튕겨 나갔다.

콰콰쾅!

뭔가가 폭발하는 소리가 들릴 때마다, 판트를 둘러싼 패기도 덩달아 증폭되면서 사방을 압도했다.

플레이어들이 전부 쓰러지는 네는 그리 긴 시간을 필요로 할 것 같지 않았다.

무엇보다.

판트는 싸움을 즐기고 있었다. 마치 재미난 놀이를 하는 것처럼.

'강하다. 아카샤의 뱀을 처치했어도 절대 이상하지 않아.'

연우는 처음에 발견했던 아카샤 뱀의 사체를 떠올렸다.

아니, 아마 내단도 같이 섭취했을 테니, 진짜 힘은 저것보다도 훨씬 위일 테지.

'저런 놈을 잡겠다고? 말도 안 되는 소리지. 이들과 차이가 커. 너무.'

스테이지를 지배하고 있는 건 판트였다.

거기서 벗어난 건, 전투지대에서 단 두 사람밖에 없었다.

플레이어들의 작전을 지휘하듯, 가만히 뒤편에서 팔짱을 낀 채 명령을 내리고 있는 장신의 사내.

허리춤에 크고 작은 세 자루의 검을 패용하고 있는 게 특징이었다.

녀석을 따라 흐르는 기운은 판트의 패기를 가로지르면서 각 플레이어들에게 힘을 실어 주고, 사기를 진작시키는 특이한 효과를 갖고 있었다.

바닥에 깔린 버프용 마법진도 그가 일으킨 것으로 보였다.

'군주. 아니, 정확하게는 군주 후보인가?'

군주는 태생적으로 여러 플레이어들을 통솔 및 지휘하

고, 나아가서는 군단을 조직할 수 있는 자들을 의미했다.

흔히 뛰어난 랭커들이나, 클랜의 장들이 대부분 군주였으니.

바토리의 흡혈검의 원주인이었던 흡혈왕이나, 팔왕으로 손꼽히는 8대 클랜의 수장들이 이에 해당했다.

판트를 상대로 플레이어들을 지휘하고 있는 저 검사도 그런 특성을 타고난 것 같았다.

'아직까지 제대로 개화하지는 않은 것 같지만.'

그리고.

남은 다른 한 사람은 판트 뒤에 있는 여자였다.

자신의 키보다도 훨씬 큰 태도(太刀)를 품에 꼭 끌어안은 채, 고고하게 서 있는 여인.

아름다운 외모였지만, 얼음을 빚은 것처럼 차가운 인상을 자랑했다.

특히 판트와는 반대로 왼쪽 관자놀이를 뚫고 나온 뿔이 날카로운 느낌을 더했으니.

'에도라.'

판트의 여동생이자, 독보적인 튜토리얼 랭킹 1위를 차지하고 있는 사람.

칸은 에도라에 대해서 이렇게 말했었다.

"판트는 강해. 미친 듯이. 굉장히 높은 산을 마주 한 느낌이야. 하지만 에도라는…… 조금 달라. 분명 판트보다는 부드러운데, 깊이를 짐작할 수가 없어. 마치 심해를 보는 것 같은 느낌이랄까? 그래서 더 두려워. 산은 차라리 고개를 들면 높이는 볼 수 있지만, 심해는 끝도 알 수 없으니까."

깊이를 알 수 없어서 더 두렵다던 말.

연우는 왜 그런 말을 했는지 얼추 이해할 수 있을 것 같았다.

'뭔가를 숨기고 있어. 아주 커다랗고, 포악한 뭔가를. 뭐지?'

연우가 눈을 가느다랗게 좁히면서 에도라를 바라볼 때.

에도라가 판트와 플레이어들의 접전을 지켜보다 말고, 갑자기 고개를 옆으로 돌려 연우와 시선을 마주쳤다.

고요한 눈빛이 연우를 직시했다.

아니, 정확하게는 그 속에 담긴 뭔가가 연우를 바라보고 있었다.

싱긋!

그때 차갑게 굳어 있던 에도라의 입술이 살짝 미소를 지었다.

마치 재미나다는 듯이.

'들켰군.'

연우는 알 수 있었다.

자신이 에도라에게서 뭔가를 봤듯이, 에도라도 똑같이.

'나를, 봤어.'

결국 연우도 에도라처럼 따라서 피식 웃고 말았다.

아무래도 염탐은 여기까지인 것 같았다.

조금만 더 상황을 지켜보다가 나서고 싶었는데.

'그렇다면.'

어쩔 수 없이, 나설 수밖에.

연우는 품속에서 제법 큰 주머니를 꺼냈다.

증표가 한가득 든 주머니.

안전지대에 있던 플레이어들의 시선이 저절로 이쪽으로 쏠렸다.

그들의 눈가를 따라 탐욕이 어렸다.

저걸 전부 빼앗을 수 있다면 순위를 단번에 뒤집을 수 있을 테니까.

하지만 안전지대에서는 공격이 허락되지 않았다.

규칙을 따르지 않는다면 스테이시에서 강제 추방이 될 수도 있어 함부로 움직일 수 없었다.

심지어 바닥에 버려진 물건이라도, 주인이 따로 있다면

함부로 손을 대어서는 안 되었다.

그래서 가만히 연우가 뭘 하려는 건지 지켜보려는데.

연우가 갑자기 주머니를 뒤집더니 안에 있던 증표들을 바닥에다 쏟기 시작했다.

후두둑!

“뭐야, 저거? 저걸 왜 쏟아?”

“판트한테 쫄아서 리타이어라도 하려는 건가?”

“씨발. 저 아까운 걸, 버리려거든 날 주든가.”

플레이어들의 눈에는 영락없이 미친 짓으로만 보였다.

하지만 쏟아지는 증표의 양이 계속 늘어날수록, 바닥에 차이는 양이 점차 많아질수록, 그들도 더는 비웃을 수 없었다.

“미, 미친! 대체 몇 개를 버리는 거야!”

“몇 개지? 처, 천 개? 이천 개? 아, 아닌가?”

스테이지가 떠들썩해졌다.

웅성거리는 소리가 커지자, 연우에게 별다른 관심을 두지 않던 플레이어들도 이쪽으로 시선을 모으기 시작했다.

판트도 즐겁게 싸우다 말고 고개를 옆으로 홱 돌렸다. 여태 연우를 지켜보던 에도라의 눈동자에도 이채가 어렸다.

그렇게 3천 개가 넘는 증표가 모두 바닥에 떨어졌을 때.

발끝에 구르는 증표가 환한 빛을 발할 때.

연우가 중얼거렸다.

"합산."

화아아!

수천 개나 되는 증표가 빠른 속도로 사라지기 시작했다.

빛무리가 연우를 따라 감돌면서 금색 수정으로 합쳐졌다.

동시에 허공에 커다란 메시지가 떠올랐다.

[E구획과 F구획에서 모은 증표가 모두 공적치로 환산, 기존 공적치에 합산됩니다.]

[튜토리얼 랭킹이 갱신되었습니다.]

모든 플레이어들의 시선이 그쪽으로 쏠렸다.

그리고 랭킹이 발표되는 순간, G구획을 따라 소리 없는 비명이 쏟아졌다.

잔잔하던 에도라의 눈동자에도 격동이 일어날 정도로.

[튜토리얼 랭킹]

1위. 비공개(109,984Point)

2위. 에도라(68,230Point)

……

이번 회차가 시작된 이래, 처음으로 랭킹 1위가 뒤집히는 순간이었다.

"말도 안 되는……!"

연우를 보는 사람들은 경악에 차 소리를 질렀다.

이름이 공개되지 않았다고 해도 그게 누구를 의미하는지는 쉽게 알 수 있었으니까.

하지만 연우는 거기서 그치지 않았다.

공적치를 상징하는 금색 수정을 전부 허리춤에 걸고, 등에 매달고 있던 칼집으로 손을 가져갔다.

그리고 천천히 위로 뽑았다.

스르릉!

칼의 쇳소리가 맑게 울렸다.

길이는 대략 70센티미터 내외의 짧지도 길지도 않은 칼.

겉보기에는 투박해 보였다.

하지만 칼이 점차 밖으로 뽑혀 나올수록, 검면에 백은 가루로 새겨진 이상한 글자가 신비롭게 반짝이기 시작했다.

날을 따라 감돌던 청색 기운도 같이 새어 나와 연우를 중심으로 회전했다.

화아아—

백색 광채와 청색 기운이 뒤섞이면서 강렬한 회오리바람이 되었다.

그리고.

마침내 칼을 모두 뽑아 아래로 늘어뜨렸을 때.

콰콰콰!

회오리바람은 끝없이 확장되어 안전지대 전체를 뒤덮었다.

"무, 뭐야, 이건?"

"대체 저 아티팩트는 뭐지?"

플레이어들은 혹시 회오리바람에 휩쓸릴까 싶어 연우에게서 멀찍이 떨어졌다.

경악과 불신, 의심으로 가득 찬 시선이 쏟아졌다.

튜토리얼 내에 이런 아티팩트가 있다는 말은 어디서도 들어 본 적이 없었으니까.

하지만 연우는 태풍의 중심에서 담담하게 웃기만 하고 있었다.

[비그리드]

분류: ???

등급: ???

설명: 지금은 잊힌 머나먼 은의 시대, 위대했던 영웅이라면 누구나 탐내던 성검이 있었다. 하지만 성검은 여러 영웅들의 손을 전전한 나머지 그들의 피를 너무 많이 머금게 되었고, 끝내 주인을 해친다는 악명과 함께 마검으로 변질되고 말았다.

그리고 세상 어딘가 깊숙한 곳에 단단히 봉인되어 있다가, 까마득한 시간이 흐른 뒤에야 겨우 세상 밖으로 나올 수 있었다.

하지만 시대가 3번이나 뒤바뀔 정도로 시간이 흘렀어도, 여전히 성검은 마검의 저주에서 벗어나지 못해 원래의 모습을 되찾지 못하고 있다.

원래의 형태로 되돌아가기 위해서는 특별한 조건을 거쳐 마검의 저주를 완전히 씻어 내야만 한다.

* 검의 축복

비그리드에 깃든 영웅들의 짙은 원한은 성검이 내리는 축복을 저주로 뒤바꾼다.

마주한 적이 많으면 많을수록, 혹은 강하면 강할수록 칼날에 맺히는 귀기(鬼氣)도 비례해서 증폭한다. 치명적인 공격을 입힐 확률도 같이 증가한다.

* 축복 전염

적에게 마지막 타격을 입힐 시, 가까운 주변에 있던 모든 대상에게 동시에 저주를 내린다.

저주를 받은 대상자들은 '감염' 상태가 되어 방어력과 이동 속도가 대폭 하락한다.

* ???

비활성화 상태입니다. (봉인)

*???
비활성화 상태입니다. (봉인)

**이 아티팩트는 '유니크'입니다. 탑에서도 오로지 단 한 개밖에 존재하지 않으며, 주인에게 완전히 귀속됩니다. 타인으로의 거래나 양도가 불가능합니다.

**기능 중 대부분이 봉인되어 있습니다. 일정한 자격이나 조건을 갖춰야만 해제할 수 있습니다.

비그리드(Vigrid)란 원래 영웅이나 초월자 같은 신적인 존재들이 부딪치는 전장을 의미한다.

칸과 도일이 얻으려고 했던 히든 피스는 바로 그런 이름을 자처할 정도로 뛰어난 무기였다.

은의 시대, 탑이 세워지기도 훨씬 이전인 영웅들의 시대에 활약을 펼친 성검.

비록 마검으로 변질되어 대다수의 기능이 봉인되었다지만, 남은 기능들만 하더라도 하나하나가 눈에 띌 정도로 아주 대단했다.

첫 번째 옵션, 검의 축복.

이것은 다수의 적과 부딪쳤을 때에 공격력을 대폭 증가

시켜 효율적인 대적을 가능케 한다.

게다가 귀기를 퍼뜨려 적들의 판단을 흐리게 하고, 사기를 꺾는 효과도 갖고 있었으니.

많은 몬스터들을 상대해야 하는 플레이어들에게는 군침이 돌 수밖에 없는 옵션이었다.

하지만 무엇보다, 마주한 상대의 힘이 강할수록 위력도 비례해 커진다는 특징도 있으니.

칸과 도일은 바로 이 옵션에 가장 크게 주목했다.

'판트나 에도라가 강하면 강할수록, 비그리드의 위력도 비례해서 크게 증폭하게 되니까. 격차를 단번에 따라잡을 수 있게 되지.'

칸은 도저히 따라잡기 힘든 판트 남매와의 실력 차이를, 편법이기는 해도 이런 방식으로라도 따라잡으려고 했던 것이다.

"에이 씨! 사실 그 무기만 두고 본다면 사기지, 사기. 내가 갖고 있는 도룡검도 절대 미치지 못할 만큼…… 아마 내가 그걸 쓰면, 튜토리얼의 판 자체가 뒤집히지 않을까?"

칸은 비그리드에 대해서 설명을 하면서 쓰게 웃었다.

"하지만 이번에 확실하게 깨달았다. 편법은 편법에 불과하다는 걸. 아마 그런 걸 썼다간, 당장은 효과가 좋을지 몰라도 난 영원히 제자리걸음밖에 못할걸? 신외지물이야, 신외지물."

신외지물(身外之物).

몸 밖의 물건이라는 뜻의 격언.

아무리 뛰어난 아티팩트라고 해도, 결국 손에서 떠나면 단순한 물체에 지나지 않게 된다.

칸은 비그리드가 가진 이점을 알고 있었지만, 반대로 그것이 줄 단점까지 깨닫고 있었다.

비그리드를 손에 넣은 순간, 당장 판트와 에도라를 꺾을 수 있을지는 몰라도 언젠가는 다시 따라잡히게 될 것이라는 것.

그리고 자신은 비그리드가 주는 이점에서 벗어나지 못해 평생 강해지지 못하리란 것도.

그런 깨달음을 얻은 건, 사실 그렇게 오래되지 않았다.

빌드와 충돌하고 난 뒤, 칸은 수없이 고민했다.

자신과 빌드 간의 차이를.

그 역시 뛰어난 검사로 손꼽혔지만 빌드를 꺾을 정도는 아니었다.

왜 그런 차이가 있었는지를 한참 동안 궁리했다.

그래서 내린 결론은 하나.

자신과 빌드 사이에는 엄청난 기량의 차이가 있다는 것.

빌드가 탑을 공략하면서 수없이 많은 실전 경험을 쌓은 데 반해, 칸은 알량한 실력만 믿고 있었을 뿐 경험은 너무 미천했던 것이다.

그러니 그 기량의 차이를 극복하기 위해서는 처음부터 다시 시작해야만 했다.

그래서 칸은 비그리드에 대한 생각을 접었고, 연우에게 양보하면서 마지막 남은 미련까지 깔끔하게 버렸다.

덕분에.

연우는 비그리드라는 희대의 무기를 손에 넣을 수 있었다.

동생도 미처 파악하지 못했던 튜토리얼 최고의 히든 피스를.

칸과 도일은 비그리드의 위치와 공략법을 가르쳐 주면서도, 어디서 정보를 얻었는지 출처에 대해서는 끝까지 함구했다.

하지만 연우는 그런 것쯤 아무래도 좋았다.

그는 칸과 다르게 신외지물이라고 해도, 강해질 수 있는 방식이라면 절대 마다하지 않았다.

그리고.

"저거?"

"저놈만 잡는다면."

"1위! 1위를 할 수 있다고! 아니, 1위까지는 바라지도 않아. 저 많은 공적치를 봐. 저걸 나눠 가지기만 하더라도……!"

"무기도 탐이 나. 대체 저런 걸 어디서 구한 거지?"

연우를 보는 모든 플레이어들의 눈가에는 탐욕이 잔뜩 어렸다.

압도적인 공적치와 정체를 파악하기 힘든 고급 아티팩트.

이 두 가지만 해도 욕심이 나건만.

더구나 연우는 팀이나 배후가 없는 솔로 플레이어였다.

잡아먹더라도 뒤탈이 나지 않는다는 뜻이었다.

1위를 할 정도로 많은 증표를 모았다면, 숨겨진 실력자일 가능성도 있었지만 크게 걱정하지는 않았다.

판트 같은 논외의 실력자라면 또 모를까.

아무리 강한 실력자라고 해도 이 많은 머릿수를 동시에 상대할 수는 없을 테니까.

더구나 그만한 실력자였다면 벌써 이름이 알려졌겠지.

하지만 그들 중에 연우의 존재를 아는 사람은 아무도 없었다. 무명이란 뜻이었다.

그렇게 하나둘씩.

연우에게 적의를 보이는 플레이어들이 많아지기 시작했다.

안전지대에 있던 플레이어들도 밖으로 나와서 연우의 주변을 에워쌌다.

여차하면 바로 연우를 잡을 생각으로.

안전지대 밖으로 한 발자국이라도 내딛는 순간, 회오리바람을 찢고 연우를 들이칠 생각이었다.

그리고.

그들이 내뿜는 적의는 차곡차곡 쌓여 연우에게로 흘러들어갔다.

[검의 축복]

비그리드에 내재되어 있던 첫 번째 옵션이 반응했다.

연우를 둘러싼 회오리바람이 더 강렬해졌다. 그 속에 귀기가 조금씩 섞였다.

까아아—

소름 끼치는 귀곡성이 곳곳으로 울려 퍼졌다.

연우를 둘러싸려던 플레이어들이 흠칫거렸다.

등골을 따라 알 수 없는 오한이 흘러내리고, 불길한 마음이 슬쩍 고개를 들었다.

그사이에도 귀기는 점차 강렬해지면서 칼날을 벗어나 연우에게로 깃들었다.

적의 수가 많으면 많을수록, 그들이 내뿜는 적의가 깊으면 깊을수록 귀기도 강해지는 방식.

당연히 귀기는 끝없이 계속 강해졌다.

그리고 이건 연우가 노리던 바이기도 했다.

플레이어들의 적의를 끌어내기 위해서 일부러 증표를 내보이고 비그리드를 꺼낸 것이었다.

그들의 탐욕을 이용해 귀기를 최대로 증폭시키기 위해서!

'너희들의 오만이, 너희들을 다치게 할 거라곤 생각도 못 했겠지.'

마침내 귀기의 힘이 마지막 지점까지 다다랐을 때.

연우는 G구획으로 오기 전에 미리 귀속시켰던 망령들을 한꺼번에 소모, 귀기를 증폭시켰다.

화아아악!

"흡!"

"이게 무슨……!"

회오리바람은 태풍이 되어 단숨에 스테이지 전체를 뒤덮었다. 귀기도 칼바람이 되어 플레이어들 시이로 잔뜩 퍼져나갔다.

몇몇은 안색이 시퍼렇게 질린 채로 휘청거리고, 몇몇은

균형을 잃고 쓰러져 피를 토했다.

그제야 그들은 뭔가 잘못되었다는 생각이 들었지만.

콰아앙!

어떻게 할 새도 없이 연우는 안전지대의 대부분이 내려앉을 정도로 거세게 지반을 짓밟으며 앞으로 튀어 나갔다.

안전지대를 벗어나, 스테이지 중앙까지 일점돌파를 시도했다.

쐐애액—

연우와 함께 태풍도 같이 뒤따르면서 스테이지 위를 해일처럼 쓸어 나갔다.

콰콰콰!

"위험하다!"

"마, 막아!"

플레이어들은 귀기 때문에 후들거리는 다리를 겨우 지탱하면서 앞으로 튀어 나갔다.

아무리 연우가 자랑하는 힘이 두렵다고 하더라도, 탐욕을 꺾게 할 정도는 아니었다.

아니, 오히려 더 크게 부추기고 있었다.

저 무기만 손에 넣을 수 있다면, 자신들도 저런 힘을 쓸 수 있을 것 같아서!

"죽어!"

어떤 플레이어가 연우 앞을 가로막으면서, 악에 받친 목소리로 칼을 휘둘렀다.

연우는 무심한 눈빛 그대로 비그리드를 거칠게 휘둘렀다.

콰앙!

"컥!"

녀석은 부러진 칼과 함께 상체가 잔뜩 터진 상태로 튕겨났다. 비그리드가 훑고 지난 자리에는 거친 자국만 남아 있었다.

축 늘어진 눈에서는 더 이상 생기를 찾을 수 없었다.

절명한 것이다.

하지만 공격의 효과는 거기서 그치지 않았으니.

콰콰쾅!

이번엔 갑자기 죽은 플레이어를 따라, 녹색 기류가 사방 15미터 안팎으로 동심원을 그리면서 퍼져 나갔다.

그리고 동심원에 노출된 플레이어들은 갑자기 달려오다 말고, 일제히 자기 목을 붙잡으면서 고꾸라졌다.

"대, 대체!"

"이게 무…… 슨……! 저주! 크윽!"

그들의 안색은 전부 시퍼렇게 질려 있었다.

호흡이 거칠었다. 금방이라도 숨이 넘어가기 일보직전이었다.

[축복 전염]

비그리드의 두 번째 옵션이 작동하고 만 것이다.

기실 칸과 도일은 검의 축복이 주는 효능에만 집중했지만, 정작 연우의 눈길을 사로잡은 건 바로 이 옵션이었으니.

비그리드에 내재되어 있는 저주를 퍼뜨린다는 것.

영웅의 원한이 잔뜩 서려 있는 저주이니만큼 위력은 대단할 수밖에 없었다.

여기에 잔뜩 증폭된 귀기까지 뒤섞인다면?

끔찍한 결과가 나타날 수밖에 없는 것이다.

비록 마지막 타격이라는 조건부가 달리긴 했지만, 저주로 인해 힘이 떨어진 플레이어들 중에서 당장 연우의 일격을 제대로 막아 낼 수 있는 사람은 거의 없었다.

쾅! 콰앙!

콰콰콰—

연우가 비그리드를 휘두를 때마다, 플레이어들은 가을바람에 구르는 낙엽처럼 튕겨 났다.

그리고 축복 전염도 터지면서 곳곳으로 퍼져 나갔으니.

"크아악!"

"컥! 커커컥!"

스테이지는 삽시간에 아수라장이 되고 말았다.

비명과 절규가 끊이지 않는 아수라장이.

곳곳에 쓰러지거나 졸도하지 않은 플레이어가 없을 정도였다.

그리고 연우는 그사이를 맹수처럼 마구 날뛰면서 목표를 향해 달렸다.

목표는 에도라.

1위라는 성적에 대해 확실히 종지부를 찍기 위해서였다.

*　　*　　*

해일처럼 스테이지를 휩쓸어 버리는 어마어마한 태풍 속에서.

바이람은 인상을 일그러뜨렸다.

'대체 무슨 일이 벌어지고 있는 거냐!'

튜토리얼 랭킹 5위.

처음 바이람은 G구획에 들어오고 나서 이 결과를 받았을 때, 짜증이 치밀어 올랐다.

5위?

자신이?

그는 언제나 승자의 길만을 걸어온 사람이었다.

적이 있으면 꺾고, 방해꾼이 있으면 치워 버리면서, 언제나 승자의 역할을 독식해 왔다.

마커스 계(界)의 검사.

튜토리얼이 시작될 때부터 판트 남매나 혈검의 칸과 함께 이목을 끌었던 것도 전부 이런 이유 때문이었다.

그런 그에게 있어 5위라는 성적표는 패자의 낙인과 똑같았다.

절대 있을 수 없는 일이었다.

'어떻게든. 어떻게든 뒤집어야 해. 그러지 않으면……!'

바이람이 태어난 마커스 계는 원래 사람이 살 수 없는 척박한 환경이었다.

행성 전체가 메마른 사막으로 뒤덮여 있고, 강 대신 마그마가 지표면을 따라 흘렀다.

언제나 뜨거운 열기가 행성을 좀먹어 갔다.

때문에 마커스 계에서 살아남기 위해서는 강해지는 수밖에 없었다.

힘이 생존의 수단이었던 것이다.

그 때문일까?

아이러니하게도, 척박한 환경 때문에 강해진 마커스 계의 전사들은 언제부턴가 여러 세계와 차원에서 제일로 꼽는 용병 집단이 되었다.

강하고, 우직한 모습으로 의뢰받은 임무를 언제나 말끔하게 수행했다.

당연히 여러 의뢰자들로부터 깊은 신뢰를 받을 수밖에 없었다.

마커스 계의 전사들은 그렇게 해서 벌어들인 돈을 식량과 식수로 바꾸어, 고향에 있는 가족들에게 보내곤 했다.

바이람도 그런 사람 중 한 명이었다.

생존을 위해 칼을 휘둘렀고, 가족들을 위해 용병 생활을 했다. 그리고 이리저리 구르다 보니 언제부턴가 마커스 계를 상징하는 최고 용병 중 한 사람이 되어 있었다.

그래서 처음 탑의 초대장을 받았을 때.

바이람은 그제야 비로소 자신이 얼마나 강한지를 되짚어 볼 수 있었다.

그리고 이게 기회라는 사실을 몸소 깨달았다.

탑은 수행자라면 누구나 바라 마지않을 장소.

그런 곳에서 왕으로 거듭날 수 있다면.

누구보다 뛰어난 용맹을 발휘해 정점에 설 수 있다면.

아니, 탑의 끝에 올라 그토록 바라던 신이 될 수 있다면!

가족과 진지, 동료들을 편하게 해 줄 뿐 아니라 마커스 계를 원래대로 되돌릴 수 있을지도 몰랐다.

모든 게 풍요롭고, 아늑하던 과거로.

잘못된 왕을 만나 모든 게 망가지기 이전의 시대로.

다행히 바이람은 검사로서의 소양 외에도 또 다른 재능이 있었으니.

군주 후보.

다른 플레이어들을 지휘하고, 명령을 내리며, 세력을 형성할 수 있는 권한이 있었다.

왕이 될 자질이 있단 뜻이었다.

그래서 당당하게 튜토리얼에 참전했다.

하지만 그는 승승장구를 하다, 처음으로 벽에 부딪쳐야만 했다.

판트 남매.

녀석들은 바이람이 태어나 처음으로 마주하게 된 벽이었다.

여태 용병으로 살면서 수많은 난관을 극복해 왔다지만, 이 두 사람은 여기에 해당하지 않는 자들이었다.

어떻게 범접할 수가 없었다.

떠오르는 루키로서 혈검의 칸과 함께 그들의 이름을 들은 적은 있었지만, 별것 있겠냐면서 무시를 했었는데. 그게 실수였던 것이다.

이게 탑이 가진 저력인 걸까?

아니면 그들 두 사람이 논외인 걸까?

대답이 무엇이건 간에, 바이람은 압도적인 기량 차이 앞에서 처음으로 좌절을 겪어야만 했다.

그래도 그는 끝까지 포기하지 않았다.

기량으로 승부를 낼 수 없다면 다른 방식으로 승부를 내면 그만이었다.

그래서 바이람은 군주 후보로서의 능력을 한껏 발휘, G 구획에 참전한 플레이어들을 설득해 임시 팀을 구성했다.

판트 남매부터 쓰러뜨린 다음에 승부를 보자는 임시적 연합을 주장했다.

질이 아니면 양으로 밀어붙이면 되는 일.

그리고 판트 남매를 쓰러뜨리고 나면, 플레이어들에게 걸어 뒀던 스킬을 강화시켜 군단으로 형성할 원대한 계획까지 품고 있었다.

〈속박〉.

군주가 자신의 수하들에게 내리는 절대적인 제약.

바이람은 이미 플레이어들에게 속박 스킬을 걸어 둔 상태였다.

첫 목표였던 판트 남매를 쓰러뜨리고 나면, 스킬의 구속력도 강화되어 강제로 충심을 끌어낼 수 있었다.

상위 50여 명의 플레이어들을 이끌며 탑에 올라선 군주!

그만한 화려한 타이틀도 없을 거라고 여겼다.

그런데…….

'이게 대체 뭐냐고!'

판트는 그가 예상했던 것보다 훨씬 강했다.

50여 명에 달하는 수?

그런 것쯤은 압도적인 무력 앞에서 거추장스럽기만 했다.

아무리 바이람이 버프 스킬을 발동해 군중 제어를 시도해도, 도저히 판트를 넘을 수가 없었다.

그리고.

여기에 한 명이 더 추가되고 말았다.

정체를 알 수 없는, 괴기스러운 하얀 가면을 쓴 남자.

단번에 1위로 치고 올라오더니, 기상천외한 아티팩트까지 꺼내서 플레이어들을 홀려 버렸다.

플레이어들과 바이람 사이에 연결되어 있던 50여 개의 링크가 열어졌다.

그들은 넘볼 수 없을 것 같은 판트를 포기하고, 목표를 하얀 가면 쪽으로 돌렸다.

하지만.

그것은 새로운 재앙이 되고 말았으니.

콰콰콰!

"크아악!"

"이게…… 무…… 크헉!"

해일처럼 스테이지 위를 휩쓸고 다니는 태풍.

음산하게 퍼지는 녹색 귀기.

강렬한 일격.

플레이어들 중에 그것을 제대로 막을 수 있는 사람은 아무도 없었다.

그저 회오리바람에 죄다 갈려 나가면서 스테이지에 살점과 핏자국만 남기는 게 전부였다.

“피하라고, 이 멍청한 놈들아!”

바이람이 플레이어들을 만류했을 때는 이미 사태가 벌어지고 난 뒤였다.

결국 그는 여기서 결단을 내려야만 했다.

이제 자신에게 남은 무기는 하나, 세 자루의 칼뿐.

이 칼끝을 어디로 돌릴 것인가?

그리고 대답은 정해져 있었다.

‘이들은 훗날 내 군단이 될 소중한 재료들이다! 한 명이라도 더 살려야 해!’

1위는 이미 물 건너간 일이었다. 플레이어를 한 명이라도 더 살려야 군단을 유지할 수 있었다.

이대로는 링크가 모조리 끊어질 것 같았다.

그래서 칼 쪽으로 손을 가져가려는데.

“으하하핫!”

난데없이 판트가 광소를 터뜨리기 시작했다. 메아리가

쩌렁쩌렁하게 울렸다.

고개를 홱 돌렸다.

판트의 두 눈이 다른 어느 때보다 거칠게 타오르고 있었다.

쾅! 쾅!

판트가 두 주먹을 세게 맞부딪치면서 사납게 웃었다.

"그래. 이거지! 난 여태 이런 걸 기다리고 있었다고! 잔챙이들이 아니라, 진짜 이런 싸움을 원했다고!"

판트의 눈가를 따라 희열이 감돌았다.

희열은 광기로 느껴질 정도로 강렬했다.

그는 빠른 속도로 달려오는 연우를 보다가, 뒤쪽으로 휙 고개를 돌렸다.

에도라가 담담하게 웃고 있었다.

"가도 되겠지?"

"언제 오빠가 나한테 그런 걸 일일이 허락 맡았다고."

"그야 그렇지만. 그래도……!"

뭔가 하고 싶은 말이 많은 눈치.

에도라가 피식 웃었다.

"알았어. 아빠한테는 말하지 않을게."

그제야 판트도 마음 놓고 웃을 수 있었다.

"으흐흐. 그럼."

"대신에 그건 두고 가."

"아, 그렇지. 깜빡할 뻔했어."

판트는 앞으로 나서려다 말고, 뒷머리를 벅벅 긁으면서 허리춤에 매달려 있던 금색 수정을 에도라에게 전부 넘겼다.

그 순간.

허공에 떠 있던 메시지창이 빠르게 변했다.

[튜토리얼 랭킹이 갱신되었습니다.]

[튜토리얼 랭킹]

1위. 에도라(120,230Point)

2위. 비공개(109,984Point)

……

"미친!"

상황을 지켜보고 있던 바이람은 욕지거리를 내뱉었다. 다른 플레이어들도 경악했다.

6만 점에 가까운 공적치를 전부 아무렇지 않게 동생에게 넘겨?

그래서 1등을 탈환해 버린다고?

일견 무식해 보이지만 확실한 전략.

그들로서는 상상도 할 수 없는 일이었다.

공적치란 튜토리얼에서 죽을 위기를 수차례 이겨 내면서 겨우 쌓은 것들.

당연히 아무리 친형제라고 해도 쉽게 양도할 수 없었다. 절대 있을 수 없는 일이었다.

하지만 판트는 아무렇지도 않다는 듯, 자신을 쳐다보는 플레이어들에게 가볍게 콧방귀를 뀌었다.

"네깟 놈들과 우리를 똑같이 취급하지 마라. 애초 짐승이나 다를 바 없는 너희들과는 그릇이 다르니까."

"……!"

"……!"

바이람을 비롯한 플레이어들의 안면이 딱딱하게 굳은 그 때.

판트는 그들을 무시하고, 연우가 있는 쪽으로 시선을 돌렸다. 연우는 어느덧 이목구비도 구분할 수 있을 정도로 가까워지고 있었다.

판트는 양발을 어깨너비만큼 벌리고, 상체를 살짝 숙이면서 주먹을 꽉 쥐었다.

그리고 두 눈을 꼭 감았다.

마치 돌진하기 직전의 황소처럼.

폭풍이 불기 전, 고요한 밤처럼.

아주 잠깐, 그를 따라 깊은 침묵이 흘렀다.

여태 한 번도 보이지 않았던 전투 자세.

진정한 호적수를 만났을 때에만 선보이는 자세였다.

"후우……!"

짧은 날숨과 함께.

번쩍!

두 눈을 뜨자, 보라색 눈동자 위로 노란 안광이 샘솟았다.

그리고.

파직! 파지직!

패기가 자욱하게 퍼져 나가면서, 굵은 주먹과 팔뚝을 따라 샛노란 스파크가 튀기 시작했다.

〈뇌정권(雷霆拳)〉.

외뿔 부족 내 청람가(晴嵐家)에서만 대대로 내려져 오는 혈족 전투 스킬이자, 비기(祕技).

피부 위로 튀어 오른 스파크는 점차 강렬해지면서 서로 연결되기 시작했다. 그러다 곧 판트의 상체는 뇌기(雷氣)가 갑주처럼 둘러진 상태가 되었다.

판트를 둘러싼 대기가 들끓었다.

패기를 동반한 뜨거운 열풍이 퍼져 나가면서 어느덧 연우의 귀기와 태풍에 맞서기 시작했다.

이윽고 뇌기가 사방을 잠식했다 싶을 때 즈음.

"사라진 공적치야, 다시 빼앗아 채우면 그만이지."

판트가 차갑게 웃으면서 움직였다.

콰아앙!

판트는 포탄이 되어 앞으로 쭉 밀고 나갔다.

콰르르릉!

대기가 발기발기 찢겨 나가면서 그가 지난 자리로 검은 탄내와 노란 불길, 그리고 귀가 멀 정도로 시끄러운 천둥소리가 남았다.

앞을 가로막고 있는 플레이어들은 모조리 짓밟혔다.

비명은 없었다.

천둥소리에 묻혔고, 시체마저도 사나운 뇌기에 터지거나 찢겨 흔적도 없이 사라졌다.

플레이어들은 도망칠 곳도 없어 우왕좌왕해야만 했다.

앞에서는 음산한 귀기와 태풍이.

뒤에서는 강한 패기와 천둥번개가.

두 기운이 모든 걸 휩쓸면서 날아오는 마당에 대체 어디로 도망칠 수 있단 말인가!

운이 좋은 플레이어들은 허겁지겁 안전지대로 피신할 수 있었다.

하지만 그마저도 스킬의 영향권 내에 있어 위험하긴 마찬가지였다. 최대한 스테이지 바깥쪽으로 바짝 물러나야만 했다.

그렇게 두 힘이 격돌하고.

콰아앙—!

스테이지가 위아래로 크게 요동쳤다.

땅거죽은 몇 번이고 뒤집히고 갈라지기를 반복해서 원래의 형체를 찾아볼 수도 없었다.

후폭풍도 연신 퍼져 나갔다.

충돌과 충돌, 폭발과 폭발이 계속 일어나 바깥에서는 안쪽에서 무슨 일이 벌어지는지를 도저히 알아볼 수가 없었다.

이대로 있다가 G구획 자체가 무너지는 게 아닐까 싶을 정도로, 계속 충격이 이어지던 그때.

여태 사태를 지켜보고 있던 바이람이 움직였다.

세 자루의 칼, 마커스 계의 최고 마법검들이 일제히 검면에 새겨진 룬을 발동시켜 버프를 중첩시켰다.

바닥에 마법진이 몇 개씩 깔리고, 화려한 이펙트가 폭죽처럼 계속 터졌다.

아까 전까지 군단에 실었던 힘들. 그것이 이제는 전부 바이람 한 사람에게 실렸다.

체내에서 마력이 몇 배로 증폭되면서 감각도 예민해졌다.

세 자루의 칼이 신체의 일부가 된 것처럼 예리한 날이 고스란히 느껴졌다.

바이람은 칼을 양손에 하나씩, 그리고 발등에 하나를 얹은 독특한 기예 자세를 갖췄다.

〈세 개의 발톱〉.

그가 오랜 용병 생활 뒤에 겨우 터득한 스킬이었다.

서로 다른 버프를 여러 번 중첩시키고, 효과를 몇 배로 증폭시켜 감각과 위력을 최대로 끌어 올리는 스킬.

다만, 한 번 펼치고 나면 마력 저장고가 다치고, 육체가 축나서 몇 달 동안 정양해야만 한다는 단점이 있었지만.

'지금 내게 그런 걸 따질 겨를은 없겠지.'

바이람은 이를 악물면서 연우와 판트를 노려봤다.

이대로는 남은 수하들뿐만 아니라, 그들이 갖고 있던 공적치까지 모두 빼앗겨 지금의 순위를 지키는 것도 힘들어질 수 있었다.

그렇다면 어떻게든 여기서 승부를 봐야만 했다.

휘리릭!

바이람은 몸을 팽이처럼 회전시키면서 두 힘의 사이로 비집고 들어갔다.

새하얀 빛살 세 개가 짐승의 발톱처럼 지표면을 긁고 지나가면서.

쐐애액—

연우와 판트의 목으로 날아들었다.

*　　*　　*

"흡!"

"이게, 뭐야!"

연우와 판트가 몸을 옆으로 튼 것은 바로 그때였다.

연우는 비그리드로 판트의 상체를 쓸어 가고 있었고, 판트는 뇌기가 압축된 정권을 내질러 연우를 날려 버리고자 했다.

서로가 서로의 목숨을 노린 일격답게 강렬했고, 매서웠다.

하지만.

갑자기 3개의 칼날이 공격과 공격의 틈 사이로 비집고 들어왔다.

그 순간, 그들의 본능이 동시에 경종을 울렸다.

무시하지 말라고.

그냥 둔다면 너희들의 목을 잘라 버릴 것이라고.

그래서 둘은 충돌하기 직전, 아주 짧은 순간 동안 눈빛을 주고받았다.

그리고 동시에 휘두르던 그대로 공격을 옆으로 틀었다.

연우는 좌측으로, 판트는 우측으로.

따당!

한쪽에서는 태풍이 빛살을 지우면서 뒤로 주르륵 밀려나고.

쾅!

다른 한쪽에서는 뇌전이 빛살을 찢었다.

"이 새끼가!"

뇌기가 터지면서 노란 불똥이 흩어졌다. 갈라진 연기 사이로 판트의 사나운 눈동자가 불길을 뿜었다.

여태 잔챙이들만 만나다가, 이제야 겨우 상대할 만한 놈을 찾아서 희희낙락하던 참이었는데.

그런 즐거움이 난데없이 깨져 버리고 말았으니.

하지만 바이람은 그런 네 생각 따위는 관심 없다는 듯, 지면 위를 미끄러지면서 다시 한번 두 사람의 하체를 쓸어 갔다.

"끝까지 해보자 이거지? 좋아. 그럼 어디 한번 해보자고!"

판트는 뇌기를 최대로 출력시키면서 발을 세게 굴렀다.

연우와 바이람, 둘 모두를 압도적으로 짓밟기 위해 어깨를 단단하게 세우면서 돌진했다.

저돌(猪突), 멧돼지가 송곳니를 앞세워 산비탈을 내려오는 듯한 모습이었다.

콰콰콰—

그런 두 사람이 주는 압박 사이에서.

연우는 살짝 눈살을 찌푸리더니 비그리드를 높이 들었다.

그리고 아래로 세게 내리쳤다.

파아앙!

지면이 다시 한번 내려앉았다. 후폭풍이 동심원처럼 퍼져 나가면서 두 사람을 거칠게 튕겨 냈다.

콰콰콰콰—

"큽!"

"으윽!"

판트는 연우에게 주먹을 날리기도 직전, 날아오는 충격파에 본능적으로 위기감을 느끼고 양팔을 교차시켜 겨우 머리를 보호할 수 있었다.

몸을 둘러싸고 있던 뇌기가 물로 씻은 듯이 완전히 사라졌다. 판트는 벽에 거세게 부딪친 것 같은 고통을 맛봐야만 했다.

내장이 흔들리고, 골이 울렸다. 충격파를 고스란히 감당한 두 팔은 금방이라도 떨어져 나갈 것 같았다.

뒤로 주르륵 밀려난 자리로 두 개의 고랑이 짙게 남아 있었다.

"대, 체……?"

처음 자신만만했던 것과 다르게.

판트는 충격에 젖은 얼굴로 고개를 들었다.

도무지 믿기지가 않았다.

왕족으로서 태어나 갖가지 무술을 섭렵했고, 나아가 아카샤 뱀의 내단까지 섭취하면서 엄청난 양의 마력까지 품었다.

그런 자신이 이렇게 쉽게 떠밀린다고?

판트는 뭔가 잘못되었을 거란 생각이 들었다.

그래서 다시 뇌기를 끌어 올리려 하는데.

"우욱!"

판트는 갑자기 목젖까지 치솟은 울혈을 참지 못하고 바닥에다 그대로 토해 냈다.

속은 완전히 진탕이 되어 있었던 것이다.

그리고 그건 바이람도 마찬가지였다.

"빌어, 먹을."

그는 겨우겨우 한 자루의 칼을 지팡이 삼아 일어서 있는 상태였다. 나머지 두 자루는 바닥에 아무렇게나 나뒹굴고 있었다.

옷도 다 찢겨 상체가 전부 상처로 도배되어 버렸으니.

피를 너무 많이 쏟아 현기증이 핑 돌았다.

그래도 최소한 쓰러지지는 않으려고 악착같이 버텼다. 여기서 무너지면 정말 모든 게 끝장이었으니까.

대신에 바이람은 악에 찬 눈빛으로 연우를 노려봤다.

눈앞에 판트보다 더 큰 벽이 놓여 있었다.

판트조차도 단 한 번에 튕겨 나게 만든 벽. 절대 뛰어넘을 수 없을 것 같은 벽이었다.

바이람은 암담한 심정이 들었다.

판트와 에도라만 하더라도 그에게 열등감을 심어 줬는데, 이보다 더한 자가 나타났다.

튜토리얼이 이 정도라면, 대체 본편이라는 탑은 어떤 괴물들이 득실거린다는 거지?

그리고 그런 탑에서도 정점을 차지하고 있다는 랭커들은 또 어떤 놈들이고?

자괴감이 들었다. 열등감이 머릿속을 지배했다.

그러면서 오기도 들었다.

어떻게든 뛰어넘고 말겠다는 오기.

그래서 바이람은 마지막 남은 자존심을 버리기로 작정했다.

"판트!"

바이람이 일그러진 얼굴로 판트를 불렀다.

판트가 이쪽으로 홱 고개를 돌렸다.

"뭐냐?"

"합공하자."

"뭐?"

판트가 인상을 구겼다.

그게 무슨 개소리냐는 뜻.

하지만 바이람은 아랑곳하지 않았다.

그에게는 자존심보다 승리가 더 절실했다.

"어차피 놈은 혼자서는 절대 못 이기는 괴물이다. 그러니 지금만큼은 합공하잔 말이다. 그 뒤의 일은 그 뒤에……."

"싫다."

"너……!"

바이람이 뭐라고 소리를 치려 했지만, 판트는 콧방귀를 뀌면서 자리에서 일어났다. 손등으로 입가를 훔쳤다.

그의 눈빛은 이전보다 더 흉흉하게 빛나고 있었다.

"말했지만, 날 너희들 같은 짐승들과 똑같이 취급하지 마라. 이 몸이 걸을 길은 패도(霸道). 그 속에 그깟 꼼수 따위가 있을 것 같은가?"

파직! 파지직!

판트를 따라 다시 뇌기가 튀어 오르기 시작했다. 여전히 속은 진탕이어도 억지로 마력을 쥐어짰다.

입가에는 흉악한 미소가 걸렸다. 허기에 굶주린 맹수의 미소가.

"왕이 될 자에게 패배는 있을지언정, 후퇴는 없는 법이니! 그것이 내가 아버지께 배운 왕도(王道)이며 나를 세우는 근간이다!"

콰앙!

쐐애액—

판트가 다시 연우에게로 쇄도했다.

“이 빌어먹을 새끼가!”

바이람은 짜증이 치밀었다.

제 앞가림도 못 하는 놈이 무슨 왕도를 운운한다는 건지!

이래서 바이람은 귀하게 자란 놈들을 싫어했다.

저 빌어먹을 고고함과 자존심 때문에 일을 그르칠 때가 한두 번이 아니었으니까.

하지만 그렇다고 해서 여기서 손 놓고 있을 수만은 없었다.

판트는 제 주제도 모르고 길길이 날뛰기만 한다. 에도라는 제자리에 못 박혀 참전할 생각이 없어 보였다. 무슨 생각을 하고 있는지조차 알 수가 없었다.

어떻게든 이 판에서 자신의 지분을 챙겨야만 했다.

바이람은 도중에 끊어졌던 스킬을 도로 재발동하면서 몸을 움직였다.

정면에서 안 된다면 측면을 노린다. 마음에 들지는 않아도, 판트가 연우를 상대하는 동안 그의 보조 역할을 도맡을 심산이었다.

촤촤촤—

채채챙!

콰앙—

연우는 처음으로 뒤로 밀려났다.

휘휘휘!

둘의 공세는 매서웠다.

판트는 자신이 가진 모든 기술을 끊임없이 쏟아 냈고, 바이람은 사각지대를 교묘하게 파고들면서 연우의 감각을 혼란스럽게 만들었다.

빠르게 휘몰아치던 비그리드의 투로가 처음으로 혼란스러워졌다.

퍼버벙!

연우를 둘러싸던 태풍이 갈라졌다.

음산한 귀기가 흩어졌다.

칼날과 주먹이 교차했다. 바이람은 연우를 쪼개 버리려 했고, 판트는 그를 찍어 누르고자 했다.

채챙! 챙!

연우는 한없이 뒤로 밀렸다.

어떻게든 반격을 시도하기도 했다. 바이람의 칼을 옆으로 흘리면서 귀기를 터뜨려 판트의 머리를 날리려 하기도 했다.

하지만.

한 명이라면 모를까, 여러 개의 버프를 중첩시킨 검사와 외뿔부족원을 동시에 상대한다는 건 히든 피스로 무장하다시피 한 그로서도 무리였다.

비그리드를 휘둘러 어떻게든 세 자루의 칼날을 쳐 내고, 크라슈나의 단검을 계속 뿌려 대면서 판트의 접근을 차단했다.

하지만 날의 길이가 짧은 비그리드로는 연속적으로 쏟아지는 칼날을 막는 데 한계가 있어 금세 손이 어지러워졌다.

그 순간, 기회라 여긴 바이람이 숨겨 뒀던 버프를 터뜨렸다.

지잉—

〈위력 강화〉.

칼날을 따라 시푸른 빛이 맺히면서 비그리드를 갈라 버렸다.

그리고 다른 쪽에서도 연우가 갖고 있던 대검이 동나면서 뇌전이 한껏 응축된 주먹이 연우의 옆구리에 작렬했다.

〈뇌천격〉이었다.

콰드득!

늑골이 박살 났다. 폐부가 쪼그라졌다.

연우의 허리가 굽혀졌다.

'지금!'

바이람은 그 틈을 놓치지 않고 다른 손을 세게 휘둘러 연우의 머리통을 쪼갰다.

그리고.

끔찍한 고통과 함께 연우에게 암전이 찾아왔다.

—아니, 그건 현실이 아니었다.

'있을지도' 모르는 일.

원래대로라면 '벌어졌어야' 만 하는 일이었다.

하지만.

연우에게는 여태 튜토리얼에서 단 한 번도 꺼내지 않았던 마지막 스킬이 있었다.

여태 단 한 번도 사용하지 않았던 비장의 한 수.

연우만이 간직한 고유 스킬.

[시간 예지] (특수)

숙련도: 0.5%

설명: 일정 시간의 앞을 내다볼 수 있다. 예지 가능한 시간은 마력량과 숙련도에 비례하며, 예지가 끝난 후에는 시차 현상으로 극심한 현기증을 페널티로 겪는다.

일정한 시간, 지금은 대략 5초가량만 잔상처럼 비춰 주는 스킬.

짧다면 짧지만, 길다면 길다고 할 수 있을 미래 시간을 내다봤다.

한 번 발동시키는 데 무려 마력의 2/3 정도가 소모되었다.

인형설삼과 아카샤 뱀의 내단이 녹은 엄청난 양의 마력이 있어도 그만큼 잡아먹을 정도였으니.

연우가 여태껏 사용하는 것을 엄두도 내지 못했던 스킬이기도 했다.

하지만 이제는 충분히 사용이 가능했다.

덕분에 연우는 그 속에서 '가능성'을 찾을 수 있었고.

째깍.

째깍.

품속에 있던 회중시계가 미친 듯이 돌아갔다.

콰아앙!

연우는 순간적으로 남아 있던 마력 전부를 터뜨렸다. 코어가 과열되면서 마력회로가 미친 듯이 출력을 뿜어냈다.

용마안, 전투 의지, 감각 강화. 3개의 스킬도 한꺼번에 열리면서 육체에 막대한 과부화가 걸렸다.

하지만 덕분에 연우는 육체의 한계를 극한까지 끌어 올릴 수 있었다. 느릿해진 시간 속을 한껏 유영하면서 자신이 붙잡은 가능성을 마음껏 도출해 냈다.

찰나에 불과한 순간이었지만.

연우는 '예지했던' 것에 맞춰 판트가 내지른 주먹을 잡아당겨 반대로 돌리고.

우드득!

무릎으로 놈의 복부를 세게 후려쳤다.

콰앙!

"컥!"

판트가 피 화살을 토하면서 붕 떠올랐다.

'1초.'

녀석이 인상을 와락 찡그리며 허공에서 몸을 바로잡는 모습이 보였다.

하지만 연우는 판트 쪽에 시선도 주지 않았다.

각각 머리와 목, 발목을 쓸어 오는 세 개의 칼날이 있었다. 몸을 바짝 아래로 낮춰서 피했다.

동시에 지면을 세게 박찼다.

쾅!

'2초.'

지면이 내려앉았다. 모래 더미가 치솟았다.

연우는 그 속으로 거침없이 파고들면서 왼손을 뻗었다. 손끝에 바이람의 목덜미가 잡혔다.

버프 중첩으로 감각이 예민해질 대로 예민해진 녀석이 목을 뒤로 내뺐지만, 연우는 그마저도 '예지' 하고 있었다.

쉭!

손가락 사이에 끼워져 있던 대검이 날아들었다. 바이람이 목을 잽싸게 옆으로 틀어 아슬아슬하게 빗나갔다.

바이람은 연우가 대부분의 마력을 소비했단 걸 깨닫고 자신의 승리를 예감했다.

녀석의 눈가에 처음으로 환희가 깃들었다.

"끝났……!"

"그래, 끝났어."

그 순간.

"너희들이."

연우가 바라던 게 바로 이런 것이었다.

두 사람과의 간격을 벌리는 것.

비그리드를 고쳐 쥐면서 안쪽으로 잡아당겼다.

고오오—

여태껏 그에게 꼬리처럼 따라붙던 태풍이 다시 회오리바람을 그리면서 안쪽으로 빨려 들어갔다. 칼날을 따라 바람이 단단히 압축되고, 그 위로 귀기가 멍울처럼 피어나 바람을 까맣게 물들였다.

검의 축복.

두 강한 상대를 맞아 다시 귀기가 극한까지 피어났다.

연우는 비그리드를 옆으로 크게 휘둘렀다.

'3초.'

횡대로 사선이 그어졌다.

콰아아앙!

하지만 결과는 그렇게 간단하지 않았다.

단단히 압축되었던 바람이 일제히 해방되면서 거친 폭발이 일어났다.

그 속에 담긴 귀기는 날카롭게 벼린 칼날처럼 사방팔방으로 튀어 나가 모든 것을 갈가리 찢어 버렸다.

공간도.

사람도.

심지어 스킬까지도.

허공에서 다시 한번 화려하게 터지려던 뇌정권이 귀기에 완전히 잡아먹혔다.

판트는 전신이 귀기에 난도질을 당한 채, 피투성이가 되어 튕겨 나고 말았다.

소낙비 같았던 새하얀 빛살은 산산조각이 났다.

부서진 검의 파편들이 위로 튀어 오르고, 바이람은 입가에 피를 흘리면서 믿기지 않는다는 눈빛으로 바닥에 주저앉았다.

털썩!

쿠쿠쿠—

먼지구름이 자욱하게 퍼졌다.

스테이지를 따라 사람들의 경악에 찬 고함 소리가 잔뜩 퍼져 나갔다.

*　*　*

〈시간 예지〉.

G구획으로 넘어오기 전에 마지막으로 스킬을 점검할 때.

연우는 이걸 두고 한참 동안 생각에 잠겼다.

그리고 내린 결론은 하나였다.

'이거, 계륵이야.'

다른 스킬들은 여러모로 사용하기가 편리했다.

하나하나 분리해서 따져도 쓸모가 많았고, 합쳐서 사용하면 더 다양한 효과를 발휘할 수 있었다.

하지만 시간 예지는 달랐다.

분명 겉으로 봐서는 아주 좋았다.

아주 짧게나마 미래를 내다본다는 것.

이만한 메리트가 세상에 어디 있을까?

특히 연우는 '아차' 하는 순간에 목숨이 날아가는 전장을 겪었다. 단 몇 초라도 미래를 내다볼 수 있다는 건 목숨을 여벌로 들고 다니는 것과 같았다.

하지만.

'시간이 너무 짧아. 마력도 많이 잡아먹고.'

아주 뛰어난 스킬이기 때문에 발동 조건도 그만큼 까다로웠다.

시간 예지는 겨우 '몇 초'에 불과한 미래를 보여 준다. 그 시간은 잡아먹은 마력에 따라서 늘어났고, 소비되는 마력량은 너무 많았다.

아카샤의 뱀과 인형설삼을 섭취해서, 마력량만 따진다면 튜토리얼 내에서도 최고라 할 만할 텐데도 불구하고.

문제는 그마저도 '언제' 발동하느냐는 까다로운 조건이 따랐다.

'내 목숨이 언제 날아갈지, 언제 어느 타이밍에서 발동해야 할지 쉽게 가늠이 되질 않으니까.'

급박하게 돌아가는 상황에서 상대를 상대하면서, 3초를 내다보는 걸로도 모자라, 미래를 분석하고, 파훼하고, 전개까지 한다?

말은 쉽지만, 미친 짓이었다.

그렇다면.

'다른 기술을 하나 더 만든다.'

예측된 미래 동안에 육체의 한계를 극한까지 끌어 올릴 수 있다면.

'도박에 도박을 더하는 거지.'

그런다면 밀리는 판이라도 단번에 역전할 수 있을지 몰랐다.

물론, 실패했을 때는 바로 죽겠지만.

그럼에도 연우는 시도했다.

그리고.

'생각보다 잘 먹혔어.'

처음으로 시도한 시간 예지와 마력 폭주는 아주 성공적이었다.

*　　　*　　　*

"……!"

"……!"

플레이어들은 짧은 순간 동안 무슨 일이 벌어졌는지 도무지 따라잡질 못했다.

그저 놀랍고, 충격적인 일들이 연속적으로 벌어졌다는 사실만 본능적으로 깨달을 뿐.

이 모든 상황을 쫓고 있는 사람은 단 한 명밖에 없었다.

에도라.

그녀는 태도를 더 세게 끌어안으면서 고개를 위로 들었다. 보라색 눈동자 위로 금색 광망이 맺혔다.

〈혜안(慧眼)〉.

판트가 뇌정권을 얻었듯이, 에도라도 일족 내 청람가의 비기를 하나 손에 넣을 수 있었다.

차별과 망집을 버리고, 물체의 본질을 꿰뚫어 보게 하는 스킬.

다만, 습득 과정이 너무 까다로워 지금은 에도라의 고유 스킬이 되다시피 한 것이었다.

그리고 판트 남매가 튜토리얼에서 나란히 랭킹 1, 2위를 하게끔 만들어 준 스킬이기도 했다.

에도라는 혜안을 사용해서 연우의 행적을 쫓았다.

그때.

먼지구름을 뚫고 치솟는 연우의 모습이 시야에 잡혔다.

'4초.'

연우는 허공에서 몸을 크게 뒤틀었다.

그는 예상했던 것보다 두 개의 요소가 훨씬 잘 맞물렸다는 것을 깨달았다.

시간 예지로 미래를 포착하고, 용마안과 전투 의지, 감각 강화를 통해 육체를 최대로 끌어 올리며, 순보를 사용해 빠르게 이동한다. 여기에 더해질 막대한 과부하는 물리 내성으로 버텨 내는 방식.

금강체를 얻지 않았다면 엄두도 내지 못했을 테지.

하지만 연우는 해냈고, 이제 마지막 목표만 남았다.

저곳에.

에도라가 서 있었다.

눈가에 금색 광망을 띄운 채.

그가 얼핏 보았던 '뭔가'를 밖으로 끄집어내고서. 똑같이 자신을 바라보고 있었다.

이제 남은 시간은 1초.

'이걸로 끝낸다.'

연우는 마력회로를 마지막까지 쥐어짰다. 코어가 다시 한번 맹렬하게 회전하면서 남은 출력을 뽑아냈다.

쾅!

대기를 박찼다. 포물선을 그리면서 에도라 쪽으로 쇄도했다.

쐐애액—

스르릉!

에도라도 인형처럼 끌어안고 있던 태도를 칼집에서 분리시켰다.

신마도(神魔刀). 신선과 마귀의 힘이 같이 담겨 있다는 이름이 붙은 보도(寶刀)였다.

촤악!

에도라의 머리 위로 떨어지던 비그리드가 신마도에 가로막혔다.

하지만 이런 건 '예지' 안에 잡혀 있던 것.

문제는 이다음이었다.

연우는 착지하기 직전에 몸을 크게 비틀었다.

소매에 숨겨 뒀던 크라슈나의 단검이 갑자기 튀어나오면서 왼손에 잡혔다. 연우는 그대로 에도라의 목을 갈랐다.

그는 승리를 장담했다. '예지' 대로라면 에도라는 여기서 피를 뿌리면서 쓰러질 테니까.

하지만.

채앵!

에도라는 신마도를 살짝 옆으로 틀어 목을 보호했다.

워낙에 칼의 면적이 넓으니 조금 방향을 비트는 것만으로도 충분했다.

크라슈나의 단검이 힘없이 튕겨 났다.

'막혔어?'

연우의 눈가로 이채가 어렸다.

그는 다시 한번 더 몸을 반대로 틀면서 비그리드를 세 차례 깊게 찔러 넣었다.

따다당!

하지만 그마저도 에도라는 가볍게 튕겨 내는 것으로 모자라.

콰앙!

반격까지 가했다.

신마도를 수직으로 거세게 긋자, 비그리드의 궤적이 도

중에 차단되었다.

연우는 충격파와 함께 뒤로 크게 밀려났다. 그가 지난 자리로 짙은 두 개의 고랑이 남았다.

휘휘휘!

먼지구름이 후폭풍에 떠밀려 사라졌다.

그 자리로 연우와 에도라가 서로를 노려보면서 서 있었다.

"강하시네요. 엄청."

에도라가 앵두 같은 입술을 달싹였다.

하지만 연우는 눈을 가만히 좁히기만 했다. 마지막 남아 있던 시간 예지가 이렇게 막혔으니.

'저 눈. 저 눈 때문이야.'

연우는 에도라의 눈가에 맺힌 금색 광망, 녀석이 숨기고 있는 '뭔가'가 예지를 꿰뚫어 봤단 사실을 깨달을 수 있었다.

찰칵.

그때 마지막 남은 1초도 사라지면서 회중시계의 태엽이 멈췄다.

과열되었던 육체가 축 가라앉았다. 코어와 마력회로가 출력을 중단하면서 막대한 피로와 현기증이 한꺼번에 연우를 찾아왔다.

하지만 약한 모습을 보여 줄 수는 없는 노릇.

연우는 여전히 우뚝 서서 에도라를 직시했다.

"계속, 하실 건가요?"

에도라는 당신의 몸 상태를 알고 있다는 듯이 살짝 걱정기가 묻어나는 목소리로 물었다.

그러면서도 신마도에서는 손을 놓지 않았다. 언제라도 당신을 노릴 수 있다는 표시였다.

하지만.

연우는 갑자기 고개를 가로젓더니 자세를 풀었다. 비그리드를 등에 매단 칼집에 수납했다.

철컥!

"아니. 그만하지."

"잘 생각하셨어요. 오빠에 바이람, 이렇게 많은 플레이어들까지 한꺼번에 상대하셨으니. 그래도 정말 대단하시네요."

에도라가 싱긋 웃으면서 말을 이었다.

"당신 같은 분은 처음 뵈었어요. 마음 같아서는 1위를 양보해 드리고 싶지만…… 저희에게도 절실한 사정이 있어서요."

미안해하는 투.

하지만 그 속에는 절대 공적치를 내어 줄 수 없다는 단호함이 숨겨져 있었다.

그러나.

연우는 피식 웃음을 터뜨렸다.

"이상하군. 내가 왜 포기했다고 생각하지?"

"무슨?"

에도라가 무슨 말이냐고 되물으려던 그때.

연우가 갑자기 왼손을 앞으로 내밀었다.

손끝에 금색 수정 5개가 주렁주렁 매달려 춤을 췄다.

에도라는 흠칫 놀라면서 허리춤을 재빨리 살폈다.

하지만 거기엔 반드시 있어야만 하는 금색 수정이, 판트가 건네줬던 것들이 사라지고 없었다.

"어, 떻게……?"

에도라가 도무지 믿기지 않는다는 눈빛으로 연우를 바라봤다.

두 눈에는 혼란이 가득했다.

혜안은 진실을 꿰뚫어 본다.

때문에 상대가 가진 생각이나 노림수를 즉각적으로 판단할 수 있어, 사전에 공격을 차단할 수 있었다.

연우의 시간 예지가 죄다 가로막힌 것도 전부 이 때문이었다.

어찌 보면 스킬 속성상 천적 관계에 놓였다고도 할 수 있는 셈.

그런데 어떻게 혜안을 피해서 갖고 갈 수 있었던 거지?

연우는 가볍게 코웃음을 치면서 금색 수정을 도로 챙겼다.

"네가 가진 그 눈, 시야에 담긴 것에만 한정지어서 꿰뚫어 볼 수 있는 것 같던데. 아닌가?"

"……!"

에도라는 혜안의 약점이 너무 쉽게 들통나자 충격에 잠긴 얼굴이 되었다.

그리고 뒤늦게 연우가 무슨 수를 썼던 건지 유추할 수 있었다.

크라슈나의 단검.

처음 튕겨 났던 그 단검이 떨어지는 동안, 자신을 그쪽으로 끌어들여 허리띠와 금색 수정을 연결하고 있던 줄을 끊어 버린 것이다.

그녀는 오로지 연우의 맹공을 읽는 데만 집중했으니, 그런 '우연'적인 요소까지 찾을 수는 없었던 것일 테고.

다행히 잃어버린 금색 수정은 절반밖에 되지 않았지만, 그것만 해도 뼈아픈 손해였다.

"이건 내가 잘 챙겨 가도록 하지."

연우는 금색 수정을 허리춤에 걸었다.

띠링.

띠링.

[튜토리얼 랭킹이 갱신되었습니다.]

[튜토리얼 랭킹]

1위. 비공개(510,590Point)

2위. 에도라(60,000Point)

3위. 브락(13,200Point)

……

"……!"

"……!"

새롭게 바뀐 튜토리얼 랭킹은 플레이어들의 정신을 전부 아득해지게 만들었다.

도저히 말도 안 되는 점수가 눈앞에 있었으니까.

여태 저런 점수를 기록한 플레이어가 있긴 있었을까?

하지만 스테이지에 있던 모든 플레이어들을 밀어내고, 판트와 바이람이 무릎을 꿇은 순간부터.

이미 결과는 정해진 것이나 마찬가지였다.

독식(獨食).

플레이어들의 눈에 연우는 허기진 포식자로만 비쳐졌다.

애초 연우가 에도라의 금색 수정을 빼앗지 않았더라도, 1위는 원래 그의 것이었던 셈이다.

그때.

연우의 신형이 흐릿해지기 시작했다. 순보를 밟아 자취를 감추려는 것이다.

“잠……!”

에도라가 뒤늦게 연우를 붙잡아 보려 했다. 하지만 이미 그 자리에서 연우는 사라지고 없었다.

“아!”

에도라는 연우를 놓치고 아쉬움에 찬 탄식을 흘렸다.

그리고 우두커니 제자리에 가만히 서 있었다.

연우가 그녀에게 준 충격과 여운이 너무 컸다. 어떻게 말로 표현할 수 없는 감정이 에도라의 가슴에 북받쳐 올랐다.

튜토리얼에 온 뒤 처음으로 겪은 패배.

그것도, 완패였다.

에도라는 살짝 부르르 떨다가, 살짝 볼이 상기된 얼굴로 작게 중얼거렸다.

“멋…… 있어.”

* * *

[00:00:00_05]

[00:00:00_04]

……

[00:00:00_00]

연우는 고개를 들었다.

후유증을 해소하기 위해서 남은 시간 동안 휴식을 취할 생각으로, 사람이 찾지 않는 곳에 숨어서 명상을 즐기고 있던 참이었다.

그러다 눈을 떠 보니 어느새 시간이 이만큼 훌쩍 지나 있었다.

[튜토리얼이 종료되었습니다.]

[모든 플레이어들이 대기 공간으로 소환됩니다. 충격에 유의하십시오.]

연우를 둘러싼 스테이지가 흔들리더니 흐릿해지기 시작했다. 마치 노이즈가 섞인 텔레비전 화면처럼.

대신에 드넓은 공터를 따라, 수천 명에 달하는 사람들이 서 있었다.

모두 이번 튜토리얼에 참가했던 플레이어들.

그들은 갑자기 사람들이 많은 장소로 소환되어 잠시 당황했지만, 곧 튜토리얼이 종료되었단 사실을 깨닫고 안도에 찬 한숨을 내쉬었다.

그만큼 이번 튜토리얼은 고난과 역경의 연속이었으니까.

그리고 한쪽에 홀로 서 있는 연우를 보고 수군거리기 시작했다.

"저 사람이……?"

"어. 그 1위야. 독식자."

"외뿔부족 남매와 마커스 계 검사를 이겼다면서? 말도 안 돼."

"대체 정체가 뭘까?"

독식자.

G구획에서의 일이 끝난 뒤, 플레이어들 사이에 연우의 소문이 퍼지면서 붙은 별명이었다.

이름이나 정체에 대해서 알려진 게 전혀 없는 상태로, 갑자기 화려하게 등장하고 말았으니까.

그저 알려진 건, 하얀 가면을 쓴다는 것과 칸, 도일 콤비와 친분이 있다는 것뿐.

이마저도 연우가 칸, 도일 콤비와 하르간의 둥지로 이동하던 걸, 어떤 플레이어가 우연히 목격했기 때문에 알려진 사실이었다.

그래서 사람들은 연우가 누군지를 너무 궁금해했다.

하지만 감히 연우에게 접근해서 말을 걸 만한 배짱을 가진 사람은 없었다.

그저 멀리 떨어져서 그의 행동을 지켜보는 게 전부였다.

연우도 괜히 다른 사람이 귀찮게 굴지 않아서 편했다.

아니, 사실은 이렇게 관심을 받는 것조차 조금 피곤했다.

'차라리 G구획을 가지 말 걸 그랬나? 그랬다면 이런 집중도 받지 않았을 텐데.'

물론, 생각만 그렇게 할 뿐이지, 정작 당시로 돌아가더라도 G구획으로 가 똑같이 행동했을 것이다.

1위라는 타이틀은 그에게 반드시 필요했으니까.

'제우스의 열쇠. 그걸 얻는 방법은 이것밖에 없으니까.'

연우가 탑에 들어가면 반드시 가야 할 곳이 딱 두 군데가 있었다.

하나는 아르티야의 클랜 하우스.

그리고 다른 하나는.

'올림포스의 보고(寶庫).'

과거 신들이 자신들의 성물을 보관해 놨다는 곳.

제우스의 열쇠는 그런 보고의 문을 열기 위한 열두 가지 재료 중 한 가지였다.

그러니 연우로서는 1위를 하기 위해 눈에 불을 켜고 달려들 수밖에 없었다.

또한, 당연한 말이지만, 1위를 한다면 자연스레 집중과 견제를 받을 수밖에 없었다.

그리고 그런 견제는 시간이 지날수록 더 커지겠지.

'이미 비밀리에 성장하고, 비밀리에 적들을 처치하는 데는 무리가 있다. 그렇다면 카인이라는 존재를 드러내되, 차연우는 최대한 숨기면서 다니는 수밖엔 없어.'

그리고 아마도 앞으로 한동안 그가 걸을 길은, 아르티야가 걸었던 길과 크게 다르지 않을 거란 게 그의 생각이었다.

그러니 이제는 사람들의 이런 눈빛에도 익숙해져야만 했다. 마음에 들지 않더라도.

'그나저나.'

연우는 주변을 쓱 훑어봤다.

'칸과 도일은, 결국 간 건가?'

자신이 떠난 뒤에 곧바로 리타이어를 할 거란 말은 했었지만, 그래도 이렇게 만날 수 없는 점이 조금 아쉬웠다.

그때.

"형! 역시 형이었군요!"

사람들 사이로 청년이 한 명 나타났다.

익숙한 얼굴. 율이었다.

"너?"

연우는 살짝 눈을 크게 떴다.

칸, 도일과 마찬가지로 바로 리타이어했을 거라고 생각했었는데. 아직까지 남아 있을 줄이야.

율은 다급하게 뛰어왔는지 거칠게 숨을 몰아쉬었다. 하지만 얼굴에는 미소가 가득 어려 있었다.

“새로운 루키가 나타났다는 말을 들었었는데. 가면을 썼다는 말을 듣고 형인 것 같아서 왔어요. 그런데 정말……형이었네요.”

연우는 율을 물끄러미 쳐다봤다.

녀석의 얼굴에는 더 이상 근심과 독기가 보이지 않았다. 풍기는 기운도 조금 남달랐다.

“프레지아의 화원, 찾았구나.”

“예. B구획 대기실에 있는 걸, 우연찮게 찾을 수 있었어요.”

프레지아의 화원은 사실 히든 피스 중 하나였다.

다만, 연우에게는 크게 의미가 없어 찾지 않았던 곳.

프레지아의 화원에서는 정령과 계약을 맺는 게 가능했다.

연우가 봤을 때 율은 인챈터로서 뛰어난 자질을 가지고 있었다. 그러니 이를 바탕으로 정령술을 익힌다면, 뛰어난 성과를 얻을 수 있을 거라고 생각했다.

그리고 그의 예상은 정확하게 들어맞았던 것 같았다.

용마안을 열어 율을 위아래로 살폈다.

결이 복잡하게 얽혀 있는 형태 아래는 텅 빈 공간만 있었다.

눈앞에 있는 녀석은 율이되, 율이 아니었다.

“꽤 성과가 있었나 보군. 기연이라도 얻은 거냐?”

율이 정령을 사용해서 남긴 사념체.

"조금 비슷해요. 스승님을 만났어요."

"스승?"

"예. 아, 걱정은 하지 않으셔도 돼요. 카엔 녀석들 같은 분이 아니라, 정말 고마운 분이시니까요."

연우는 어렴풋이 율이 말한 '스승' 이라는 존재가 누군지 알 것 같았다.

확실히 '그 사람' 이라면 율과 같은 인재를 가만히 두지 않을 테니.

'그걸 의도했던 것도 조금은 있었지만.'

율이 꾸벅 인사했다.

"그래서 갈 때 가더라도, 고맙다는 인사는 드리고 싶었어요. 형은 제게 은인이시니까요. 정말, 정말 감사했습니다. 덕분에 다른 생각을 가질 수 있었고, 좋은 스승님도 뵐 수 있었어요."

율은 다시 허리를 펴면서 단단해진 눈빛으로 연우를 바라봤다.

"그리고. 언젠가 꼭 다시 형을 보러 올게요."

연우는 가만히 고개를 끄덕였다.

율의 안색이 다시 밝아졌다.

그리고.

파아아—

율의 사념체를 구성하고 있던 결이 풀려 사라졌다.

연우는 그 모습을 보면서 생각했다.

어쩌면 자신은 처음 생각했던 것과 다르게, 탑에 깊숙하게 발을 들이고 있는 것인지도 모른다고.

탑은 그런 곳이었다. 인과율이 겹겹이 쌓여 쇠사슬처럼 '나'라는 존재를 구속하고, 제약을 하면서도, 그렇기에 온전한 '나'로 있게 만드는 곳.

그리고 '신'이 된다는 건, 그런 쇠사슬을 끊어 내고 나온다는 뜻은 아닐까?

언뜻 동생이 일기장에다 남겼던 단상이 떠올랐지만, 가볍게 고개를 털어 생각을 지웠다.

그리고 그사이.

하늘이 갈라지면서 포탈 아래로 누군가가 툭 떨어졌다.

"오효효효. 이렇게 다들 훤한 모습으로 한 달 만에 뵙게 되니, 참으로 감개무량하군요."

작은 키. 턱시도. 외눈 안경을 쓴 고블린이 공손하게 인사했다.

"반갑습니다. 튜토리얼의 관리자, 이블케가 오랜만에 여러분들께 인사 올리겠습니다."

이블케는 허리를 펴며 플레이어들을 쓱 둘러봤다.

외눈 안경 너머로 눈꼬리가 깊은 곡선을 그리고 있었다.

"모두 수고 많으셨습니다. 이번 회차에는 다른 때와 달리 플레이어분들의 기막힌 재치와 임기응변, 다양한 상황들이 아주 인상적이었습니다. 앞으로 탑을 오르실 때에도 지금과 같은 모습들을 보여 주시기를 간절히 기원하겠습니다. 자, 그럼."

이블케는 외눈 안경을 고쳐 쓰면서 씩 웃었다.

"결과를 발표해 드리겠습니다."

[튜토리얼 랭킹]

1위. 비공개(510,590Point)

2위. 에도라(60,000Point)

3위. 판트(20,200Point)

4위. 바이람(11,000Point)

……

곳곳에서 깊은 탄식이 들려왔다.

"설마설마했지만, 51만?"

"미친! 저게 가능해?"

“보통 튜토리얼 통과 상위 랭커들이 5만에서 10만 내외라고 들었었는데.”

“대체 G구획에서 무슨 일이 있었던 거야……?”

플레이어들은 공적치 결과를 보고 충격에 빠져 웅성거렸다.

그만큼 수치는 충격적이었다.

하지만 연우도 놀라긴 마찬가지였다.

‘판트와 바이람이? 내가 자리를 비운 동안 줄기차게 사냥을 해 댔었나 보군.’

분명 시간도 얼마 남지 않았던 걸로 기억하는데. 그런 몸으로 날뛰었을 걸 생각하니 헛웃음이 나왔다.

그러다 연우는 자신을 보는 시선이 있단 걸 깨닫고, 슬쩍 고개를 옆으로 돌렸다.

에도라가 이쪽을 보고 있었다. 신마도를 품에 꼭 끌어안은 채로.

두 사람 사이에 시선이 오고 갔다. 침묵이 흘렀다.

그러다 에도라가 살짝 미소를 지었다.

배시시.

입술이 살짝 달싹였다.

축하한다고.

연우는 에도라가 무슨 생각을 하고 있는지 도통 알 수가 없어 미간을 좁혔다.

용마안을 살짝 열어 보니 거짓말은 아니었다.

그녀는 진심으로 자신을 축하하고 있었다.

'왜?'

하지만 에도라가 자신에게 적개심을 가졌으면 가졌지, 좋은 인상을 가질 이유가 전혀 없었기 때문에 조금 이상했다.

지금 에도라 옆에서 자신을 이글거리는 눈빛으로 노려보고 있는 판트가 맞는 것일 텐데.

하지만 연우의 생각은 오래가지 않았다.

이블케가 기분 좋게 웃으면서 연우 쪽으로 돌아보고 있었다.

"오효효효. ###님은 510,590 포인트로 1위가 되셨습니다. 이는 이번 회차뿐만 아니라, 역대 회차를 통산해서 가장 높은 성적. 당연히 거기에 맞춰서 보상을 드리겠습니다."

다행히 연우를 가리키는 이름에는 노이즈가 끼어서 '인식'을 할 수가 없게 되어 있었다.

그때.

연우 앞으로 메시지가 한 개 떠올랐다.

[명예의 전당에 이름을 올리시겠습니까?]

명예의 전당.

각 층계에서 가장 높은 점수를 기록한 사람들만 이름을 올릴 수 있는 곳.

당연히 명예의 전당에 이름이 올라간다는 건, 그만큼 뛰어난 업적을 이뤘다는 뜻이었다.

또한, 보다 신에 가까워졌다는 표시이기도 했다.

플레이어들이라면 누구나 바랄 만한 영광이었지만.

연우는 고개를 가로저었다.

[등록을 거부하셨습니다.]

[하지만 공개되지 않아도 당신의 업적은 탑에 깊게 새겨져 원할 시에 언제든 등록 여부를 전환하실 수 있습니다.]

이블케가 살짝 눈을 크게 뜨다가, 익살맞게 웃었다.

"확실히 ###님은 다른 분들과는 아주 다른 성향을 지니고 계시는군요. 확실히 종종 그런 분들이 계시긴 했지요. 뛰어난 실력을 지녔으면서도, 딱히 겉으로 드러나기를 바라지 않으셨던 분들이요."

이블케는 연우의 선택을 다른 이유로 해석한 모양이었다.

'뭐, 아무래도 상관없겠지만.'

연우로서는 단순히 본명을 밝히고 싶지 않아서였지만, 그런 오해도 나쁠 게 없었기 때문에 아무 대꾸도 하지 않았다.

"그럼, 이제 보상을 지급하겠습니다."

플레이어들의 이목이 집중되었다. 저런 압도적인 공적치 뒤에는 어떤 보상이 주어질까 싶어서.

한 가지만큼은 확실했다.

아르티야 이후로 조용했던 탑이 다시 시끄러워질 거라는 것.

이블케가 손바닥을 활짝 펼쳤다.

그러자 허공에 빛무리가 맺히면서 물음표가 새겨진 푸른색 박스가 나타났다.

보상을 담은 아이템 박스.

박스는 잠시 둥둥 떠다니다가 다시 휙 하고 사라졌다.

그리고 연우의 망막에 새로운 메시지가 떠올랐다.

[보상으로 '제우스의 열쇠'를 획득했습니다.]

[보상으로 '짐승왕의 사자 갈기 투구'를 획득했습니다.]

[보상으로 '이블리스의 알'을 획득했습니다.]

……

연우는 보상받은 아티팩트들의 면면을 살펴보고 살짝 미소를 지었다.

하나하나가 좋아 보이는 것들.

그중에는 옛 군주가 쓰던 아티팩트도 있을 정도였다.

'전부 다른 물건으로 바꿀 것들이긴 하지만.'

하지만 연우의 눈에 가장 띄는 것은 따로 있었다.

손바닥만 한 크기에 마치 토파즈를 깎아 만든 것처럼 노랗게 반짝이는 열쇠.

'제우스의 열쇠.'

[제우스의 열쇠]

분류: 잡화

등급: C+

설명: 하늘의 신, 제우스의 보고를 열 수 있는 열쇠. 사용 방법에 대해서는 알려진 바가 없다.

제우스의 열쇠는 신의 이름을 갖고 있으면서도 등급이 C+랭크로밖에 분류되지 않았다.

이마저도 신의 이름 때문에 갖게 되었을 뿐.

실제로 단순히 이것만 갖고는 할 수 있는 게 아무것도 없었기 때문에 F등급의 잡템으로 분류되어도 이상하지 않았다.

아마 이런 물품은 이게 유일할 테지.

모르는 사람이 봤다면, 어떻게 이런 물건이 튜토리얼 1위에게만 주어지는 보상이냐고 따질 수도 있었다.

실제로 많은 튜토리얼 1위들이 잡템으로 취급해서 버리거나, 잊어버리는 경우가 많았다.

하지만.

'꽤 많은 플레이어들이 상위 층계를 공략하면서 우연찮게 열쇠의 정체를 알아내고 후회를 한다고 했지.'

하지만 비밀을 안다고 해도, 그 뒤가 쉬운 것도 아니었다.

열쇠를 완성시키기 위해서는 11가지의 재료가 더 필요했으니까.

그리고 당연한 말이었지만, 남은 재료도 전부 히든 피스였다.

그것도 각각 얻는 과정이 제우스의 열쇠를 얻는 것만큼이나 힘든 것들.

'하지만 난 반드시 올림포스의 보고를 열어야 한다.'

힘겹게 겨우 얻은 열쇠였다. 절대 잃어버려서는 안 되었다.

열쇠를 쥐는 손길에 힘이 바짝 들어갔다.

그러다.

연우는 자기도 모르게 피식 웃고 말았다.

'그래도…… 이게 있으니 이제야 진짜 끝났다는 게 실감이 나.'

불과 한 달도 되지 않는 짧은 기간이었지만, 그동안 겪었던 일들을 전부 합친다면 아프리카에서 겪었던 4년보다 훨씬 고된 것 같았다.

'앞으로 겪을 일들은 이보다 더 극심할 테지만.'

연우는 제우스의 열쇠를 비롯해 보상들을 전부 가방 안에 밀어 넣고, 오른쪽 어깨에 걸쳤다.

자신을 보는 시선이 너무 많았다.

대부분 시기에 찬 눈빛들.

더 자세한 건 플레이어들이 없는 곳에서 혼자 조용히 확인할 생각이었다.

짝!

이블케는 연우의 준비가 모두 끝났다 싶자, 크게 박수를 쳐서 분위기를 환기시켰다.

연우를 비롯한 플레이어들의 시선이 전부 그에게로 향했다.

"자, 이렇게 모든 관문이 끝났습니다. 모두 수고 많으셨고, 기회가 된다면 앞으로 왕왕 뵐 수 있으면 좋겠습니다. 탑으로 올라갈 지격을 얻으신 분들은 따로 공지가 나갈 것이며, 설사 공지를 못 받았다고 하더라도 다음 기회를 이용해 주시길 바라겠습니다. 그럼."

이블케는 우아하게 인사를 하면서.

"나가시는 문은 아래쪽입니다."

불어오는 바람과 함께 사라졌다.

그리고.

연우와 플레이어들 머리 위로 빛의 장막이 내려왔다.

[위대한 수행자여, 그대는 탑을 오를 만한 충분한 자격을 입증하였습니다. 앞으로도 탑은 신이 되고자 하는 당신의 굳센 의지를 기원할 것입니다.]

[탑에 입장하시겠습니까?]

연우의 발밑을 따라 푸른색 포탈이 열렸다.

그래서 바로 넘어가려는데, 갑자기 판트가 소리를 지르며 성큼성큼 다가왔다.

아직 부상이 완전히 다 나은 게 아닌지, 미미하게 인상을 찡그리고 있었다.

"어이, 가면 쓴 놈!"

연우가 무심한 눈길로 쳐다봤다.

"뭐지?"

"따라와라. G구획에서 보였던 거, 보아하니 아티팩트 빨이었던 것 같은데. 그런 거 다 집어치우고 힘 대 힘으로 한

번 겨뤄 보자. 너도 전사라면 절대 거절하지 않겠지?"

판트는 기필코 복수를 하고 말겠다는 듯이 으르렁거렸다.

하지만.

"항복."

연우는 심드렁한 눈빛으로 양손을 높이 들었다.

순간, 판트가 당황했다.

"무, 뭐?"

"항복이라고. 네가 이긴 걸로 해 두지. 그럼 되지 않았나? 설마 전사가 되어서 항복한 사람을 괴롭히지는 않겠지?"

판트는 황당해 멍한 표정이 되었다.

그가 가진 상식으로 항복이라는 단어는 이렇게 쉽게 나올 수 있는 게 아니었기 때문이다.

"그럼."

하지만 연우는 더 이상 상대하기 귀찮다는 듯, 곧바로 포탈을 가동시켰다.

"얌마! 아직 이야기 덜 끝났다고!"

판트가 뒤늦게 정신을 차리고 손을 뻗어 연우를 붙잡으려 했지만, 이미 사라지고 난 뒤였다.

"젠자아앙! 뭔 저딴 새끼가 다 있어!"

판트는 관자놀이를 쥐어뜯었다.

처음부터 끝까지, 뭔가 연우에게 놀아나고 있다는 생각밖에 들지 않았다.

뒤에 있던 에도라가 피식하고 가볍게 웃음을 터뜨렸다.

그렇게.

길고 길었던 튜토리얼이 끝났다.

*　　*　　*

새로운 루키가 등장했다!

튜토리얼이 종료되는 순간, 소문은 각종 커뮤니티를 따라 탑 내에 빠른 속도로 퍼졌다.

튜토리얼의 1위를 독차지한 자.

처음으로 달성한 50만 점의 말도 안 되는 높은 공적치를 이룬 자.

G구획을 휩쓸어 모든 것을 독식하고, 외뿔부족의 왕족인 판트 남매마저 쓰러뜨린 자.

그래서 붙은 별명이 '독식자'.

하나하나가 이슈를 불러일으키기 충분한 것들이었다.

덕분에.

많은 클랜들이 탐을 냈다.

탑의 역사가 길어질수록 튜토리얼을 종료한 플레이어들은 늘어났지만, 언제부턴가 눈에 띄는 인재는 찾기가 힘들어졌다.

그런 면에서 새로운 루키의 등장은 그들의 이목을 집중시킬 수밖에 없었다.

수많은 사람들이 루키의 정체에 대해서 알아내고자 했다.

많은 사람들이 움직였다.

하지만 그들이 찾을 수 있는 건 몇 가지 없었다.

루키가 늘 가면을 써서 얼굴을 가리고 있다는 것과 이름조차 드러내기를 꺼려 해서 명예의 전당에도 등록하지 않았다는 것.

칸, 도일 콤비와 친분이 있다는 사실이 전해지긴 했지만, 이마저도 용병 관계로 만난 게 전부라는 사실이 알려지자 모두 혼란에 잠겼다.

결국 루키에 대한 정보는 온통 수수께끼에 둘러싸인 채.

클랜들은 그를 영입하기 위한 발 빠른 움직임을 보이기 시작했다.

하지만.

이상하게 튜토리얼이 종료된 지 꽤 긴 시간이 흘러도, 루키를 목격했다는 소식은 들리지 않았다.

마치 여태 탑 내에 파다하게 퍼졌던 소문이 모두 거짓말이었다는 듯, 흔적조차 찾을 수 없었다.
마치 증발이라도 한 것 같았다.
때문에 시간이 지날수록.
루키에 대한 관심은 오히려 온갖 억측과 소문을 싣고 눈덩이처럼 불어났다.

* * *

화아악!
연우는 눈가를 찌르는 환한 빛무리에 인상을 찡그렸다.
'어지러워.'
눈이 따갑고, 시야가 마구 흔들렸다. 마치 고공비행을 겪는 것처럼 현기증이 돌았다.
플레이어가 된 후로는 스킬을 발동하지 않는 한 이런 일을 겪지 않을 줄 알았는데.
'공간과 공간을 뛰어넘는 전이 마법은 조금 다른 건가?'
어쩌면 전혀 다른 세계에 들어오면서 육체가 거기에 익숙해지는 과정일지 모르겠다는 생각도 들었다.
그래도 다행히 마력회로가 가동되면서 빙글빙글 돌던 세상을 바로 붙잡았다.
멀미도 금세 가라앉았다.

덕분에 연우는 편하게 주변을 살필 수 있었다.

'여기가 탑의 세계란 말이지?'

눈앞에 펼쳐진 세상은 아주 넓었다.

끝도 없이 펼쳐진 지평선을 따라 온갖 다양한 가옥과 건물들이 밀집했고, 곳곳에 난 대로를 따라 갖가지 차림새를 한 사람들이 바쁘게 돌아다녔다.

너무 많은 것들이 뒤섞여 난잡한 느낌이 들 법한데도 아름답다는 생각이 저절로 들었다.

영화나 꿈에서나 나올 것 같은 광경.

보는 것만으로도 탄성이 저절로 나왔다.

하지만 그중에 가장 눈에 띄는 건 따로 있었다.

끝없이 펼쳐진 도시, 정 한가운데.

아주 높다랗게 선 탑이 있었다.

끝은 구름을 뚫고 올라가 보이지 않았고, 99개로 이뤄진 층은 신비한 기운을 뿌렸다.

단순히 서 있는데도 마음을 확 끌어당기는 마력이 있었다.

'신의 탑. 오벨리스크.'

동생의 일기장에서 몇 번이고 목격했던 광경.

하지만 일기장으로 보는 것과 실제로 보는 것에는 너무 큰 차이가 있었다.

경외(敬畏).

그런 말로밖에는 표현을 할 수 없을 것 같았다.

세계와 세계가, 우주와 우주가, 차원과 차원이 거미줄처럼 수도 없이 교차하여 수많은 문물과 종족들이 살아간다는 이상향의 대지.

혹은 교집합의 세상.

하지만.

'저 안에, 놈들이 있다.'

연우의 눈에는 원수들이 득실대는 복마전으로 비쳤다.

상위 랭커며 뛰어난 클랜들까지. 동생과 연루된 자들은 하나같이 탑을 통솔하는 지배자들이었다.

놈들에겐 동생의 모든 행동이 도전하는 것으로만 보였을 테니, 동생도 역부족이었을 수밖에.

'이제는 이야기가 다르겠지만.'

연우는 동생의 눈으로 놈들을 보고, 동생의 목소리로 놈들에게 물을 생각이었다.

그리고.

거기에 맞춰서 놈들에게 똑같이 되돌려줄 생각이었다.

'이제부터가 진짜 시작이야.'

하얀 가면 사이로.

두 개의 도깨비불이 거칠게 타올랐다.

*　　*　　*

탑을 오르는 플레이어들이라면, 누구나 마지막 99개의 층계에 다다라 신이 되고자 하는 소망을 품고 있었다.

하지만 여기에 그들과는 다른 생각을 가진 사람이 탑을 오르려 하고 있었다.

독식자.

혹은 먼 훗날 흑신이라 불릴 자가 탑에 들어선 순간이었다.

Stage 8.
탑

연우는 언덕을 따라 내려와 걷기 시작했다.

지금 현재 그가 있는 장소는 탑 외 지역이라 불리는 곳이었다.

튜토리얼과 신의 탑을 잇는 중간 지점.

탑을 터전으로 살아가는 수많은 사람들이 한데 모이면서 만들어진 거대 도시였다.

때문에 튜토리얼을 갓 통과한 플레이어들은 보통 탑 외 지역에 들를 생각을 하지 않았다.

머릿속에 오로지 탑을 오를 생각만 가득했으니까.

만약 들르더라도, 이곳을 단순히 공략에 필요한 물품을

수급할 장소로만 여겼을 뿐. 오래 머물 장소로 여기지는 않았다.

하지만 연우는 달랐다.

그는 다른 플레이어들과 다르게 탑에 바로 오르지 않았다.

대신에 탑 외 지역에 남았다.

그에게는 여기서 해야 할 일이 아주 많았다.

* * *

'분명히 이 근처였을 텐데?'

연우는 탑 외 지역에 들어서자마자 가장 먼저 시장을 찾았다.

현실에서 흔히 접할 수 있는 시장처럼 여러 사람들이 정해진 구획에 좌판을 까는 노점상 형태였다.

곳곳에서 흥정하는 시끄러운 소리가 들렸다.

길을 걷는 연우의 손에는 사진이 한 장 들려 있었다.

회중시계와 함께 동생의 유품이라면서 남겨졌던 사진. 옛 아르티야의 동료들과 함께 찍은 사진이었다.

사진은 색이 많이 바랬지만, 다행히 찍힌 사람들의 생김새나 장소는 구분할 정도가 되었다.

연우가 찾고자 하는 건, 여기에 찍힌 한 사람과 사진을 찍은 배경 장소였다.

'사진만 봐서는 여기 부근이 확실한데.'

연우는 사진과 시장을 몇 번씩 대조하면서 장소를 찾았다.

하지만 흐른 시간만큼 시장도 바뀌기 마련이니, 큰 건물을 중심으로 되짚어 나가야만 했다.

덕분에 신기하게 생긴 이종족들과 다양한 차림새를 한 사람들이 오고 가는 데 눈길이 돌아갈 법한데도, 연우는 주변에 신경 쓸 겨를이 없었다.

다행인 건 다니는 사람들이 워낙 여러 모습들을 하다 보니 가면을 쓴 정도로는 크게 신경도 쓰지 않는다는 점이었다.

튜토리얼에서는 독식자니, 새로운 루키니 하더라도 이들에게는 전혀 다른 세상의 이야기였던 것이다.

'여긴가?'

연우는 모퉁이를 몇 번 돌아 어느 대장간 앞에 섰다.

다 쓰러져 가는 허름한 건물. 대장간이라는 걸 알리는 망치와 모루 마크도 많이 낡아 읽기가 힘들었다. 찾는 사람도 없어 보였다.

하지만 사진 속 배경과는 똑같았다.

확실했다.

여기였다.

"……."

연우는 물끄러미 망치와 모루 마크를 쳐다보다가, 사진을 도로 품속에 넣으면서 문을 열었다.

"실례합니다."

삐그덕.

문짝은 금방이라도 떨어질 것처럼 이상한 소리를 냈다.

내부는 외관처럼 엉망이었다.

바닥에 먼지 뭉치가 굴러다니고, 벽에는 곳곳에 얼룩이 졌다.

하지만.

'무구류는 깨끗하구나.'

연우는 벽면을 따라 진열된 여러 무기들을 꼼꼼하게 살폈다.

눈에 마력이 깃들면서, 동공 사이로 새로운 동공이 하나 더 열렸다.

용마안이었다.

[헤노바의 상급 철검]

분류: 양손 무기

등급: C+

설명: 드워프 헤노바가 제련한 철검. 단단한 내구도와 오랜 수명을 자랑한다.

[헤노바의 대궁(大弓)]

분류: 양손 무기

등급: B—

설명: 드워프 헤노바가 만든 활. 미노타우르스의 뿔과 힘줄로 만들었다. 시위가 너무 질겨 웬만한 근력으로는 당길 수가 없다.

[헤노바의 칠흑 투구]

분류: 머리 방어구

등급: B

설명: 드워프 헤노바가 제련한 투구. 어둠 속에 기척을 차단하는 특성이 내장되어 있다.

……

'전부 상급품이야.'

용마안은 진리를 꿰뚫는다. 당연히 결을 이용하면 각 물품이 가진 잠재력과 특성을 어느 정도 읽어 내는 것도 가능했다.

덕분에 연우는 겉으로 보기에는 허름해 보이는 무구들이 얼마나 좋은 것들인지를 알 수 있었다.

안목이 뛰어나지 않으면 절대 가질 수 없을 이점이었다.

물론, 용마안으로도 아직 파악이 힘든 것도 있었다.

[헤노바의 ???]

분류: ???

등급: ???

설명: 드워프 헤노바가 제련한 ???. ?????.

연우는 무구들 중에서 유일하게 녹이 잔뜩 슨 단검을 손으로 매만졌다.

그가 챙겼던 대검보다 약 10센티미터가량 날이 더 긴 길이로 크라슈나의 단검보다는 짧았다.

용마안으로도 읽을 수 없는 건 두 가지였다.

너무 엉망이거나.

'아직은 파악할 수 없을 정도로 아주 뛰어나거나.'

겉보기에는 전자일 것 같았지만, 연우는 후자일 거라고 생각했다.

'촉'이 그랬다.

강도면 강도, 재질이면 재질. 절대 쉽게 만든 게 아니었다. 녹이 슨 형태로 숨겨 뒀어도 그 속까지 숨길 수는 없었다.

'탐나는데.'

이미 연우는 튜토리얼을 전전하면서 갖가지 좋은 아티팩트들을 손에 넣은 상태였다.

검은 팔찌, 크라슈나의 단검, 고블린 왕의 눈이나 몬스터 5색 보석, 하르간의 왕관, 비그리드.

그리고 짐승왕의 사자 갈기 투구나 이블리스의 알 같이 아직 제대로 확인하지 않았던 튜토리얼의 보상들까지.

하나하나가 중하위 층계까지도 충분히 사용이 가능한 것들.

특히 독특한 내력을 가진 검은 팔찌나 비그리드는 봉인된 옵션만 풀 수 있다면, 상위 층계에까지도 충분히 쓰일 수 있었다.

덕분에 연우는 웬만한 옵션이 아니면, 눈에 차지 않을 정도로 기준이 많이 높아진 상태였다.

그런데도 이 단검은 단숨에 연우의 마음을 사로잡을 정도로 묘한 마력을 품고 있었다.

'마침 이 정도 크기의 단검이 필요하기도 하고.'

G구획에서는 주로 비그리드를 사용했다지만, 어디까지나 연우의 주 장기는 두 대검을 양손에 쥐고서 펼치는 변칙 검술이었다.

그리고 이 단검은 카르슈나의 단검과 같이 사용하면 딱 알맞을 것 같았다.

'역시 여기, 정우가 애용했던 곳일 만해.'

한때, 클랜 랭킹 5위에 달했던 아르티야에 독점적으로 아티팩트를 공급했던 공방(工房).

탑 내에서도 손꼽힌다는 대장장이가 만든 물품다웠다.

그래서 다른 무구들도 확인해 보려 고개를 돌리는데.

"너, 뭐야?"

갑자기 뒷문이 열리면서 짜리몽땅한 난쟁이가 인상을 팍 찡그리며 나타났다.

작은 키에 수염은 바닥에 쓸릴 정도로 덥수룩하게 기르고, 팔뚝과 몸은 황소처럼 탄탄했다.

양손에는 검 자루를 한껏 안고 있었다.

드워프 헤노바.

이 허름한 대장간의 주인이었다.

그리고.

'사진 속에 있던 난쟁이. 똑같이 생겼어.'

빛바랜 사진 속에 동생과 같이 웃고 있던 난쟁이였다.

동생이 일기장에서도 몇 번이고 언급했던 사람.

'아르티야' 에서 내가 가장 의지하는 사람을 꼽으라고 하면 너무 많아서 버벅거렸겠지만.

'탑' 에서 내가 가장 의지하는 사람을 꼽으라고 한다면

자신 있게 딱 한 사람을 꼽을 수 있었다.

헤노바.

내게는 아버지 같았던 존재.

동생은 헤노바를 가리켜 자신 있게 '아버지' 라고 했다.

'아버지, 라.'

사실 연우 형제에게는 아버지에 대한 기억이 별로 없었다.

기억도 잘 나지 않는 아주 어린 시절에 사고로 돌아가셨다는 말만 들었으니까.

다만, 어렴풋한 기억 속에 언제나 웃으면서 그들을 안아줬다는 따뜻한 감정은 남아 있었다.

그런 동생이 스스럼없이 아버지라고 말하는 사람이라면.

무언가 있지 않을까?

그래서 연우는 튜토리얼을 통과하고 나면 바로 이 사람부터 만나고 싶었다.

'마지막까지 정우의 곁을 떠나지 않았던 사람이기도 했지.'

하지만 연우는 가면을 벗고 자신이 누군지 소개하지 않았다.

순진했던 동생은 그를 가리켜 당당히 몇 안 되는 '친구' 이자 '아버지' 라고 했지만, 연우는 쉽게 믿을 수가 없었다.

확신을 갖기 전까지는 누구라도 의심해야만 했다.

"무기를 사러 왔습니다."

"무기?"

헤노바는 어이없다는 듯 비웃었다.

연우는 고개를 끄덕였다.

"예."

"저런 꼴을 보고도?"

헤노바는 턱짓으로 망가지다시피 한 건물을 가리켰다.

"무슨 문제라도 있습니까?"

"미친놈이군. 장난 칠 시간 없으니까, 썩 꺼져!"

헤노바는 연우를 무시하고 지나치려고 했다.

연우는 그보다 긴 다리를 사용해서 앞을 가로막았다.

"장난 아닙니다만. 정말 무기를 사러 왔습니다."

"아, 됐고! 무기 안 파니까, 꺼지라고!"

헤노바는 더 이상 이야기도 하기 싫다는 듯 연우를 세게 치고 지나갔다.

근육이 얼마나 단단하던지 벽에 충돌이라도 한 것 같았다.

연우는 공방으로 들어가려는 그의 뒷모습을 물끄러미 보다가 한 마디 툭 던졌다.

"아르티야가 해체되었기 때문입니까?"

"……!"

헤노바가 뒤쪽으로 고개를 확 돌렸다.

잔뜩 일그러진 그의 두 눈에는 한 가지 감정이 격렬하게 요동치고 있었다.

짙은 분노.

"애송이, 함부로 지껄이지 마라."

'맞군.'

연우는 확신을 가졌다.

헤노바는 원래 아르티야의 전속 대장장이였다.

플레이어가 아니기 때문에 멤버는 아니었지만, 멤버라고 해도 될 정도로 가깝게 지냈다.

그리고 그가 제공한 뛰어난 무구들 덕분에 아르티야는 매번 층계 공략에 성공할 수 있었다.

그리고 그런 그가 무구들을 안 파는 이유.

"다른 클랜들이 압박이라도 넣었습니까? 자기들한테 들어오라고요."

"너, 이 새끼. 지껄이지 말랬지?"

"하지만 당신은 성격상 제의를 걷어찼을 테고. 클랜들은 옹졸하게 압박하기 위해서 물건을 산 손님들을 해코지라도 했나 봅니다."

그리고 자연스레 대장간에는 발길이 뚝 끊어졌겠지. 그러다 간혹 소문을 듣지 못한 손님이 있으면, 해코지당하지 않도록 그냥 내쫓았을 테고.

어떻게 된 그림인지 보지 않아도 대강 그려졌다.

"너……!"

헤노바의 얼굴이 붉으락푸르락해졌다.

"그런 거라면 신경 쓸 필요 없습니다. 당신은 그냥 물건만 파십시오."

"……."

헤노바는 아무 말도 하지 않았다.

연우는 작게 실소가 나왔다.

말투는 험악해도 속은 여린 드워프라더니. 정말 그런가 보다.

결국 헤노바는 인상을 잔뜩 찡그리다가 품에 지고 있던 물건들을 바닥에 내팽개쳤다.

"좋아. 그렇게 사고 싶으면 맘대로 해. 뭘 살 건데?"

"이게 맘에 듭니다."

연우는 방금 집었던 단검을 들었다.

순간, 아주 잠깐이지만 헤노바의 눈가에 다양한 감정들이 소용돌이쳤다.

그러다 그는 신색을 회복하며 미간을 찌푸려 연우를 위아래로 훑었다.

"근데 네놈, 돈은 있냐?"

연우가 피식 웃으면서 말했다.

"외상은 안 됩니까?"

헤노바는 전혀 생각지도 못한 말에 눈을 동그랗게 떴다가, 이내 인상을 와락 구겼다.

"뭔 이런 미친 새끼가……!"

연우는 피식 웃음을 흘렸다.

'오랜만에 듣는군.'

예전에는 부대장에게서 하루가 멀다 하고 들었던 말이었는데.

이런 곳에서 듣게 될 줄은.

"헛소리할 거면 꺼……!"

"물론, 농담입니다."

말은 농담이라지만, 목소리는 무뚝뚝해서 농담인지 진담인지 도무지 분간이 되질 않았다.

당연히 헤노바의 인상이 더 크게 일그러졌다.

살짝 붉게 달아오른 얼굴로 다시 한번 소리를 지르려는 순간, 연우는 오른쪽 어깨에 메고 있던 가방을 바닥에 내려놓았다.

헤노바는 고함을 치려다 말고, 살짝 눈을 옆으로 가느다랗게 좁혔다.

"너, 그거? 설마 다크 엘프 족의 사냥 보따리냐?"

'역시. 바로 알아보는군.'

연우는 잘되었다 싶어 고개를 끄덕였다.

"예."

"음. 그런 걸 갖고 다니는 걸 보니 영 맹탕은 아닌가 보군."

헤노바는 조금 달라진 눈빛으로 연우를 위아래로 살폈다. 여전히 콧방귀를 뀌고 있었지만.

다크 엘프는 자신이 인정한 사람이 아니면 절대 물건을 내주지 않는다.

그런 일족의 물건을 갖고 있다는 건 그만한 실력자라는 뜻.

게다가 헤노바는 연우의 행색을 보고 그가 갓 튜토리얼을 통과한 플레이어라는 것을 바로 눈치채고 있었다.

튜토리얼에 있는 다크 엘프는 딱 한 명밖에 없었다.

"갈리어드에게서 받았나?"

"예."

"흥! 그 키만 멀대같이 큰 말라깽이가 성질은 더러워도, 맹탕을 가늠하는 수준 정도는 되지."

다크 엘프인 갈리어드와 드워프인 헤노바는 개와 원숭이처럼 서로 만나기만 하면 싸우는 사이였다.

단순히 종족의 차이 때문인지, 아니면 그냥 서로가 마음에 들지 않는 건지.

내가 봤을 때는 암만 봐도 두 사람은 사이가 아주 좋은 건데 말이다.

친한 친구들이 스스럼없이 서로 으르렁거리는 것처럼.

……물론, 두 사람 앞에서 이런 말을 했다간 맞아 죽겠지만.

동생은 갈리어드와 헤노바에 대해서 그렇게 서술하면서도 한마디를 덧붙여 놓았다.

툭하면 으르렁거리더라도, 서로의 실력에 대해서만큼은 다른 누구보다 진심으로 존중하고 있었다고.

"그래. 그럼 튜토리얼에서 갖고 온 것들로 값을 치르겠다는 것 같은데. 어디 한번 꺼내나 봐. 참고로, 내 물건은 무엇이든지 아주 비싸다. 네깟 놈의 상상을 초월할 정도로."

헤노바는 팔짱을 끼면서 오만하게 턱을 치켜들었다.

튜토리얼에서 나는 물품이라고 해 봤자 대개 탑에서는 취급도 하지 않는 싸구려들.

한번 구경이나 해 보자는 심보가 분명했다.

하지만 연우는 묵묵히 가방을 열어 안에 든 것들을 끄집어내기 시작했다.

고블린의 이빨과 턱, 리자드맨의 눈알, 오크의 갈비뼈, 트롤의 피와 뇌수…….

뭔가 하나하나씩 나올 때마다 헤노바는 가볍게 코웃음을 쳤다.

그가 예상했던 대로 전혀 쓸모가 없는 것들이었다.

탑을 공략할 힘이 없어 잡템을 주워 근근이 살아가는 일꾼들이나 주울 것 같은 것들.

물론, 제 딴에는 물건을 보는 안목이 있는지 잡템 중에서도 비싸게 팔리는 부위들이기는 했다.

하지만 아무리 그렇다고 해도, '명장' 급의 반열에 오른 헤노바의 기준에서는 '쓰레기' 에 불과했다.

수천 금을 준다고 해도 절대 받지 않을 것들.

하지만 그래도 연우는 계속해서 묵묵히 안에 든 물건들을 꺼냈다.

헤노바는 고작 이런 쓰레기로 자신의 물건을 함부로 사려 했다는 사실에 짜증과 치욕을 느끼면서도, 언제까지 이런 쓰레기들을 늘어놓나 싶어 가만히 지켜봤다.

그러다 언제부턴가 쓰레기를 보는 헤노바의 눈빛이 달라지기 시작했다.

'이놈 봐라?'

연우가 늘어놓는 잡템들이 '그냥' 잡템이 아니라는 사실을 눈치챈 것이다.

하나하나만 두고 보자면 절대 취급하지 않을 것들이지

만, 한데 모아서 본다면.

'어떤 아티팩트의 기초 재료가 되는 것들.'

그리고 헤노바가 알기로 그 아티팩트는 꽤 고급으로 통하는 물건이었다.

갓 튜토리얼을 나온 녀석은 절대 취급할 수 없을 만큼.

'그러고 보니.'

헤노바는 연우를 다시 위아래로 훑다가 가만히 턱을 쓰다듬었다.

'입고 있는 것들, 노비스가 입기에는 꽤 좋은 것들이군.'

아니, 사실 따지자면 '꽤' 좋은 정도가 아니었다. '아주' 좋은 정도였지.

그의 자존심상 인정하지 않았을 뿐.

연우가 오른손에 착용한 검은 팔찌는 자세히 감정해 봐야겠지만 범상치 않은 내력을 갖고 있는 게 분명했다.

게다가 등에 매단 검.

일반 장검이라고 하기엔 길이가 조금 짧았지만, 칼집을 따라 신기(神氣)와 마기(魔氣)가 함께 은은하게 풍겨 나오고 있었다.

절대 함께할 수 없는 두 기운이, 함께 말이다.

이런 경우는 딱 한 가지였다.

'원래는 성검이었으나, 모종의 이유로 저주를 받아 마검이 되어 버린 것들. 옛 영웅시대의 무구들…… 그런 귀한 게 튜토리얼에 있었던가?'

결국 헤노바는 사기꾼이라고 생각했던 연우에 대한 평가를 조금 더 위로 올리게 되었다.

사기꾼에서 풋내기로.

별 차이는 없었지만 말이다.

하지만 그런 그의 평가는 더 위로 조정되었으니.

연우가 가방 속 잡템을 모두 꺼낸 뒤, 추가로 두 개의 아티팩트를 얹었기 때문이었다.

잡템과는 비교도 할 수 없을 만큼 뛰어난 보물들.

하나는 짐승왕의 사자 갈기 투구.

다른 하나는 이블리스의 알.

튜토리얼의 보상을 전부 대가로 내놓은 것이다.

헤노바의 안색이 딱딱하게 굳었다.

"지금, 나와 장난치자는 거냐?"

"왜 그렇게 생각하시는 겁니까?"

"그럼 아니라고? 넌 이 물건들이 뭔지 모르는 거냐?"

"알고 있습니다. 짐승왕이 썼던 유품과 마수(魔獸)의 알이지 않습니까?"

[짐승왕의 사자 갈기 투구]

분류: 머리 방어구

등급: A-

설명: 과거 알 수 없는 이유로 사라진 짐승왕이 애용했던 투구. 영물이라는 백사자 다섯 마리를 잡아 그들의 머리 가죽을 덧대어 만들었다.

백사자의 용맹과 기상, 짐승왕의 힘이 깃들어 있다.

* 백사자의 이빨

처치한 몬스터의 숫자만큼 10초 동안 공격력이 1%씩 증가해 최대 35%까지 끌어 올릴 수 있다.

또한, 백사자의 기세를 불러와 제어 방해 효과의 지속 시간을 5% 이상 감소시킨다.

* 짐승왕의 포효

짐승왕의 기세를 퍼뜨려 주위의 적들을 공포에 빠뜨리고, 8~10초 동안 발을 묶는다.

[이블리스의 알]

분류: 알

등급: B+

설명: 마수(魔獸) 이블리스가 낳은 알.

특수한 방법으로만 부화시킬 수 있으며, 알을 깨고 나온 이블리스는 가장 먼저 본 사람만을 주인으로 인식한다.

짐승왕은 탑에서도 제법 유명한 축에 속하는 옛 군주였다. 한때, 흡혈왕과 함께 탑을 강타했던 자.

그렇다 보니 짐승왕이 남긴 유품은 연우가 탑에 들어오고 나서 처음으로 보는 A— 랭크였다.

연우가 처음 손에 넣었던 아티팩트 형태의 바토리 흡혈검보다는 조금 떨어지지만, 그래도 절대 부족하지는 않을 물건.

당연히 부르는 게 값이었다.

당장 시장에 내놓는다고 하면 사겠다는 플레이어들이 줄을 설 테지.

무엇보다 탑은 보상을 내어 줄 때 플레이어의 특성과 기록에 따라 맞는 것을 내준다.

당연히 짐승왕의 사자 갈기 투구는 연우에게도 알맞은 물건이었다.

그런데 그런 걸 아무렇지 않게 내놓겠다니.

게다가 이블리스의 알도 만만치 않은 값어치를 지니고 있었다.

이블리스는 마계 게헤나의 깊숙한 밀림 속에서 살아간다는 마수였다.

날개를 폈을 때 크기가 5미터에 달하고, 단단한 부리와 발톱을 가지고 있어 영물도 단번에 찢어 버린다는 괴조(怪鳥).

비록 부화시키기 위해서는 까다로운 과정이 뒤따르지만, 그래도 이블리스를 손에 넣을 수 있다면 충분히 감당할 만한 것들이었다.

짐승왕의 유품. 마수의 알.

두 개 전부 사용하기에 따라서는 플레이어 하나를 고수로 거듭나게 만들 수도 있었다.

헤노바는 자신의 실력에 대해서 뛰어난 자부심을 가지고 있었다.

하지만 그렇다고 해도 이것들을 연우가 짚은 단검의 값어치로 매길 정도는 아니었다.

한 개라면 또 모를까.

그래서 헤노바는 연우가 자신에게 장난을 친다고 생각했다.

아니, 이 정도는 장난치는 수준이 아니라, 아예 갖고 노는 수준이었다.

아르티야가 해산된 뒤, 다른 클랜들에게 핍박을 받는 신세로 전락했다지만.

어쩌다 이런 한낱 노비스 따위에게도 능멸을 당하는 꼴로 전락하고 만 걸까?

헤노바는 수치심이 들었다. 얼굴이 시뻘겋게 달아올랐다.

그래도 마지막 남은 자존심을 꺾을 수 없었기에 소리를 지를 수는 없었다.

이를 악물었다. 억지로 화를 삭이면서 연우를 노려봤다.

하지만 그런 헤노바의 생각을 아는지 모르는지.

연우는 무덤덤한 시선으로 헤노바의 눈빛을 받으면서 말했다.

"만약 이 두 물건과 재료들이 이 단검보다 값어치가 높다고 생각하신다면, 제작 의뢰를 하나 맡겨도 되겠습니까?"

헤노바는 머리끝까지 치솟았던 화가 한순간 싹 가라앉는 걸 느낄 수 있었다.

그제야 연우가 뭘 요구하려 한 건지 눈치챈 것이다.

"설마 '기에스의 눈' 이라도 만들어 달라는 것이냐?"

연우가 고개를 끄덕였다.

"그렇습니다."

"으음……!"

수십 개의 눈과 수백 개의 손을 가졌다는 거인, 기에스.

그것의 이름을 따온 무구라면, 확실히 연우가 내놓은 두 물건에 걸맞은 값어치를 갖고 있긴 했다.

그리고 그런 걸 만들 수 있는 명장급 장인은 탑 내에서도 다섯 명을 넘지 못했다.

헤노바는 그중 한 명이었고.

헤노바가 눈을 가느다랗게 좁히면서 연우를 노려봤다.

"빌어먹을 놈. 처음부터 이런 걸 노렸던 거로군."

"죄송합니다. 최근에 아티팩트는 제작하지 않으신다고 들었기 때문에, 부득이하게 심기를 불편케 해 드려야만 했습니다."

연우가 공손하게 허리를 숙이면서 사과했다.

헤노바는 다시 침음을 흘렸다.

그의 시선은 기초 재료와 두 아티팩트에 한참 동안 고정되었다. 눈가에는 갖가지 감정이 복잡하게 얽혔다.

그러다 다시 연우를 쳐다봤다.

"네놈, 내게 이런 물건을 맡긴다는 것, 무슨 뜻인지는 정말 제대로 알고 있는 거냐?"

"거기에 대해서는 말씀드렸던 그대롭니다. 다른 클랜들의 일은 제가 알아서 감당하겠습니다. 다른 일은 신경 쓰지 마시고, 기에스의 눈에만 집중하시면 됩니다. 해 주시겠습니까?"

담담한 눈빛.

하지만 그 속에는 강한 의지가 담겨 있었다.

비바람이 몰아쳐도 부러지지 않을 강한 의지가.

그리고.

헤노바는 저런 눈빛을 싫어하지 않았다.

그래서 어쩔 수 없이 알았다고 대답하려는데.

"물론, 다른 클랜들이 무서우시다면 어쩔 수 없겠습니다만."

불쑥 연우가 꺼낸 말에 헤노바는 이맛살을 와락 찌푸렸다.

무뚝뚝한 말투로 사람 속을 뒤집어 놓는 꼴이라니.

아무래도 이놈과는 상성이 잘 맞지 않는 것 같았다.

결국 헤노바는 버럭 소리를 지르고 말았다.

"알았다. 해 주면 될 것 아니냐, 해 주면!"

*　　*　　*

[감정에 실패했습니다.]

[감정에 실패했습니다.]

……

[감정에 성공했습니다.]

['용마안'의 스킬 숙련도가 올랐습니다. 15.5%]

[헤노바의 마장대검(魔裝帶劒)]

분류: 한 손 무기

등급: B—

설명: 헤노바가 3년간 심혈을 기울여 탄생시킨 단검. 원래 소중한 이를 위해 만들었으나, 그가 죽으면서 주인을 잃어 헤노바의 정념과 원한이 깃들었다.

덕분에 바위도 가볍게 가를 수 있는 날카로운 예기를 지니게 되었다.

* 드워프의 소망

마장대검은 소유자의 사념을 양식으로 삼는다. 강한 의지가 깃들수록 예기도 더 날카로워진다.

* 정념의 칼날

공격하는 동안 상대의 상처를 계속 악화시켜 생명력을 갉아먹는다.

상대의 생명력이 20% 미만 아래로 떨어지면 일정 확률로 빙독(氷毒)에 중독된다.

**이 아티팩트는 '성장형'입니다. 주인의 성장에 맞춰서 아티팩트도 같이 성장하므로, 친숙도와 능숙도를 함께 올리십시오.

'생각했던 것보다 훨씬 좋아.'

헤노바의 대장간을 나오는 길.

연우는 마장대검이라는 이름을 가진 단검의 내력을 살피고 슬쩍 미소를 지었다.

이 정도라면 상급품에 해당했다. 아르티야에 제공하던 무구가 이 정도가 아닐까.

무엇보다 성장형이라는 게 제일 마음에 들었다.

앞으로 사용하기에 따라서 얼마든지 강해질 수 있다는 뜻이니까.

'그립감도 괜찮고.'

탑에 들어오면 가장 먼저 헤노바에게 기에스 눈의 제작을 맡기겠다는 생각은 계속 갖고 있었다.

재료들을 모을 때, 칸과 도일이 몇 번씩이나 믿을 수 있는 대장장이가 있냐고 물을 때도 생각해 둔 바가 있다고 했었다.

그 대장장이가 바로 헤노바였다.

'이런 물건을 만들 수 있는 사람이니, 기에스의 눈도 충분히 제작할 수 있겠지.'

헤노바는 최소 한 달은 소요된다고 말했다.

기초 재료는 충분해도 다른 재료들을 공수해야 하고, 제작하는 과정도 꽤 긴 시일을 필요로 한다는 설명을 덧붙이면서.

'다른 클랜들의 방해는 받았어도 망치질은 꾸준히 하고 있는 것 같았지. 쉽지 않았을 텐데. 그래도 꺾이지 않는 걸 보면, 대단한 사람인 건 분명해.'

연우는 앞으로 한 달 동안 기에스의 눈을 핑계 삼아 헤노바를 꾸준히 지켜볼 생각이었다.

그를 중심으로 돌아가는 상황들까지도, 함께.

'그 정도의 시간이라면, 충분히 어떤 사람인지 알 수 있겠지.'

믿을 수 있을지, 없을지.

연우는 깊게 가라앉은 눈으로 마장대검을 쓰다듬었다.

우웅, 웅―

마장대검이 기분 좋다면서 잘게 몸을 떨었다.

처음부터 느꼈던 것이지만, 마장대검은 유독 뭔가 자신과 잘 맞는 느낌이 들었다.

마치 오래전에 잃어버렸던 소중한 물건이라도 되찾은 것 같은 느낌.

"……."

그러다 문득 설명창에서 '소중한 이'라는 단어가 눈에 밟혔다.

여기서 말하는 소중한 이란.

대체, 누굴까?

'한 달.'

연우는 품에서 회중시계를 살짝 꺼내 바라봤다.

동생의 손때가 잔뜩 묻은 시계.

튜토리얼에서 그렇게 맹렬하게 회전하던 게 맞나 싶을 정도로 시침은 여전히 'XII' 칸에 고정되어 있었다.

조금 다른 점이 있다면, 처음 연우의 손에 왔을 때는 꿈쩍도 않던 게, 지금은 아주 미미하지만 잘게 떨리고 있었다.

태엽이 조금씩 감긴단 뜻이었다.

'그 정도면 충분하지.'

연우는 회중시계를 도로 품속에 집어넣고, 마장대검을 허리춤에 걸었다.

'그나저나.'

연우의 두 눈이 가라앉았다.

조금씩 날카로워진 감각이 주변을 빠르게 훑었다.

'참 많이도 따라붙었군.'

대장간에서 나와 얼마 걷지 않았을 때부터 어떤 무리들이 뒤를 밟고 있었다.

'열다섯? 아니, 열일곱.'

연우는 인지 영역을 최대로 확장시켜 미행하는 녀석들의 위치를 정확하게 판단했다.

'보상 아티팩트를 노리는 놈들인가? 아니면 날 조사하려는 놈들?'

아무래도 둘 다인 것 같았다.

움직임으로 보아 같은 패거리는 아니었다. 대여섯 명씩 짝을 지어 다르게 움직였으니까.

하지만 어차피 그래 봤자 잔챙이들.

떼로 덤빈다고 해도 별로 무섭지도 않았다.

'그래도 계속 엮이는 건 귀찮으니.'

연우는 모른 척하면서 모퉁이를 돌았다. 걸음에 속도를 주자 녀석들도 다급하게 움직였다.

빛이 쉽게 닿지 않는 어두운 곳.

"어? 이 새끼 어디로 갔어?"

"젠장! 절대 놓치면 안 된다고 그랬는데!"

하지만 그곳에 연우는 없었다.

결국 헛걸음만 하게 된 추적자들은 관자놀이를 쥐어뜯어야 했다.

*　*　*

연우는 추적자들을 따돌린 뒤, 근방에 있는 허름한 여관에 방을 잡았다.

그리고 따로 점원에게 웃돈을 주고 구한 로브를 두르고 다시 밖으로 나섰다.

수중에 돈은 충분했다.

튜토리얼에서 막대하게 쌓아 올렸던 공적치. 탑에서는 포인트가 일반 화폐처럼 쓰이고 있었기 때문에 여러모로 편리했다.

사람들의 이목을 살 걱정은 할 필요가 없었다. 그와 비슷한 차림을 한 사람은 많았으니까.

그렇게 연우가 도착한 장소는 인근에서 가장 높은 층을 자랑하는 카페였다.

"찾으시는 장소라도 있으십니까?"

"가장 위층. 테라스를 쓰고 싶은데."

연우는 점원에게 제법 많은 공적치를 지불하고 5층 테라스로 안내되었다.

공간이 탁 트여 탑 외 지역이 한눈에 내려다보였다.

어느덧 해가 져서 그런지, 야경이 아름답게 반짝거리고 있었다.

"손님께서는 아주 운이 좋으시군요. 보시다시피 이곳은 전망이 아주 좋아 평소 인기가 많은 장소랍니다. 마침 평소 즐겨 찾으시던 손님께서 다시 층계 공략에 나서시면서 자리가 비……."

"헤이즐넛으로. 시럽은 빼고, 원두는 인공이 아니었으면 좋겠어."

연우는 점원의 말이 더 길어질까 싶어 툭 잘라 버리고 의자에 앉아 야경을 조망했다.

점원은 싫어하는 기색도 없이 조용히 물러났다.

"……."

연우는 주문한 커피가 도착할 때까지 자리에서 꿈쩍도 하지 않았다.

커피는 제법 맛있었다.

지구가 원산지로 탑에서도 인기가 꽤 많아 일부 경작하는 농장이 있다더니.

지구에서 마시던 것과 사뭇 다르면서도 향이 좋았다.

연우는 이런 커피가 좋았다.

전투에 돌입하기 전, 잠깐 티타임을 가지면 아드레날린으로 뜨거워진 머리를 싸늘하게 식힐 수 있었으니까.

지금도 마찬가지.

방금 전까지 살짝 달아올랐던 고양감이 차분하게 내려앉는 것 같았다.

시원한 밤바람.

탁 트인 야경.

따뜻한 커피.

모든 게 좋았다.

'네가 추천하던 곳은 언제나 괜찮았지.'

이곳은 동생이 자주 찾던 단골 카페였다.

한창 아르티야를 결성하고 층계 공략에 열을 올릴 때에 주로 찾던 곳.

동료들과 함께 웃고, 떠들고, 즐기는 추억이 어려 있는 곳…….

때문에 연우는 일기장에 남아 있는 기억을 토대로, 카페에 가만히 앉아 야경을 구경했다.

동생이 여기에 앉아 어떤 생각을 했을지 떠올려 보면서. 녀석이 어떤 모습으로 웃고 있었을지 상상해 보면서.

탑 외 지역은 일반 플레이어들에게 별다른 감흥을 주지 못하는 장소였다.

하지만 동생에게는 곳곳에 많은 추억이 묻어 있는 곳이었다.

연우는 당분간 동생이 스쳤던 곳들을 되짚어 볼 생각이었다.

기에스의 눈이 완성되는 한 달 동안.

입가에 다시 커피잔을 가져갔다.

시럽을 넣지 않아서 그런지, 헤이즐넛은 조금 썼다.

*　*　*

아침이 되었다.

연우는 카페에 갔을 때처럼 가면과 로브만 쓰고 길을 나와 어느 식당을 찾았다.

식당은 그처럼 아침 식사를 위해 찾은 사람들로 북적댔다.

"자리 있나?"

"합석하셔야 할 것 같은데. 괜찮으신가요?"

아무 데나 상관없다는 대답에 연우는 중앙에 있는 거대 테이블로 안내되었다.

이미 착석해 있던 사람들도 자신처럼 따로 왔던지 각자 알아서 식사를 하고 있었다.

연우는 알아보기 힘든 여러 메뉴 중에서 동생이 맛있다고 추천한 걸 골랐다.

터키에서 먹었던 케밥과 비슷한 음식.

맛은.

'그러고 보니 네 입맛은 최악이었지. 깜빡했다.'

형편없었다.

*　*　*

연우는 식사를 끝내고, 외곽에 위치한 숲길을 거닐었다.

상쾌한 바람이 부는 곳.

한적해서 사람도 잘 다니지 않았다.

이런 곳에 올 만큼 여유 있는 사람들이라 해 봐야 대부분 층계를 공략하려는 플레이어들이라 잘 찾지 않는 것이겠지.

좋은 장소를 찾았다는 생각이 들었다.

맛없는 음식을 먹고 짜증 났던 기분이 싹 달아났다.

*　　*　　*

"골라, 골라! 아무거나 골라!"

"이것으로 말할 것 같으면……!"

한적한 숲길과 다르게 노점상이 가득 찬 거리.

여러 사람들로 북적거렸다.

연우는 그 길을 따라 한참 걸었다.

*　　*　　*

탑 외 지역 서남쪽에 아쿠아리움과 비슷한 곳이 있었다. 여러 세계의 해양 생물들을 한데 모아 놓은 곳.

하지만 정작 연우가 이곳에 온 이유는.

"……."

여자 구경을 위해서였다.

제법 예쁜 여자들이 많이 보였다.

'너도 남자였구나.'

피식.

웃음이 나왔다.

*　　*　　*

어느 곳이나 마찬가지이듯.

길거리 노점상들이 파는 음식은 달고 맛있었다.

*　　*　　*

"어제 오셨던 그 손님이시군요."

"어제 그 자리, 비어 있나?"

"이 시간에는 사람이 잘 없어 늘 비어 있지요. 하지만 낮에 보는 경관은 또 야경과 다른 묘미가 있답니다."

연우는 어젯밤처럼 테라스에 앉아 티타임을 즐겼다.

어제까지 겪었던 소란들이 전부 거짓말이었던 것처럼.

모든 것이 평화로웠다.

*　　*　　*

탑 외 지역에 들어선 지 닷새 정도가 지났을 무렵.

연우는 다시 헤노바의 대장간을 찾았다.

땅, 땅, 따앙—

"뭐야? 여긴 또 왜 왔어?"

헤노바는 한창 담금질을 하던 중이었는지 시뻘겋게 달아오른 주물을 내려놓으면서 미간을 좁혔다.

간만에 열심히 망치질을 해서 그런지 노인답지 않게 근육이 잔뜩 올라와 있었다.

지난 닷새 동안 연우는 쉴 새 없이 대장간을 들락날락했다. 마치 자기 집처럼.

"지나가던 길에 들렀습니다. 심심하기도 하고, 주문도 제대로 이뤄지고 있나 확인차 해서요. 보아하니 필요한 재료들은 어제 다 공급된 것 같던데. 맞습니까?"

낯짝 두꺼운 뻔뻔한 대답.

당연히 헤노바의 안면이 구겨졌다.

"뭐, 인마?"

물론, 연우는 담담했다.

"다행히 제작은 시작하신 것 같군요. 그래도 혹시 모르니 옆에서 감시하겠습니다."

"뭔 이딴 새끼가……!"

연우는 헤노바가 뭐라고 떠들건 말건 간에 적당히 비어 있는 자리에 앉아 그를 빤히 쳐다봤다.

헤노바는 기도 차지 않은지 씩씩거렸지만, 여전히 연우의 낯짝은 두꺼웠다.

결국 헤노바는 뭐라고 떠들건 간에 듣지도 않을 놈이라는 걸 깨닫고 고개를 절레절레 흔들었다.

요 며칠 동안 계속 느꼈던 것이지만, 이놈은 정말이지 말이 통하질 않는 녀석이었다.

언제나 자기 마음대로 왔다가, 자기 마음대로 가 버렸다.

버럭 소리를 지르거나 윽박을 질러도 담담히 고개만 끄덕일 뿐.

아무리 화를 토해 내 봤자 자신만 손해였다.

그래서 헤노바는 연우를 아예 없는 사람 취급하기로 마음먹고 다시 담금질에 들어갔다.

당연히 망치에 들어가는 힘은 이전보다 훨씬 셌다.

땅! 땅!

따앙—

연우는 지겹지도 않은지 한참 동안 헤노바가 하는 행동

들을 관찰했다.

눈가를 따라 뱀을 닮은 새로운 눈이 활짝 열렸다.

용마안이 헤노바가 벌이는 모든 행동과 그 너머에 있는 의미, 목적까지 쫓고자 했다.

헤노바는 거친 야생마처럼 망치를 두들길 것 같은 인상과 다르게 주물을 아주 꼼꼼하게 살피면서 두들겼다.

추출. 쇳물을 천천히 녹이고.

주조. 대검 모양의 거푸집에 따라 밀어 넣어.

단조. 모양이 잡힌 주물을 열심히 두들긴다.

그리고 대검을 완성시키는 마지막 제련까지, 헤노바의 손길은 너무나 정성스러웠다.

보는 것만으로도 눈이 맑아지는 듯한 기분.

장인.

그런 단어가 가장 먼저 떠올랐다.

스스로 드워프 5대 명장이라고 큰소리를 뻥뻥 치더니. 그럴 만한 자격이 있었다.

'이런 식으로 이뤄졌구나. 네가 쓰던 모든 물건이.'

정우는 한때 '헤븐윙' 이라는 별명으로 유명했다고 한다.

그런 닉네임을 있게 해 준 모든 아티팩트들이 전부 헤노바의 손을 거쳐 탄생되었다.

당연히 그런 그의 실력은 대단할 수밖에 없었다.

야금술에 대한 지식이 전혀 없는 연우도 손끝이 간질거릴 정도로.

손길 하나하나에 힘이 넘치고, 평범한 사람들은 닿을 수 없는 달인의 뜻이 담겨 있었다.

연우는 이런 걸 직접 보고 싶었다.

동생이 먹었던 음식. 거닐었던 산책로. 머물렀던 장소. 누웠던 집. 친구들과 떠들던 곳.

손길이 닿았던 모든 흔적들.

"……."

연우는 가만히 눈을 감고 일기장에서 봤던 장소들과 직접 눈으로 확인했던 장소들을 대조해 봤다.

많은 것들이 비슷했고, 많은 것들이 달라졌다.

그렇게 깊은 생각 끝에.

다시 눈을 떴을 때.

"자냐, 인마?"

주름이 자글자글하게 진 헤노바의 커다란 머리가 바로 눈앞에 있었다.

짜증이 단단히 난 성난 눈빛.

"누구는 죽어라 두들겨 대고 있는데, 감시하러 오겠다고 한 새끼는 잠이나 쳐 자고. 너 여기 뭐하러 왔냐?"

"심심해서 왔다고 말씀드리지 않았습니까?"

심드렁한 대답.

빠직.

연우는 헤노바의 주름진 이마에 혈관이 잔뜩 돋아나는 걸 볼 수 있었다.

"계속 깐족거리면서 늙은이 속만 벅벅 긁어 댈 것 같으면 저기 쭈그리고 앉아서 망치질이나 하든가! 이 빌어먹을 놈아!"

결국 헤노바는 더 이상 참지 못하고 한쪽 구석을 가리키면서 길길이 날뛰었다.

짧은 다리로 폴짝폴짝 뛰는 모습이 조금 웃겼다.

"그러겠습니다."

연우는 무미건조한 말투로 뚜벅뚜벅 헤노바가 가리킨 자리에 가 앉았다.

그리고 망치를 들고 그를 다시 보며 물었다.

"그런데 화로에 불은 어떻게 지핍니까? 가르쳐 주셔야 망치질이라도 하지요."

"아, 나, 저 빌어, 먹을, 진짜……!"

헤노바는 더 이상 말도 제대로 나오지 않는지 더듬거리다 끝내 뒷목을 붙잡았다.

"으으. 저 빌어먹을 새끼가아."

"고혈압이십니까? 약이라도 지어다 드릴까요?"

"넌 그냥 닥쳐 주는 게 혈압 낮춰 주는 거니까 좀 닥쳐!"

"그러죠. 그런데 진짜 불은 어떻게 지핍니까?"

"아아악!"

헤노바는 도저히 말로 상대가 되지 않는다는 사실에 소리를 고래고래 질렀다.

말투만 봐서는 전혀 감정 굴곡이 없는 녀석 같은데.

그럼에도 대화를 몇 마디만 나누다 보면 어느새 사람 속이 뒤집히게 만들었다.

헤노바는 더 이상 성을 내 봤자 이쪽만 손해란 생각에 크게 숨을 고르며 자리에 털썩 주저앉았다.

"으으. 내가 왜 저딴 놈이랑 엮여서."

그 짧은 시간 사이에 몇 년은 늙은 듯한 모습이었다.

'정우가 왜 처음부터 따라다녔는지 알 것 같아.'

가면 아래, 연우는 작게 웃었다.

*　　　*　　　*

모든 회차가 끝나 리셋만 기다리고 있는 튜토리얼에 어느 손님이 찾아왔다.

"개판이로군."

푸른색 로브를 몸에 두른 채, 폐허를 내려다보는 사내의 시선에는 짜증이 가득 섞였다.

그를 따라왔던 수행원들까지도 인상이 딱딱하게 굳을 정도였으니.

이건 그들이 보고를 들었던 것보다 훨씬 사태가 심각했다.

생존자는커녕, 여태껏 섬의 눈을 피해 겨우 모으고, 쌓고, 이뤘던 모든 것들이 하루아침에 날아가 버렸으니.

흔적조차 찾을 수 없다.

이래서는 제대로 된 조사는 꿈도 못 꿀 것 같았다.

그리고.

'심장'에 대한 행방까지도, 전부.

'빌어먹을 빌드 같으니.'

'혼자서 욕심을 부릴 때부터 알아봤어야 하는데. 대체 무슨 일을 저질렀기에 이딴 꼴이 되냐고!'

'이제야 겨우 리언트 님이 무신이 되셔서 어깨를 펼 수 있나 싶었었는데…… 젠장!'

수행원들은 이미 죽고 없는 빌드를 떠올리면서 이를 바득바득 갈았다.

그러면서 주인의 눈치를 살펴야만 했다.

"무슨 수를 써서라도 찾아라. 땅을 뒤집든, 튜토리얼을 뒤집든, 어떻게든!"

"명!"

"명!"

수행원들은 고개를 숙이면서 땅을 박차 재빨리 사라졌다.

사내는 다시 이글거리는 시선으로 아랑단이 있었던 폐허를 바라봤다.

바득.

이가 잔뜩 갈렸다.

"하필 이런 중요한 시기에……."

그의 이름은 리언트.

8대 클랜, 청화도를 다스린다는 다섯 무신 중 한 사람이자, 한때 팀 아르티야의 멤버이기도 했던 자였다.

*　　*　　*

"그런데 정말 야금술을 가르쳐 주시면 안 됩니까?"

한참의 시간이 지난 뒤.

연우는 헤노바가 어느 정도 마음을 가라앉혔다 싶자 조용히 입을 열었다.

헤노바의 한쪽 눈썹 끝이 다시 꿈틀거렸다.

"너 이……!"

"이번에는 장난이 아닙니다. 기초 단계라도 좋으니 배우고 싶습니다."

진지한 말투.

헤노바도 연우가 진심이라는 걸 깨닫고 두들기던 망치를 조용히 내려놓았다.

그리고 발치에 놨던 곰방대를 들어서 입에 물었다.

'그러고 보니 꽤 심한 골초라고 했었지.'

연우가 담담하게 헤노바를 바라볼 무렵.

푸우우—

하얀 연기가 자욱하게 퍼졌다.

"뭘 하려고?"

"수리하고 싶은 것이 있습니다."

"수리? 뭔데?"

"죄송합니다. 보여 드릴 수는 없습니다."

연우는 품속에 있는 회중시계를 만지작거렸다.

자신에게 돌아왔을 때는 이미 낡을 대로 낡고 시침만 남아 고장 난 상태였던 회중시계.

하지만 안에는 여러 가지 마법 장치가 내재되어 웬만해서는 손을 댈 수 없게 되어 버린 아티팩트였다.

연우는 이것을 고치고, 내부를 열고 싶었다.

다른 무언가가 있지 않을지.

혹시 찾지 못한 다른 단서가 있지 않을지.

아니, 그런 걸 다 떠나서 자신과 동생 사이에 어린 추억이 담긴 물건이기 때문에 최대한 온전한 상태로 만들어 주고 싶었다.

그리고 헤노바라면 충분히 수리가 가능할지도 몰랐다.

그는 야금술뿐만 아니라, 연금술과 마도공학에도 일가견이 있었으니까.

하지만 연우는 회중시계를 보이고 싶지 않았다.

아직 헤노바를 믿을 수 없었다.

동생과 가장 가까웠던 그라면 회중시계가 무엇인지 단번에 알아보겠지.

그가 좋은 사람이라는 건 이제 알 것 같았지만, 그렇다고 신뢰할 수 있단 뜻은 아니었다.

무엇보다.

'내가 직접 고치고 싶다.'

이건 동생이 자신에게 남긴 물건.

그렇다면 이 손으로 직접 고쳐야 하지 않을까.

쓸데없는 고집이라 할 수도 있겠지만, 연우에게는 그것이 자신만의 다짐이었다.

"그렇다면 어쩔 수 없지."

후우—

헤노바는 다시 연기를 내뱉으며 태연하게 고개를 끄덕였다.

짜증을 부릴지 모른다는 예상과 다른 태도.

연우는 그 점이 의아했다.

"화가 나진 않으십니까?"

"내가 왜?"

"사정도 설명하지 않고 기술을 가르쳐 달라고 생떼를 부리는 것이지 않습니까."

피식.

헤노바는 한쪽 입술 끝을 올렸다.

재미난 걸 발견했다는 듯.

"네놈도 네놈이 얼마나 말도 안 되는 억지를 부리고 있는지 알긴 아는 모양이구나?"

"……."

후우—

"아서라. 말하지 않는다면 이쪽도 관심 없으니. 제 세상을 등지고 탑에 오르려는 놈치고, 사연 없는 놈이 어디 있을까? 아마 모르긴 몰라도 여기 지나는 놈 아무나 하나 붙잡아 인생 이야기를 하라고 해도 잘만 쓰면 소설책 한 권은 그냥 나올 게다."

그러면서 헤노바는 웃었다. 얇게 주름진 눈가에 여러 감정이 깃들었다가 사라졌다.

연우는 그게 회한이라는 걸 깨달았다.

"아마 네놈도 다르지 않을 테지. 특히 그 되도 않는 가면을 쓰고 다니는 꼴만 봐도, 속내가 시커먼 놈이라는 건 알 수 있으니까 말이다. 낄낄낄."

탁!

헤노바는 곰방대를 한 번 더 빨아들이고 바닥에 내려놓았다.

연우를 만나고 나서 처음으로 터뜨린 웃음.

연우를 보는 눈빛에 짜증과 경계심 대신에 새로운 감정이 깃들었다.

헤노바는 다시 망치를 들었다.

"네놈이 한 주문 때문에 제대로 가르쳐 줄 시간은 없다. 대충 기본만 일러 줄 테니, 나머지는 알아서 눈대중으로 훔쳐 배워."

"감사합니다."

"흥! 네놈 좋아서 가르쳐 주는 줄 아느냐? 심심해서 그러는 것이다. 심심해서."

연우는 콧방귀를 뀌는 헤노바의 귓가가 살짝 빨개져 있는 걸 보고도 모른 척했다.

겉보기와 달리 참 부끄러움 많은 드워프다 싶었다.

*　*　*

처음 알아서 배우라던 말과 다르게.

헤노바는 연우가 망치를 쥐기 무섭게 잔소리부터 퍼부었다.

풀무질이 시원찮으면 발로 걷어차고, 자세가 틀어지면 들고 있던 망치로 위협했다.

덕분에 연우는 몇 시간이 지나도록 제대로 된 망치질 한 번을 하지 못했다.

하지만 어떻게 보면 그건 당연한 행동이었다.

대장간에 있는 것들은 모든 게 위험하다.

화로는 물론, 쇳물은 자칫 실수로 살갗에 닿기라도 하면 큰일이 벌어지기 십상이었다.

웬만한 상처쯤은 눈 하나 깜짝하지 않을 플레이어라 할지라도 기초는 단단하게 잡아야 하는 것이다.

하물며 모든 기구들이 특제품인 드워프의 것이라면 더더욱.

헤노바도 말과 다르게 초보인 연우를 그냥 내버려 둘 수 없으니 간섭을 하는 것이다.

하지만.

덕분에 연우는 빠른 속도로 기초 지식을 습득할 수 있었다.

따앙—

따앙—

헤노바는 연우가 어느덧 그럴싸한 자세를 잡고 망치를 두들기게 된 후에야 제자리에 앉을 수 있었다.

'그래도 천치는 아닌 모양이야.'

후우—

흥분했던 마음을 가라앉히기 위해 곰방대를 맘껏 빨아 댔다.

머릿속이 차분해졌다.

하지만 헤노바의 생각과 다르게 연우를 관찰하는 그의 주름진 눈가는 묘한 곡선을 그리고 있었다.

붉게 달궈진 주물이 규칙적이고 반복적인 망치질을 따라 넓게 펴졌다가 접히기를 반복했다.

보통 처음 망치를 쥐는 사람들의 작업은 힘을 적절히 배분하지 못하거나, 접쇠 방식이 잘못되거나, 쇳물의 적절한 끓는점이 잘못되는 등 다양한 실수가 따르기 마련이었다.

하지만 연우는 용마안을 통해 망치질이 필요한 지점을 정확하게 찾았고, 힘을 완전하게 조절하면서 필요한 만큼 두들기고 필요한 만큼 펴고 접기를 반복했다.

어떻게 보면 기계적이라고도 할 수 있는 동작들.

그러나 달리 보면, 어느 정도 기술이 잡힌 대장장이의 동작이었다.

기가 찰 노릇이었다.

헤노바는 300년이 넘는 긴 세월을 오로지 망치만 쥐면서 살아왔다.

그중에서 최근 100년은 갖가지 세상에서 날고 긴다는 자들만 모인다는 탑에서 생활했다.

그렇다 보니 당연히 정말 다양한 사람들을 만났다.

뛰어난 장인, 재능이 넘치는 녀석, 기초는 부족하지만 센스는 좋았던 놈.

자신에게 기술을 배워 보고 싶다면서 자신 있게 왔다가 소박만 맞고 돌아간 사람도 있었다.

그런데 이 녀석은 뭘까?

분명히 처음 망치를 쥘 때까지만 해도 아무런 지식도 없는 놈이었는데.

틀린 걸 지적해 줄 때마다 똑바로 고치더니 어느새 자세도 제법 그럴싸하게 변해 있었다.

이런 놈은 처음이었다.

'아니, 두 번째였나?'

"영감, 영감! 그거 나도 가르쳐 줘! 엄청 재미있어 보이는데? 가르쳐 주라, 응?"

이제는 지난날의 추억이 되어 버린 목소리.

이상하게도.

빌어먹게도.

불길 앞에서 망치를 꽉 쥐고 열심히 내려치던 그놈의 모습이 언뜻 눈앞의 녀석과 겹쳐지는 것 같았다.

피식.

헤노바는 고개를 절레절레 흔들었다.

'나도 늙었나? 나이를 먹으니 별 쓸데없는 생각을 다 하는구나.'

떠오르는 추억을 내쫓은 뒤.

헤노바는 때마침 실수를 저지른 연우에게 냅다 곰방대를 던졌다.

"이놈아! 각도가 글러 먹었잖아!"

다시 헤노바의 잔소리가 시작되었다.

*　　*　　*

낮에 그렇게 많던 사람들이 전부 어디로 갔나 싶을 정도로 거리가 한산해진 밤.

연우는 대장간을 나와서 달이 비추는 길을 따라 숙소로 되돌아가고 있었다.

처음 탑 외 지역에 들어왔던 날, 선불로 한 달 치 숙박료를 미리 지급했기 때문에, 시간에 관계없이 언제든 편하게 돌아갈 수 있었다.

'벌써 이곳으로 온 지 보름쯤 되었나?'

낯설었던 길도 이제는 익숙했다. 일기장에서만 보던 길이, 어느덧 연우에게도 생활의 일부가 된 것이다.

'참 재미난 드워프야.'

요 며칠, 연우는 카페와 거리, 그리고 대장간만 이동하는 동선을 가졌다.

회중시계를 고치기 위해 야금술을 배우고 있는 중이었지만, 그보다는 예전에 동생이 누렸던 생활에 더 익숙해지기 위해서였다.

전부 즐거웠고, 흥미로웠다.

특히 헤노바와의 일상이 가장 재미있었다.

매번 툴툴거리고 버럭 신경질을 내면서도, 속을 박박 긁으면 긁는 대로 잘 넘어오는 단순한 성격.

그러면서도 마음씨는 너무 약해서 혹시 연우가 불편한 게 없나, 야금술은 잘 익히고 있나 수시로 확인하는 드워프였다.

그런 사람을 한참 골려 댔으니. 조금 미안한 마음도 들었다.

하지만 한편으로는 동생이 왜 그를 가리켜서 '아버지 같다' 고 했는지를 알 것 같았다.

그가 느낀 헤노바는 참 따뜻한 사람이었으니까.

'모든 걸 잃은 줄 알았는데. 그래도 너에게 남은 게 있는 것 같아서 다행이다.'

연우는 사람을 완전히 믿지는 못하는 성격이었다. 믿는다고 해도 항상 일말의 의심은 품고 있었다.

그런 그가 봐도 헤노바는 절대 누구를 배신하거나, 힘들다고 떠날 만큼 매정한 사람은 아니었다.

최소한 동생을 배신하지는 않았을 거란 생각은 가질 수 있었다.

하지만 또한 그렇기 때문에.

연우는 헤노바에게 자신이 누군지를 말하지 않았다.

괜히 자신의 일에 끌어들여 고생하게 만들 수는 없었으니.

그저 헤노바라는 사람이 어떤 사람인지 안 정도면 충분하다고 생각했다.

그리고 안심할 수 있었다.

동생의 삶이 마냥 헛된 것만은 아니었으니까.

'기에스의 눈이 완성되는 대로, 대장간을 완전히 떠난다.'

이미 주물을 만지는 기초는 거의 배운 상태. 곁눈질로 어느 정도 제련 과정도 엿보았으니, 나머지는 나중에 따로 연습을 하면서 차근차근히 익혀 나갈 생각이었다.

쏴아아!

마침 바람이 불어왔다.

쌀쌀한 바람.

연우는 손으로 머리를 쓸어 올리며 밤하늘에 걸린 달을 바라봤다.

바라던 대로 이제 탑에는 들어왔다.

동생의 생활도 알았고, 남긴 인연도 얼추 알게 되었다. 녀석이 즐겼던 건 다 엿본 셈이었다.

그렇다면 이제 남은 건 하나.

'탑을 오르고, 놈들을 만나는 것.'

물론, 그러기 위해서는 만반의 준비를 필요로 했다.

연우가 아무리 튜토리얼에서 많이 강해졌다고 하더라도, 진짜 원수라고 할 수 있는 놈들은 아주 까마득한 곳에 있었으니까.

랭커.

탑의 최상부 층에 존재한다는 자들이었다.

이런 탑 외 지역이나 하위 층계 같이 '떨거지' 나 살아가는 곳은, 그들 같이 고고한 존재들이 발을 담그기엔 너무 미천했다.

그들은 튜토리얼에서 최고 기록을 갱신했다는 연우에 대해서도 '그렇구나' 하고 듣고 넘기거나, 아니면 아예 모르고 있을 가능성이 컸다.

그래서 연우는 하루라도 더 빨리 강해져야겠다고 생각했다.

최소한 놈들과 어깨라도 나란히 해야, 눈높이라도 맞춰야, 동생의 죽음에 대해 책임을 물을 수 있지 않을까?

그만큼 랭커라는 벽은 너무 높고 험난했다.

'그리고 그렇게 강해지기 위해서 기에스의 눈은 필수야.'

연우는 지금쯤 헤노바가 실컷 두들기고 있을 기에스의 눈을 떠올리면서, 발걸음을 재촉했다.

물론, 단순히 기에스의 눈만 있어서는 안 된다.

그보다 자신의 단련이 가장 중요했다.

'내가 튜토리얼에서 얻은 건, 처음 예상했던 것보다 훨씬 많았어. 그걸 전부 완전히 내 것으로 만들지 않으면 안 돼.'

이미 연우는 틈틈이 튜토리얼에서 얻은 것들을 정리하고 있는 상태였다.

그래도 혹시 빠진 건 있지 않나 되돌아보던 그때.

"뭐지?"

연우는 골목 모퉁이를 돌다 말고, 자신의 앞을 가로막은 다섯 사람을 보면서 눈살을 찌푸렸다.

짝다리를 짚으면서 살벌한 기세를 흘린다. 녀석들은 단숨에 연우 주변을 빙 에워쌌다.

혹시 예전에 몇 번씩 따돌린 적이 있던 녀석들처럼, 자신을 스카우트하거나 뒷조사하기 위해서 온 자들인가 싶었지만.

"하얀 가면. 붉은색 가죽 갑옷. 맞군. 감히 우리들의 경고를 무시하고, 최근에 헤노바의 대장간을 뻔질나게 드나든다던 새끼."

녀석들은 전혀 생각지도 못한 말을 꺼내면서 험상궂게 인상을 찡그렸다.

"너, 꼬락서니를 봐서는 갓 튜토리얼을 나온 노비스 같은데. 대체 뭘 믿고 우리들의 경고를 무시했던 거냐?"

연우는 순간 뭘 하는 놈들인가 싶어 살짝 인상을 찌푸렸다.

그러다 곧 어떤 녀석들인지 깨닫고 피식 웃고 말았다.

너무 어이가 없어서.

'이놈들이었나? 헤노바의 대장간에다 몇 번씩이나 깽판 놨다던 놈들.'

왜 그동안 안 나타나나 싶긴 했었다.

최근 헤노바의 대장간을 드나들면서 주변 상가인들로부터 계속 들었던 소리가 '괜찮냐?'는 질문이었으니까.

연우도 5대 명장이나 되는 헤노바의 대장간에 계속 파리가 날렸던 이유를 잘 알고 있었다.

8대 클랜의 압박.

물론, 체면을 중시하고 상위 층계에만 관심이 많은 녀석들이 탑 외 지역의 일에 일일이 신경 쓰려 하지는 않을 것이다.

하지만 산하 조직들은 자연스레 그들의 '눈치'를 볼 수밖에 없었다.

그러니 알아서 '눈치' 있게 행동 하던 중에 아르티야와 관련이 있는 헤노바를 압박했던 것이겠지.

그리고 이렇게 연우를 찾아온 것도 그런 눈치 있는 행동의 일환인 듯싶었다.

확실히 눈앞에 있는 녀석들은 8대 클랜의 소속이라고 하기엔 너무 형편없었다.

"웃어? 이 새끼가, 미쳤나."

하지만 녀석들은 연우가 누군지 알아보지 못했다.

아니, 정확하게는 연우의 실력이 어느 정도인지를 알아보지 못했다.

그것만 하더라도 탑에서 낙오하기 딱 좋은 조건이었다.

연우는 굳이 녀석들을 상대할 가치를 느끼지 못했다. 괜히 손을 섞어 봤자 시간만 아까웠다.

"귀찮으니까, 꺼져."

하지만 그런 연우의 태도가 녀석들을 자극했던 걸까.

"이 개 같은 새……!"

경고는 한 번이면 족했다.

쉭!

한 녀석이 버럭 소리를 지르려다 말고, 갑자기 눈앞에서 연우가 사라지자 본능적으로 한 발 뒤로 물러섰다.

하지만 이미 연우는 녀석의 허벅지에다 마장대검을 깊숙하게 박아 넣고 있었다.

퍼억!

"크악!"

녀석이 피를 쏟으면서 쓰러지고.

"이 새끼가!"

"뒈져!"

남은 네 명이 악다구니를 지르면서 와락 달려들었다.

연우는 마장대검을 역수로 쥐면서 몸을 크게 회전시켰다. 녀석들의 발목 인대를 끊고, 허벅지를 부수고, 명치와 가슴팍에다 순서대로 칼을 꽂아 버렸다.

"커컥!"

"쿠르륵."

바닥에 피가 잔뜩 뿌려졌다. 녀석들은 입가에 게거품을 물면서 그대로 바닥에 주저앉았다.

연우는 전투 때 외에는 손쓰기를 귀찮아하는 편이었다.

하지만 한번 부딪치면 절대 그냥 내버려 두는 법이 없었다.

죽이는 게 아닌 이상, 어설프게 싸운 상대는 언젠가 다시 반기를 든다.

그렇다면 아예 그런 생각이 들지 않도록 완전히 꺾어 놔야만 했다.

아프리카에 있을 때부터 단단히 들여 놨던 버릇이었다.

녀석들은 어떻게 제대로 싸워 보지도 못하고 피 웅덩이에 대가리를 처박았다.

몸이 넝마가 된 채로.

"미친…… 새…… 컥!"

연우는 피투성이가 되고도 마지막까지 반항기를 보이던 녀석의 명치에다 칼을 꽂아 버렸다.

녀석은 게거품을 물면서 그대로 뒤로 넘어갔다.

연우는 마장대검에 묻은 핏물을 쓰러진 녀석의 옷깃에다 닦고, 가볍게 허리춤에 찔러 넣었다.

"그놈들 데리고, 조금이라도 빨리 힐러나 신관들에게 데려가면 살릴 수는 있을 거다. 그 뒤에는 모르겠지만."

연우는 정신이 반쯤 나간 녀석에게 가볍게 말하고 난 뒤, 뒤돌아서 나가려고 했다.

그때, 복부를 손으로 움켜쥐고 있던 한 녀석이 인상을 잔뜩 찡그리면서 바락바락 악을 질렀다.

"감히! 감히 노비스 주제에! 우리를 건드리고 무사할 것 같아? 우리들 뒤에 누가 있는지 아는 거냐고! 너 이 새끼도, 헤노바, 그 영감탱이와 똑같은 꼴로 만들……!"

순간, 연우의 눈동자에서 불똥이 튀었다.

쐐애액, 퍼억!

"커억!"

연우는 눈 깜짝할 사이에 녀석에게 달려들어 가슴팍에다 마장대검을 꽂았다.

마장대검이 꽤 깊숙하게 박히면서 늑골이 죄다 박살 나고, 칼끝이 심방 근처에 걸렸다.

조금만 더 깊게 밀어 넣으면 그대로 심장이 터져 나갈 상황.

함부로 헤노바를 운운하던 녀석은 헛바람을 들이켰다. 숨이 턱 막혀 아무런 말도 나오지 않았다.

하지만 죽음보다 더한 공포는 바로 눈앞에 있었다.

코앞까지 다가온 하얀 가면.

그 사이로 피어오른 두 개의 안광이 도깨비불처럼 일렁였다.

"다시 말해 봐. 뭐? 헤노바?"

녀석은 공포에 덜덜 떨면서도 당황하지 않은 척하려 했다. 헤노바를 인질로 삼으면 살 수 있을지도 모르겠다는 생각에.

"이, 이걸 풀면, 그 영감도 살 수 있……!"

연우는 더 이상 들을 가치도 없다는 듯 녀석의 심장을 완전히 박살 내고, 다음 녀석을 찾았다.

"헤노바에게 무슨 짓을 한 거지?"

벌벌 떨면서 연우를 쳐다봤다.

"그, 그건……!"

연우는 대답하기를 주저하는 녀석의 목도 그어 버렸다.

그 순간, 남은 녀석들은 깨달았다.

대답을 조금이라도 머뭇거리는 순간 목이 떨어진다는 사실을.

"다시 묻지. 무슨 짓을 저지른 거지?"

"그, 그냥…… 쿠르륵!"

적당하게 변명을 둘러대려는 것도 할 수 없었다. 용마안이 활짝 열려 거짓말을 하는 것쯤은 쉽게 구분할 수 있었으니까.

이제 남은 녀석은 둘.

"말할 수 있는 입은 하나면 충분하겠지."

한 명만 살려 주겠다는 의미였다.

"그, 그건!"

"헤노바를 이대로 그냥 두면 클랜 위신이 떨어진다고, 대여섯 명이 가서 죄다 깽판을 치, 치고 있습니다!"

좌아악!

연우는 대답하지 않은 놈을 처치했다.

부르르.

동료의 피를 흠뻑 뒤집어쓴 녀석이 바들바들 떨었다.

연우가 차갑게 말했다.

"안내해."

*　　*　　*

연우는 대장간으로 돌아오고 나서 인상을 잔뜩 찡그렸다.

대장간은 온통 엉망이 되어 있었다.

문은 아예 박살이 나고, 안쪽 내부에 전시했던 무구며 집기들도 전부 부서져 아무렇게나 나뒹굴고 있었다. 사라져 버린 아티팩트도 꽤 있었다.

사람들은 혹시 난리통에 같이 휩쓸릴까 싶어서 웅성대면서도 근방에 다가서지 못했다.

오로지 헤노바만 망연자실한 얼굴로 바닥에 주저앉아 있을 뿐.

깽판을 놓았던 녀석들을 상대로 저항이라도 했던 건지, 그는 온통 먼지를 흠뻑 뒤집어쓰고 있었다.

몸 곳곳에 발자국이며 피멍도 남아 있었다.

원래 헤노바는 대장장이 기술만 뛰어날 뿐, 싸움 실력은 그렇게 좋은 편이 아니었다.

아르티야와 가까운 사이이면서도 공략에 참여하지 않았던 건 바로 그런 이유 때문이었다.

"헤노바."

"애…… 송아."

헤노바는 멍하니 있다가, 연우를 발견하고 고개를 떨어뜨렸다.

면목 없다는 듯이.

"미안하구나. 네가 부탁했던 물건들이며 맡겼던 것들, 전부 도둑맞고 말았다. 내가 어떻게든 보상은 할……."

"몸은, 괜찮으십니까?"

연우는 헤노바가 크게 다친 곳이 없는지부터 살폈다.

헤노바의 눈가가 파르르 떨렸다.

"다행히 큰 상처는 없는 것 같습니다. 그래도 혹시 모르는 일이니 일단 근처에 의원이나 힐러에게 가도록 하죠. 혹시 아는 사람, 있으십니까?"

"너……!"

"일단 뒷정리는 마저 제가 할 테니까, 이쪽은 걱정 마시고 몸부터 돌보십시오."

"……."

헤노바는 입을 꾹 다물었다.

연우가 의뢰했던 기에스의 눈은 탑에서도 몇 개가 되지 않는 고급 아티팩트였다. 그리고 이미 절반가량이 완성되어 있었다.

그런데 그런 것을 고스란히 빼앗기고, 필요한 재료들까지 잃어버렸는데도.

연우는 거기에 대해서 아무런 언급도 하지 않았다.

특히 아카샤 뱀의 독샘은 다시 구할 수 없는 최고급 재료인데도 불구하고.

오히려 그의 안부부터 묻고 있었다.

연우는 그런 헤노바의 심란한 마음을 잘 안다는 듯이 살짝 웃어 보였다.

그리고 고개를 돌려 대장간 문밖에서 알짱대고 있던 옆 상가 주인에게 말했다.

"대신 헤노바를 의원에게 데려다주셨으면 합니다."

"하, 하지만."

괜히 도와줬다가 자신도 해코지를 당하면 어떠냐는 불안한 눈빛.

연우의 눈빛이 싸늘하게 식었다.

"제가 해코지를 저지르는 건 괜찮나 봅니다?"

"아, 알았네."

상가 주인도 안색이 새파랗게 질렸다. 허겁지겁 대장간으로 들어와 헤노바를 둘러업었다.

헤노바가 불안한 눈빛으로 연우를 바라봤다.

"너, 뭘 하려고……?"

"잃어버린 물건, 금방 찾아오겠습니다."

헤노바는 연우가 뭘 하려는지 깨닫고, 위험하다면서 만류하려고 했다.

이 일을 저지른 놈들은 이전에도 몇 번씩 똑같이 사고를 쳤던 자들이었으니까.

그런데도 상가 사람들 중 어느 누구도 따지지 못했던 건, 탑 외 지역에서 녀석들의 위세가 상당하기 때문이었다.

나이트 워치.

탑 외 지역에 거주하는 암흑가 클랜 중에서도 손꼽히는 곳이었다.

게다가 녀석들의 배후에는 8대 클랜 중 한 곳인 '레드 드래곤'이 있다는 소문도 있을 정도였다.

그래서 어느 누구도 나이트 워치가 행패를 부려도 막을 생각을 하지 못했다.

헤노바가 주변의 도움을 받지 않았던 것도 그런 이유에서였다.

선의로 자신에게 도움을 줘 봤자, 그들에게 돌아가는 것은 악의밖에 없었으니까.

게다가.

헤노바는 여태 그것을 자신이 짊어져야 할 업이라고 생각했다.

아꼈던 친구를 허망하게 잃어버린 죗값이라고. 스스로에게 주는 벌이기도 했다.

그래서 헤노바는 이번에도 연우가 잘못될까 싶어 뜯어말리려고 했지만.

순간, 연우의 눈빛을 보고 입이 떨어지질 않았다.

강렬한 눈빛.

그 눈빛이 다시 한번 누군가를 떠올리게 했다.

머릿속에 있는 눈빛의 주인은 언제나 장난기가 많고 익살맞은 성격이었고, 눈앞에 있는 녀석은 무뚝뚝하고 말이 없어서 정반대의 성격을 가지고 있었지만.

이상하게도 지금만큼은 너무 똑같다는 생각이 들었다.

연우는 헤노바를 두고 땅을 가볍게 박찼다.

헤노바는 멍하니 연우가 사라지는 걸 지켜봤다.

*　　　*　　　*

"이름."

"우, 윌렛이라고 하, 합니다."

연우는 자신에게 붙잡힌 녀석에게 클랜의 위치를 불게 했다.

암흑가 클랜은 적대 세력으로부터 클랜을 보호하기 위해 위치가 철저하게 비밀에 붙여져 있다.

그것을 발설할 경우, 배신자로 낙인이 찍혀 동료들에게 목이 달아날지도 몰랐다.

하지만 멀리 있는 칼보다 가까이 있는 주먹이 더 무서운 법.

윌렛은 당장 살고 싶은 마음에 위치를 있는 대로 떠벌렸고, 나중에는 길 안내까지 해야만 했다.

시장 동서쪽에 있는 2층짜리 여관. '바람이 머무는 곳'이라는 이름을 가진 곳이었다.

"만약 잘못된 장소를 가르쳐 준 것이라면 넌 죽는다."

"아, 알겠습니다."

윌렛은 침을 꼴깍 삼켰다.

여기까지 끌려오면서도 몇 번씩이고 갈등이 들었다.

지금이라도 다른 장소로 안내해야 하는 게 아닐까? 하지만 그랬다간 정말 죽겠지? 하지만 말해도 클랜장한테 죽을 텐데?

하지만 너무 쉽게 죽어 나가던 동료들의 모습이 떠올라 그럴 수가 없었다.

최소한 그런 꼴은 당하고 싶지 않았다.

더군다나.

'저, 저 눈, 대체…….'

새하얀 가면 아래 드러난 두 개의 눈.

새벽처럼 어둡고, 심연처럼 깊은 눈을 마주치고 있노라면 저절로 공포감이 들었다.

결국 윌렛은 클랜이 있는 장소에 도착하고 말았다.

"여, 여깁니다."

연우는 말없이 녀석이 가리킨 곳을 바라봤다.

외관으로는 다 쓰러져 가는 볼품없는 여관.

가난한 플레이어들이나 머물 것 같은 곳이었다.

하지만.

'맞는 것 같군. 여기저기 잡히는 것들이 많으니.'

인지 영역을 확장시켜 여관을 스캔해 보니 곳곳에 여러 기관 장치 같은 트랩이 많이 설치되어 있었다. 숨어 있는 녀석들도 꽤 많았고.

"들어가지."

"하, 하지만…… 아, 알겠습니다."

윌렛은 들어가길 꺼려 했지만, 연우의 눈빛을 보고 결국 두 눈을 질끈 감고 앞장서서 문을 열었다.

마치 그 모습이 도살장에 끌려가는 소를 보는 것 같았다.

"응? 윌렛, 네가 이 시간에 왜……."

어둡고 담배 연기가 자욱한 실내 안.

카운터를 보고 있던 녀석은 윌렛을 보고 고개를 갸웃거리다가, 갑자기 뒤에서 튀어나온 연우를 보고 화들짝 놀랐다.

"무, 무슨…… 크악!"

연우는 녀석의 팔을 낚아채 그대로 돌려 박살 내 버렸다.

그제야 놈들은 목표물이 오히려 침입했다는 사실을 깨달았다.

"젠장!"

"윌렛, 이 새끼! 감히 클랜을 배신해? 덮쳐!"

청소부, 식사하던 고객, 방에서 자던 손님들까지. 한 패거리였는지 단번에 쏟아졌다.

"그, 그게 아닌데."

윌렛이 변명하려 덜덜 떨며 입을 열었지만 듣는 사람은 아무도 없었다.

팟!

연우는 카운터 보던 놈을 벽에다 던지고 지면을 박찼다.

‘최대한 놈들을 빨리 제압한다.’

예민해진 감각을 바탕으로 놈들이 각각 어디에 있는지, 어디로 공격을 시도하는지 패턴이 머릿속에 그려졌다.

쾅! 콰쾅!

마력은 그렇게 많이 끌어 올리지 않았다.

하지만 그 정도로도 놈들을 제압하기엔 충분했다.

단검으로 옆구리를 베어 오는 놈은 팔을 뽑아 반대로 돌렸고, 하체를 쓸어 오는 놈은 턱주가리를 걷어 차 턱뼈를 박살 냈다.

카운터가 부서지고, 벽면이 터져 나갔다.

“무, 뭐 저런 새끼가 다 있어!”

“놈은 한 놈이라고! 어떻게든 막아!”

대체 이 비좁은 여관에 얼마나 많은 놈들이 숨어 있던 걸까.

클랜 멤버들은 끝도 없이 나왔다.

하지만 연우는 빠른 속도로 놈들을 하나하나씩 행동 불능 상태로 만들었다.

부러뜨리고, 박살 내고, 차올리고. 칼을 뽑아 허벅지를 가르고, 발목의 힘줄을 끊고, 어깨를 찍었다.

그가 지나간 자리로 사지가 뒤틀리거나 부러져 쓰러진 놈들이 허다했다.

"아아악! 내 팔! 내 팔!"

"미쳐……! 으아아악!"

연우는 마침 잡고 있던 놈의 어깨를 반대로 돌려 주고 복부를 발로 걷어찼다.

쾅!

걷어차인 녀석은 실 끊어진 연처럼 붕 떠올라 탁상과 의자 두어 개를 박살 내고 저만치 굴렀다.

"으으윽……."

"컥! 컥!"

신음 소리가 가득 퍼졌다.

"젠장! 놈은 한 명이라고! 그것도 튜토리얼을 갓 나온 햇병아리란 말이다, 이 새끼들아!"

저쪽에서 수하들을 독려하면서 고래고래 소리를 지르는 놈이 있었다.

연우는 그쪽으로 몸을 날렸다.

"어, 어어? 마, 막아!"

녀석은 안색이 시퍼렇게 질린 채 뒷걸음을 쳤다.

간부라도 되는지 다른 놈들이 다급히 달려들었지만.

퍽! 퍼퍽!

연우는 손날을 바짝 세워 놈들의 손목을 부러뜨리고, 하체를 박살 내고, 명치를 무릎으로 꽂아 쓰러뜨리면서 단번에 간부의 멱살을 틀어쥐었다.

"컥!"

뭐라고 하거나 말거나.

우드득!

손에다 잔뜩 힘을 주니 놈의 머리통이 그대로 반대로 돌아갔다. 혓바닥이 길게 나왔다.

"사, 사이 님까지!"

"저, 저놈은 대체……?"

연우는 죽은 간부를 아무렇게나 내버리고 감각을 더 예리하게 세웠다.

'어디지? 위? 아래?'

확장된 감각 영역에 따라 뭔가가 철컹, 철컹, 돌아가는 소리가 들렸다.

트랩이 작동하는 소리.

기밀 장소로 들어오면 바로 화살이나 독침을 날릴 수 있게 기관 장치가 돌아가는 것이다.

하지만 덕분에 연우는 트랩이 집중적으로 뭉쳐 있는 곳 너머에 있는 빈 공간을 찾을 수 있었다.

큼지막한 뭔가가 헐레벌떡 움직이고 있었다.

다른 비밀 통로로 빠져나가려는 걸까?

'그렇게는 안 되지.'

연우는 위치를 가늠하고 마력회로를 있는 힘껏 가동시켰다.

장딴지에 힘이 가득 실리자, 그대로 지면을 세게 밟았다.

콰아앙!

마치 대포라도 터진 것처럼 단단한 바닥이 그대로 으스러지면서 충격파가 건물 전체를 뒤흔들었다.

쾅! 쾅! 콰콰쾅!

덕분에 발아래 깔려 있던 무수히 많은 트랩들이며 비밀 통로가 그대로 박살 나거나 무너지면서 연쇄 폭발이 일었다.

"저, 저, 저, 저……!"

"미, 미, 미쳤……!"

아직 정신이 남아 있던 놈들은 도무지 믿기지 않는 광경에 입을 쩍 하고 벌리고 말았다.

그리고 박살 나 버린 지면 아래.

퀭한 구멍이 깊게 나 지하 깊숙한 곳에 있던 비밀 공간이 훤히 드러났다.

거기에는 금고를 만지다 말고 놀라 자지러져 이쪽을 보고 있는 놈이 한 명 있었다.

통통한 체구.

윌렛이 말한 나이트 워치의 클랜장, 뎀이 틀림없었다.

탁!

연우는 아래로 몸을 날려 가볍게 착지했다.

덜덜덜.

뎀은 입만 쩍 벌린 채 아무 말도 하지 못했다. 주르륵, 벽면을 따라 미끄러졌다.

철컹!

그때 마침 녀석이 매만지던 금고의 문이 활짝 열렸다.

속에는 갖가지 서류며 무기명 채권, 증서, 그리고 각종 작은 보석이며 금괴들이 각 칸마다 정리되어 있었다.

연우는 마장대검을 상수로 고쳐 잡으면서 천천히 녀석에게 다가갔다.

가면 너머, 연우의 두 눈이 차갑게 웃고 있었다.

뎀은 덜덜 떨면서 허겁지겁 금고 안쪽으로 손을 뻗었다.

마침 손끝에 검 한 자루가 걸렸다. 꽤 귀한 아티팩트라서 따로 빼돌려 뒀던 장물이었다.

"뒈, 뒈져 버렷!"

뎀은 검을 뽑아 연우에게로 와락 달려들었다. 있는 대로 마력을 발동시켜 스킬을 전개했다.

하지만 연우는 결을 따라 마장대검을 내리쳐 녀석의 검을 분질러 버리는 것과 동시에, 크라슈나의 단검을 뽑아 녀석의 목젖에다 쑤셔 넣었다.

퍼억!

"……쿠르륵!"

뎀은 게거품을 물면서 덜덜 떨다가 고개를 옆으로 꺾었다.

암흑가를 호령한다는 클랜 보스의 허망한 죽음이었다.

연우는 녀석의 사체를 바닥에다 아무렇게나 던져두고, 위쪽으로 다시 시선을 던졌다.

황망한 표정으로 이쪽을 보는 놈들이 있었다.

얼굴에 경악이 가득했다.

"다 뒈지고 싶지 않으면, 대표로 한 놈만 내려와."

* * *

"마, 말씀하신 커, 커피입니다."

탁상에 커피 잔을 내려놓는 손길이 잘게 떨렸다.

연우는 그걸 보다 작게 웃었다.

"독을 탄 건 아니겠지?"

"그, 그럴 리가 있겠습니까?"

녀석의 안색이 새파랗게 질렸다.

그걸 생각해 보지 않은 것도 아니지만 그랬다가는 정말 목숨이 날아갈 수도 있었으니까.

'대체 어디서 이런 괴물 같은 놈이……!'

나이트 워치의 부클랜장, 이제는 졸지에 클랜장이 되어 버린 비스터는 정말이지 미쳐 버릴 것 같았다.

헤노바의 대장간에 들락날락하는 플레이어가 생겼다는 말을 들었을 때까지만 하더라도, 그는 별반 크게 생각하지 않고 있었다.

간혹 탑 외 지역을 찾은 햇병아리들 중에 5대 명장이라는 소문에 혹해서 헤노바를 찾는 놈들이 있었으니까.

그런 자들이야 적당하게 손만 봐 주면 알아서 내뺐기 때문에, 이번에도 그런 정도로 여겼다.

평소와 다른 점이 있다면, 헤노바의 대장간에서 빼앗은 아티팩트들이 아주 좋은 것들이었다는 점이었다.

아니, 아주 좋은 정도가 아니었다.

너무 뛰어난 것들이었다.

짐승왕의 사자 갈기 투구와 절반쯤 제작이 된 기에스의 눈.

이것을 본 순간, 뎀과 비스터의 눈은 반쯤 뒤집어지다시피 했다.

말로만 듣던 군주의 유품에, 랭커들이나 다룬다는 아티팩트가 눈앞에 있었으니까.

그러면서도 한편으로는 걱정이 들기도 했다.

이런 것을 맡길 정도라면 분명 실력이 뛰어난 플레이어일 텐데, 과연 손을 대도 될까 하고.

그래서 혹시나 하는 생각에 두 물건의 원주인을 찾아보고자 소문을 파악했다.

'그때, 뎀 새끼가 물러서기만 했어도!'

그러다 그들은 뒤늦게 한 가지 사실을 포착할 수 있었다.

최근에 탑을 떠들썩하게 만들었던 튜토리얼의 신기록. 그 신기록을 세우고는 갑자기 자취를 감춰서 이상한 소문만 무성했던 플레이어가 보상으로 짐승왕의 유품을 받았던 것이다.

여기서 뎀은 쾌재를 외쳤다.

아무리 신기록을 세웠다고 해도 노비스는 노비스.

그런 녀석의 물건이라면 눈 먼 장물이나 다름없다. 게다가 녀석의 행방을 궁금해하는 곳이 많았으니 꽤 비싼 값에 정보를 팔 수 있겠다는 생각이 든 것이다.

등잔 밑이 어둡다고, '독식자'가 설마 탑이 아니라 탑 외 지역에 있을 줄 누가 짐작이나 했을까.

워낙에 행색이 괴팍한 사람들이 많은 탑 외 지역이니, 여태 소문이 나지 않았던 것도 이상하지는 않았다.

반면에 비스터는 이 물건을 가지고 있는 걸 꺼림칙하게 여겼다.

아무리 노비스라고 해도 그만한 신기록을 세운 놈이라면 분명히 배후가 있을 거라고 생각했기 때문에.

없더라도 곧 생길 게 뻔하니, 오히려 자신들에게 해악으로 다가올 수 있었다.

하지만 뎀은 그런 비스터의 우려를 가볍게 무시해 버렸다.

그리고 그 결과는.

'클렌 자체가 박살 나 버릴 줄이야. 제길.'

나이트 워치는 그래도 나름대로 손꼽히는 규모를 가진 곳이었다.

원래대로라면 이렇게 허망하게 당해서는 안 되는 곳. 레드 드래곤이 배후에 있다는 소문도 있었다.

때문에 나이트 워치보다 규모가 큰 다른 암흑가 클랜들도 그들은 함부로 건드리지 못했었는데.

하지만 연우는 그런 걸 전혀 개의치 않아 했다.

도리어 더 싸워 볼 생각이라면 싸워 보자는 듯이.

아마 나이트 워치는 당분간 영업을 접어야 할지도 몰랐다.

아니, 어쩌면 이미 끝장난 것일지도.

죽거나 중상을 입은 녀석들이 워낙에 많은 데다가, 어렵게 장만했던 본거지도 박살이 나 버렸으니.

멀쩡한 녀석들 중에도 상당수가 밤중에 줄행랑을 칠 게 뻔했다.

사람 하나를 잘못 건드린 대가가 너무 참혹한 것이다.

그런 비스터의 타들어 가는 심정을 아는지 모르는지.

탁!

연우는 마시던 커피 잔을 탁상에다 내려놓고, 무심한 눈길로 비스터를 바라봤다.

비스터는 움찔 몸을 떨었다.

두 개의 도깨비불이 쇠사슬이 되어서 몸을 꽁꽁 묶어 버리는 느낌을 받았다.

"그럼 이제 변상에 대해서 이야기해 볼까?"

"벼, 변상, 이라 하시면?"

"망친 물건값. 부서진 건물 수리비. 그리고 여태 너희들이 해코지를 해 대면서 대장간이 받아야 했던 손해며, 헤노바의 치료비, 정신적 충격에 대한 보상…… 받을 게 꽤 많지 않나? 싫으면 목 위에 있는 것, 내놓아도 좋고."

비스터는 재빨리 고개를 가로저었다.

여태 헤노바의 대장간을 건드린 건 자신들만 아니라, 다른 암흑가들도 마찬가지였다는 말은 죽어도 할 수 없었다.

"일단 거기 금고에 든 건 전부 이쪽에서 챙겨 가도록 하고."

비스터의 안색이 핼쑥해졌다.

그나마 클랜에 남아 있던 마지막 남은 밑천이 몽땅 털리는 순간이었다.

"건물 수리도 너희들이 직접 챙겨야겠지? 특히 대장간에다 깽판을 놨던 놈들, 헤노바에게 손을 썼던 놈들로 데리고 와야 할 거야. 더불어서 앞으로 대장간에 다른 날파리들 끼이지 않게 보호 잘해야 할 거고."

비스터는 두 눈을 질끈 감고 고개를 끄덕였다.

"너희들 배후에 있다는 클랜에도 알아서 잘 보고하도록 해. 뭐, 걔네들이 이쪽의 일까지 신경 쓸 겨를이나 있을지는 모르겠지만."

"……."

비스터는 입을 꾹 다물었다.

어째서인지는 모르지만, 연우는 암흑가에 대한 생리 구조도 어느 정도 알고 있는 것 같았다.

그의 말마따나, 나이트 워치가 레드 드래곤의 산하 조직으로 있다지만, 레드 드래곤이 한낱 탑 외 지역에서 벌어진 일에까지 관심을 둘 이유는 없을 테니까.

설사 나이트 워치가 해체된다고 해도 원인만 조사할 뿐, 복수를 하거나 하지는 않을 게 뻔했다.

비스터의 고개가 힘없이 아래로 떨어졌다.

"좋아. 그럼 뒷일은 믿고 맡기도록 하지."

연우는 의자를 뒤로 물리며 자리에서 일어났다.

그를 배웅하는 비스터의 다리는 후들후들 떨리고 있었다.

*　　*　　*

연우는 빵빵하게 찬 가방을 들고 대장간에 돌아왔다.

'좀 더 손을 쓸 걸 그랬나?'

사실 연우는 비스터를 앞에 두고 잠시 고민을 했었다.

아예 본보기로 나이트 워치 전체를 박살 내 멤버들의 머리통을 걸어 버리고, 주변 암흑가 클랜들도 두어 개 정도 부숴 놓을까 하고.

하지만 암흑가는 암흑가. 빈자리는 새로운 놈들이 차지하기 마련이었다.

그리고 그런 녀석들은 새로운 날파리가 되어 헤노바를 더 귀찮게 만들겠지.

그렇다면 아예 기존에 있던 놈의 기세를 꺾어 버리고, 다시 세워 두는 게 훨씬 속 편했다.

나이트 워치의 대가리가 잘려 나갔다고 해도, 그래도 규모가 있으니 곧 수습할 수 있을 거라고 여겼다.

'그리고 다른 클랜들도 더 이상 헤노바를 귀찮게 하지 않도록 방패로 쓸 수 있고.'

그렇게 생각을 정리하면서 대장간에 도착한 순간.

"음?"

연우는 앞마당에서 전전긍긍해하는 얼굴로 돌아다니는

헤노바를 볼 수 있었다.

얼굴에 붕대를 감고 있는 걸 보니 의원에게는 다녀온 것 같았다.

그래도 눈빛은 영 불안하게 떨리고 있었다.

"……."

연우는 잠시 가슴이 먹먹해지는 걸 느꼈다. 그래서 감정을 꾹 누르면서 고의로 인기척을 냈다.

헤노바가 자연스레 그쪽으로 고개를 돌렸다가, 연우를 발견하고 반색했다.

그러다 가볍게 헛기침을 하면서 표정 관리에 들어갔다.

인상을 살짝 구기면서 버럭 소리를 질렀다.

"위험하게 대체 어디까지 갔던……!"

헤노바는 길게 말을 잇지 못했다.

연우가 피식 웃더니 바닥에다 가방을 내려놓았기 때문이다. 안에 담긴 물건들을 차례대로 꺼냈다.

잃어버렸던 갖가지 물건들뿐만 아니라, 나이트 워치가 자체적으로 갖고 있던 온갖 희귀한 재료들도 가득 담겨 있었다.

헤노바는 잠시 가방과 연우를 번갈아 봤다.

눈가에 갖가지 감정이 소용돌이쳤다. 그러다 땅이 꺼져라 한숨을 푹 내쉬면서 말했다.

"빌어먹을 새끼. 결국 그새 사고를 치고 돌아온 거로군."

연우는 가만히 고개만 끄덕였다.

"그래. 네 녀석이 내 말을 귀담아 들을 리가 만무하지. 뒷일은? 더 이상 걱정하지 않아도 되는 거냐?"

"예."

"그럼 되었다. 그거 들고 들어와."

헤노바는 끝까지 툴툴거리면서 안으로 들어갔다.

하지만 그의 목소리는 어딘지 모르게 따뜻하게 변해 있었다.

연우의 입가에도 살짝 미소가 걸렸다.

가방을 도로 어깨에 걸면서 헤노바를 따라 대장간으로 들어갔다.

*　　*　　*

헤노바의 대장간에서 있었던 사건은 금세 퍼져 나갔다.

나이트 워치는 어떻게든 소문을 잠재우기 위해 사방팔방 뛰어다녔다.

클랜의 존폐가 걸린 위기였기 때문에.

하지만 사람들의 가벼운 입방아를 전부 물리칠 수는 없었다.

결국 종적을 감췄다고 알려진 독식자가 탑 외 지역에 있다는 사실이 널리 알려졌고.

이에 다른 암흑가 클랜들이 바쁘게 움직이기 시작했다.

그의 일거수일투족을 감시하고, 대략적인 정보 보고서를 만들어 의뢰자들에게 비싼 값에 팔기 시작했다.

여러 거대 클랜들은 이를 바탕으로 연우를 스카우트하기 위한 물밑 작업을 개시했다.

또한.

이 소문은 몇 주 동안 그를 찾아 헤맸던 어떤 사람들에게도 고스란히 전해졌으니.

"뭐? 탑 외? 그놈이 왜 난데없이 거기 있다는 거야?"

판트는 술을 마시다 말고, 갑자기 옆자리에서 들린 말에 인상을 잔뜩 찡그렸다.

겁을 먹은 플레이어는 자신이 들은 소문에 대해서 한 시간 내내 설명을 늘어놔야만 했다.

판트의 귓가에는 그냥 딱 한 마디만 맴돌았다.

"탑 외란 말이지? 탑 외!"

판트의 눈이 강렬하게 빛났다.

그걸 가만히 지켜보고 있던 에도라는.

"헤노바?"

뭔가 익숙한 이름에 고개를 갸웃거렸다.

이튿날.

나이트 워치는 아침 댓바람부터 찾아와 연우의 지시대로 문을 고치기 시작했다.

그리고 부서진 집기나 모루, 망치 같은 것들은 더 비싸고 좋은 것들로 배치를 해 놓았다.

덕분에 아침 사이에 대장간은 이전보다 훨씬 시설이 좋아지고 말았다.

"어떻습니까?"

연우는 빠르게 뛰어다니는 나이트 워치 멤버들을 보면서 가볍게 웃었다.

"뭘?"

"딱 봐도 전보다 훨씬 좋아지지 않았습니까? 저한테 감사하셔야 합니다."

연우가 장난스럽게 던진 농담에 헤노바는 짧은 팔로 팔짱을 끼면서 콧방귀를 뀌었다.

"흥! 기에스의 눈이 하루라도 빨리 완성되면 좋다면서? 그럼 당연히 네가 해야 할 일을 했을 뿐인데, 뭘 고맙니 마니 따져? 그리고 일은 저놈들이 다 했는데."

하지만 험악한 말투와 다르게 헤노바의 콧잔등과 귓불은 살짝 붉어져 있었다.

칭찬하기 낯부끄러우니 저렇게 투덜거리는 것이다.

'이런 사람을 가리켜서, 지구에서 하는 말이 있었던 것 같았는데.'

연우는 간질거리는 머릿속에서 단어 하나를 떠올릴 수 있었다.

"츤데레."

"음, 뭐가 말이냐?"

작게 읊조린 혼잣말.

헤노바가 고개를 들어 뭐라고 떠들어 대냐는 얼굴로 쳐다봤다.

연우는 재빨리 아무것도 아니라며 담담하게 고개를 가로저었다. 하지만 입가는 계속 씰룩거리고 있었다. 이럴 때는 가면을 쓰고 있는 게 참 다행이다 싶었다.

헤노바가 영 미심쩍은 표정으로 다시 연우를 노려봤지만, 연우의 입가에 맺힌 미소는 사라지질 않았다.

참 헤노바에게 어울리는 단어다 싶었다.

* * *

시설 정리가 모두 끝난 뒤.

연우와 헤노바는 다시 일상으로 되돌아갔다.

헤노바는 남은 작업을 마무리하기 위해서 다시 망치를

들었고, 연우는 야금술 연습에 몰두했다.

땅, 땅, 따앙—

최소한 겉으로 보기에는 어젯밤에 있었던 그 거칠었던 난리가 거짓말처럼 느껴질 정도였다.

['용마안'이 숨겨진 '결'을 드러냅니다.]

['용마안'의 숙련도가 올랐습니다. 22.9%]

언제부턴가.

연우는 야금술에 완전히 매료되어 있었다.

용마안을 활짝 연 채로 주물을 뚫어져라 주시했다.

갓 거푸집에서 꺼낸 주물을 따라 가느다란 점선이 그려지는 게 보였다.

연우에게만 보이는 점선들.

'결.'

용마안은 진리를 꿰뚫는다.

시전자의 머릿속에 정리된 정보를 바탕으로 계산해서 가장 효율적인 루트를 제시한다.

이러한 루트는 결로 표시가 되기 때문에 연우는 비교적 훨씬 편하게 주물을 두들길 수 있었다.

따앙, 따앙, 따앙—

헤노바가 기초라며 아무렇게나 전해 준 지식과 노하우들은 사실 천금을 주고도 못 살 만큼 대단한 것들이었다.

연우는 하루 동안 용마안으로 헤노바를 살폈기 때문에 알고 있었다.

헤노바가 제작을 위해 얼마나 많은 정성을 기울이는지.

그런 것들이 전해졌다.

용마안으로 헤노바의 자세를 꼼꼼하게 살폈다.

금강체로 명석해진 머리로 그가 내뱉는 한 마디 한 마디를 차곡차곡 담아 정리를 해 뒀다.

그리고 그런 정보를 바탕으로 용마안은 연우의 실력을 빠른 속도로 끌어 올릴 수 있었다.

남들은 사기라고 여길지도 모르는 일들.

'왜 용을 현인(賢人)의 종족이라고 했는지 알겠어.'

만물을 관찰하고, 지식을 습득하고, 진리를 꿰뚫는다는 용의 눈, 용마안.

연우가 부릴 수 있는 것도 용마안이 가진 수많은 권능 중 아주 일부에 불과할 텐데.

그걸 이용하고 있는 것만으로도 이렇게 빨리 성장할 수 있으니 감탄밖에 나오질 않았다.

그리고 이제 완성 직전에 다다른 계승 작업이 완전히 마무리되었을 때.

용의 힘이 깃들었다는 용체를 손에 넣었을 때는.

또 어떤 능력들을 손에 넣을 수 있을지 궁금해지기도 했다.

하지만 덕분에 연우는 야금술을 '이해' 하고 '행동' 하면서 기술 자체가 가진 매력에 사로잡혔다.

따아앙—

연우는 몇 번씩이고 접었던 쇠를 마지막으로 두들겼다.

주물을 따라 잔잔하게 물결무늬가 그려지고 있었다.

그걸 집게로 들어 옆에 뒀던 냉수 통에 넣었다.

치이익!

새하얀 증기가 마구 일어났다.

숨이 막힐 법도 한데 연우는 인상 한 번 찌푸리지 않고 주물을 주시했다.

[야금술에 대한 이해도가 높아집니다. 더 깊은 지식이 쌓이면서 더 많은 가능성을 열 수 있게 되었습니다.]

[지식은 당신을 둘러싼 세계관을 하염없이 확장시켜 주는 역할을 하게 될 것입니다. 더 많은 지식을 익히고, 더 많은 진리를 탐구하십시오. 용의 축복이 당신과 함께할 것입니다.]

['용마안'의 숙련도가 올랐습니다. 25.1%]

[지식의 성장이 확인되었습니다. 그릇이 부드러워졌습니다. 중단되었던 계승 작업이 다시 재기됩니다. 93, 94%……]

[현재 작업량: 94.9%]

뚝. 뚝.

식은땀이 바닥에 계속 떨어졌다.

'힘들어. 쉽게 볼 만한 게 절대 아니야.'

연우는 가볍게 뭉친 어깨를 풀었다.

용마안이 많은 도움을 준다고 해도 그걸 습득하는 과정이 마냥 쉬운 건 아니었다.

튜토리얼에 있을 때는 이리저리 뛰어다니기라도 했지, 이렇게 덥고 습한 곳에서 가만히 틀어박혀서 계속 망치질만 하려니 몸이 쑤셨다.

하지만 덕분에 연우는 단순히 육체의 성장만이 아니라, 정신적인 성장도 병행하는 게 아주 중요하다는 것을 깨달을 수 있었다.

여태 정체되어서 어떻게 다시 재기해야 할지 감이 잡히질 않던 계승 작업이, 아주 조금이지만 진척을 얻을 수 있었으니까.

덕분에 속이 뻥 뚫리는 것 같았다.

'한쪽으로만 치우치는 건 좋지 않다는 것이겠지. 여러모로 까탈스러워. 뒤로 갈수록 더 심해져.'

그런 피로감을 느꼈기 때문일까?

마력회로가 작동하면서 눈가에 응어리 맺혔던 피로가 사르르 녹았다.

다시 활력이 돌았다.

연우는 본능적으로 성장을 이뤘다는 사실을 깨달았다.

자신을 둘러싸고 있던 한계가 한 단계 이상 확장된 느낌이었다.

'어디.'

연우는 주물을 뚫어져라 주시했다.

[만들어지고 있는 좋은 주물]

예상 분류: 양손 무기

예상 등급: F

예상 내구도: 5~10

설명: 아직 다 만들어지지 않은 주물이다. 하지만 첫 시도치고는 괜찮게 된 것 같다.

'이만하면 첫 시도치고는.'

연우는 마른 입술을 혓바닥으로 축였다.

혹시나 하는 생각에 헤노바 쪽으로 시선을 돌렸다.

[드워프 헤노바]

CP: ??? / 성격: 새침부끄한

"뭘 봐? 어서 일 안 해?"

시선이 마주친 헤노바가 눈살을 좁혔다.

어제 아주 잠깐 연우에게 보였던 따뜻한 눈빛은 평소대로 되돌아가 있었다.

연우는 헤노바의 저런 태도가 부끄러움을 감추기 위한 행동이란 걸 잘 알기 때문에 크게 신경 쓰지 않았다.

다만, 그의 관심사는 따로 있었다.

헤노바에게 맺혔던 정보창.

"알겠습니다."

연우는 담담하게 고개를 끄덕이면서 다시 주물 쪽으로 시선을 옮겼다.

'사람에 대한 정보도 열람할 수 있게 되었다고?'

이건 전혀 생각지도 못한 쾌거였다.

야금술을 단련하면서 물건에 대한 이해도가 깊어졌지만,

설마 그게 인물에 대한 것에도 적용될 줄이야.

'상대를 관찰할 수 있다는 건…… 아주 큰 무기가 된다.'

상대를 알고 상대하는 것과 모르고 상대하는 것에는 큰 차이가 있었다.

비록 헤노바에 대해서 많은 걸 볼 수는 없었지만, 그래도 이것만 하더라도 앞으로 큰 도움이 될 터였다.

앞으로 무수히 많은 녀석들을 상대해야 할 테니까.

아주 미약하지만 큰 변화.

연우는 그제야 용마안을 이루고 있는 메커니즘을 어렴풋하게 짐작할 수 있을 것 같았다.

더 많은 것을 익히고, 더 많은 것을 보고, 더 많은 것을 겪을수록.

더 많은 지식을 습득할수록 용마안의 범위도 저절로 넓어지는 것이다.

그리고 지식과 경험이 더 깊어질수록 범위의 깊이도 같이 깊어지겠지.

'그런데 CP가 뭐지?'

연우가 처음 보는 개념에 궁금증이 생겼지만, 천천히 알아 가면 될 거란 생각에 머릿속에서 의문을 지웠다.

그러다.

연우는 헤노바가 잠깐 한눈을 판 사이, 안쪽 호주머니에서 회중시계를 꺼내 용마안을 열었다.

하지만.

[정보를 열람할 수 없습니다.]

연우는 가볍게 혀를 찼다.

'역시 아직은 아닌 모양이군. 하긴. 첫술에 배부를 수는 없겠지.'

그래도 만족감은 사라지지 않았다.

부족한 숙련도야 계속 단련하면 되니까.

그런 생각과 함께.

연우는 다시 망치를 들었다.

따앙—

평소보다 망치가 더 깊이 들어가는 것 같았다.

'그나저나, 새침부끄라. 좀 어울리네.'

연우는 헤노바에게 보였던 단어를 떠올리면서 가볍게 피식 웃고 말았다.

* * *

그 뒤로도 연우의 방문은 계속 이어졌다.

그리고 헤노바를 괴롭혔다.

“접쇠를 할 때 방향 위치를 잡는 기준은 무엇입니까?”

“불의 온도가 적정 수치를 넘은 것 같습니다.”

“바람이 생각보다 약합니다.”

“이 부분은 왜 이렇게 되는 것이죠?”

아는 것들이 생기다 보니 모르는 게 더 많아졌다.

때문에 궁금한 게 생길 때마다 헤노바를 붙잡고 물었고, 헤노바는 이리저리 가르쳐 주다가 망치질 한 번 제대로 못 하고 관자놀이를 쥐어뜯어야 했다.

“너 알아서 좀 배우라고, 이놈아!”

“모르니까 묻지요.”

“그러니까 알아서 배우라고!”

“알아서 가르쳐 주십시오. 알아서 배우겠습니다.”

“아아악! 이 새끼가아!”

헤노바는 순간 연우가 그간 퍼부어 댔던 잔소리에 복수라도 하려는 건가 의심까지 들었다.

그렇다고 무시하려니 끝까지 물고 늘어지는 통에 그럴 수도 없었다.

결국 둘이서 아웅다웅하는 사이.

연우의 솜씨도 눈에 띄게 달라졌다.

그리고.

"이거 좀 봐 주시겠습니까?"

"대체 하루에 몇 번을 부르는 거냐! 나도 일 좀 하자, 일 좀! 이거 네놈이 맡긴 거란 말이다. 늦어지면 네놈 손해지, 내 손해가 아니라고!"

"물건을 완성해서 그렇습니다."

"뭐?"

헤노바는 연우가 다시 자신을 괴롭힌다고 생각하고 버럭 소리를 질렀다.

하지만 연우가 담담하게 내뱉은 말에 눈을 휘둥그렇게 떴다.

"완성했다고?"

"예."

헤노바는 크게 콧방귀를 뀌었다.

연우가 야금술을 익힌 건 이제야 겨우 열흘이 조금 넘었을 뿐이었다.

연우의 성장 속도가 놀랍긴 했어도, 벌써 뭔가를 만들어 낸다는 건 말도 안 되는 일이었다.

'이놈, 마침 잘 걸렸다. 그동안 잘도 내 속을 박박 긁어 놨지?'

헤노바는 여태 자신을 못살게 괴롭히던 것까지 합쳐서 구박해 줄 생각이었다.

연우는 그런 헤노바의 속내가 고스란히 읽혀서 피식 웃고 말았다.

그리고 자신이 만든 물건을 헤노바에게 건넸다.

헤노바는 영 미심쩍은 눈빛으로 물건을 받았다.

제법 그럴듯한 형태가 만들어진 검.

[초보 대장장이의 칼]

분류: 한 손 검

등급: E

설명: 예상했던 것보다 훨씬 잘 만들어진 검. 예기가 아쉽지만, 내구도는 제법 단단하다.

물건을 본 헤노바의 첫 감상은.

"개 같은."

욕지거리였다.

"뭔, 이런, 말도 안 되는 일이……."

헤노바는 연우가 만든 검이 열흘짜리 대장장이가 만들 만한 것이 아니란 걸 깨닫고 어이없다는 듯이 중얼거렸다.

실력이 빠른 속도로 늘었다는 건 알고 있었지만, 이건 상상을 초월할 정도였다.

대체 이 녀석 뭘 하는 놈이지?

그러다 헤노바는 연우가 자신을 빤히 쳐다보고 있단 사실을 깨닫고 뒤늦게 험험, 헛기침을 했다.

"뭐, 처음치고는 그런대로 만들었다만. 그래도 이런 걸 검이라고 갖고 오는 거냐? 좀 더 제대로 못 만들어?"

"좀 칭찬해 주면 덧납니까?"

"시끄러, 이놈아! 칭찬해 주고 말고는 내 마음이지!"

칭찬을 하면 기고만장해질까 봐 던진 구박도 연우에게는 단번에 격추되고 말았다.

"하여간 더 두들겨! 아직 멀었어!"

"그럼 계속 헤노바 옆에서 묻겠습니다."

"이제 좀 그만 귀찮게 달라붙지? 어?"

"싫습니다."

"이놈이, 진짜!"

그렇게 두 사람이 티격태격하던 그때였다.

연우는 대장간 밖에서 강렬한 무언가가 날아오는 것을 느꼈다.

위험하다는 말을 할 새도 없이.

연우는 헤노바를 끌어안고 옆으로 피했다.

콰아앙—

갑자기 벽이 부서지면서 무언가가 안쪽으로 난입했다.

굵직한 주먹. 부리부리한 눈매. 산양처럼 솟은 뿔.

판트였다.

"이 새끼, 어디 있어! 이 판트가 너 때문에! 너 때문에에! 탑부터 시작해서 얼마나 많은 곳을 뒤졌는지 알기나 하……!"

녀석은 씩씩대며 소리를 지르다 말고, 부서진 돌 파편 사이로 날아온 주먹에.

빠아악!

"쿠에엑!"

얻어맞고 이상한 괴성을 지르며 그대로 나자빠졌다.

갑작스럽게 벌어진, 전혀 생각지도 못한 판트의 난입.

다행히 박살 난 벽은 나이트 워치에서 설치해 준 자동 복구 마법진으로 원상 복구될 수 있었다.

하지만 가만히 있다가 날벼락을 맞게 된 헤노바의 심란한 마음까지 복구된 건 아니었다.

나이트 워치의 행패에 이어서 판트의 난입까지.

요 며칠 간 왜 이렇게 재수가 없는 건지.

후읍, 후우—

후읍, 후우—

헤노바는 망치 대신에 든 곰방대만 계속 입에 물고 말없이 끔뻑끔뻑 피워 댔다.

미간에는 주름이 자글자글했다.

따앙, 따앙—

그걸 아는지 모르는지.

연우는 제자리에서 계속 망치질을 해 댔다.

처음으로 만든 검이 제법 잘 만들어져서 재미가 붙은 것이다.

용마안의 숙련도를 올리려는 목적도 있었지만.

하지만 심사가 뒤틀린 헤노바에겐 평소에 정겹게 들리던 망치질 소리도 지금은 거슬리기만 했다.

"저놈, 계속 저대로 둘 생각이냐?"

연우는 잠시 뒤로 돌아봤다.

대장간 한쪽 구석.

판트가 산만 한 덩치를 쭈그리고 앉아 가만히 이쪽을 노려보고 있었다.

시퍼렇게 멍든 눈가를 계란으로 문대면서.

둘의 눈이 마주치고.

"……."

"……."

따앙— 따앙—

연우는 무시하고 도로 망치질을 시작했다.

"야!"

졸지에 개무시를 당한 판트가 벌떡 일어나 소리를 꽥 하고 질렀다.

그러거나 말거나.

연우는 계속 망치질만 해 댔다.

따앙— 따앙—

"방금 전에 당한 건 어디까지나 내가 방심했기 때문에 당한 거다. 그러니 인정 못 해!"

따앙— 따앙—

"그러니 다시 한판 붙자. 이번에야말로 박살을 내 줄 테니까!"

따앙— 따앙—

"밖으로 나와라. 남자 대 남자답게! 전사면 전사답게! 시원하게 한판 붙고 모두 끝내자."

따앙— 따앙—

"쌍! 사람이 말을 하면 좀 들으라고!"

판트는 말을 하는 내내 무시하기 일쑤인 연우를 보고 길길이 날뛰었지만, 그럴수록 연우는 계속 무시했다.

순간, 그는 연우의 낯짝에다 주먹을 날릴까 말까 깊게 고민했다.

하지만 싸움을 걸지 않는 사람에게 시비를 거는 건 자랑스러운 외뿔부족의 전사로서 명예를 더럽히는 행위였다.

그런 건 피해야만 했다.

"그렇군. 그걸 몰랐어. 가만히 있는 사람에게 시비를 거는 건 명예를 더럽히는 것이라니. 하지만 가만히 있는 대장간을 부순 건 명예를 더럽히는 게 아닌 모양이야. 흐으으음. 나중에 따로 무왕에게 물어봐야겠어."

작게 중얼거리는 헤노바.

판트는 자기도 모르게 움찔거렸다.

그냥 허름해 보이는 대장간이기에 아무 생각 없이 난입했던 것인데.

하필이면 자신들의 부족에도 몇 번 납품을 했던 대장장이일 줄이야.

게다가 아버지와도 면식이 있는 사람이었다.

그래서 판트가 선택한 방법은.

"야! 한판 붙자고!"

그냥 헤노바 쪽은 무시하고 연우를 노려보는 거였다.

그럴수록 헤노바의 미간에 팬 주름은 더더욱 깊어졌다.

당장 10년 전에 창고에 처박아 뒀던 핼버드를 꺼낼까 말까 수없이 고민했다.

그나마 거기까지 가지 않은 건 에도라라는 아이 때문이었다.

"이거라도 한 잔 드시면서 화 푸세요."

에도라는 따뜻한 김이 모락모락 나는 모과차를 건네면서 살짝 미소를 지었다.

헤노바는 찻잔을 받다가 에도라가 품에 안고 있는 신마도에 시선이 잠시 머물렀다.

"그건?"

에도라가 배시시 웃었다.

"기억하시나요? 어렸을 적, 헤노바 님께서 직접 만들어 주신 칼입니다."

"그렇군. 이제야 기억이 나. 그때 고집을 피워 대던 꼬맹이였구먼. 벌써 이렇게 컸나?"

헤노바는 또랑또랑한 눈으로 바짓가랑이를 잡아당기면서 칼을 만들어 달라고 졸라 대던 여자아이를 떠올리면서 피식 웃었다.

그러고 보니 그 아이 옆에는 사고를 너무 많이 치고 다녀서 무왕의 골머리를 썩게 만들던 남자 아이가 있었지.

그게 아무래도 저놈인 모양이었다.

어렸을 때나, 컸을 때나 똑같았다.

"그런데 저놈, 계속 저렇게 둘 거냐?"

헤노바가 턱짓으로 판트를 가리켰다.

여전히 녀석은 연우에게 한 판 붙자고 졸라 대고 있었다.

"원래 저런 사람이라서요."

이제는 익숙해져서 아무렇지 않다는 투.

"으으으음."

헤노바의 짜증이 더 깊어졌다.

*　　　*　　　*

그날부터.

대장간의 문턱을 수시로 넘나드는 사람은 연우 말고도 두 명이 더 추가되었다.

"야! 한 판만 붙자고! 남자답게!"

따앙— 따앙—

물론 연우는 무시했다.

그래도 판트는 끝까지 달라붙었다.

"너도 전사라면 절대 도전을 거절하지 않겠지!"

망치질을 할 때에도.

"그러니까 붙자고!"

식사를 할 때에도.

"야! 좀 하자고!"

심지어 볼일을 보러 화장실에 갔을 때에도.

"야아아아아!"

하지만 연우는 여전히 듣는 척도 하지 않았고, 판트는 아예 소리를 질러 댔다.

그러다.

"이렇게 말하는데. 듣는 척이라도 해 줘야 하는 거 아니냐? 확 면상 쳐 버린다?"

어느새부턴가 도전장은 협박이 되었고.

"제발 좀 붙자고. 어? 부탁이다."

협박은 사정이 되었다가.

"제발……."

사정은 애원조로 변해서 거의 연우의 바짓가랑이라도 잡을 기세였다.

이 정도 간청을 했으면 들어줄 법도 하건만.

연우는 여전히 판트 쪽으로는 시선 한 번 주지 않고 묵묵히 망치질을 했다.

따앙— 따앙—

"제에바아아알……."

결국 참다못한 헤노바가 폭발하고 말았다.

"야! 그만큼 하면 좀 해 줘라!"

"그래. 좀 해 줘라!"

판트가 맞장구쳤다.

헤노바가 그쪽을 째려봤다.

"넌 좀 닥치고 있고!"

판트는 입을 꾹 다물고 연우를 바라봤다.

헤노바도 연우를 노려보고, 여태 한쪽 구석에서 조용히 책을 꺼내 읽던 에도라도 고개를 들어 연우 쪽으로 시선을 돌렸다.

세 명의 시선이 동시에 쏟아졌다.

"……."

결국 연우도 더 이상 어쩌지 못하고 망치를 내리면서 짜증 섞인 눈빛으로 판트를 올려다봤다.

"굳이 내가 왜?"

"전사로서 기량을 가르자는 거다!"

"귀찮다. 그냥 네가 이긴 걸로 해. 전에 항복도 했던 걸로 기억하는데?"

"그런 게 어디 있냐!"

"싸우면? 내게는 무슨 득이 된다는 거지?"

"전사가 되어서 이득을 따진다는 거냐?"

"그래."

너무 깔끔한 대답에 판트는 꿀을 삼킨 것처럼 입을 꾹 다물었다.

역시 태어났을 때부터 무인으로 살아왔던 그로서는 하나부터 열까지 연우의 모든 걸 이해할 수가 없었다.

"아님 뭐라도 걸든가."

연우는 그런 판트를 보다가 피식 웃으면서 다시 고개를 모루 쪽으로 돌렸다.

"없으면 말고."

판트는 안 되겠다는 생각에 다급하게 소리쳤다.

"지, 진 놈이 이긴 놈을 형님으로 모시기로 하자!"

연우가 다시 고개를 돌렸다.

무덤덤한 눈빛.

"형 말은 듣나?"

"당연하지!"

판트가 주먹으로 자신의 가슴을 세게 치면서 호언장담을 했다.

연우도 망치를 내려놓았다.

"좋아. 하지."

*　　*　　*

그리고 잠시 후.

빠아아악!

대장간이 흔들릴 정도로 둔탁한 타격음이 밖에서 울려 퍼지더니.

끼이익.

연우가 가볍게 손을 털면서 대장간으로 돌아오고.

"……."

판트가 축 처진 어깨로 뒤따라 들어왔다.

두 눈에는 판다처럼 멍 두 개가 시퍼렇게 자리 잡고 있었다.

헤노바는 그 꼴만 봐도 승부가 어떻게 되었는지 알 것 같았다.

이제 정신 사나울 일도 없겠지.

다시 조용하게 물건을 만들 수 있겠다는 생각에 망치를 들려다가 문득 든 생각에 고개를 갸웃거렸다.

'음? 잠깐. 그럼 무왕의 아들이?'

헤노바가 살짝 놀란 눈으로 연우를 바라봤다.

싸운 시간도 몇 초 되지 않았는데?

에도라도 반짝이는 눈빛으로 연우를 바라봤다.

튜토리얼에서 맞부딪쳤을 때는 그래도 꽤 팽팽한 승부를 이뤘었는데.

지금은 얼마 걸리지도 않았다.

'그새 더 강해진 거야!'

말도 안 되는 성장 속도였다.

하지만 연우는 주변의 시선에도 아랑곳하지 않고 도로 자기 자리에 앉아 망치를 들었다.

"이제 좀 조용히 두들길 수 있겠군."

판트는 연우 옆에 조용히 앉아 더 이상 조르지 않고 가만히 그가 망치질하는 걸 지켜봤다.

그 모습이 비에 홀딱 젖은 강아지처럼 청승맞게 보였다.

하긴 그럴 만도 했다.

평생 무도를 걸어왔는데. 단번에 멍을 두 개나 달고 말았으니.

판트는 한참이나 그렇게 있다가, 슬쩍 연우의 눈치를 살피더니 조심스레 입을 뗐다.

"그런데 혀…… 엉님은 왜 바로 탑으로 가지 않고 옆으로 샜던 거야?"

판트는 '형님' 이라는 단어를 살짝 흐리면서 질문을 던졌다. 얼굴에는 의문이 가득했다.

이만한 실력이라면 초심자 구역과는 절대 안 어울린다.

그런데도 공략을 잠시 중단하고 옆으로 빠졌으니, 그 이유가 짐작이 가질 않았던 것이다.

연우가 다시 망치를 내리더니 무심한 눈빛으로 판트를 돌아봤다.

" '야' ?"

판트가 움찔거렸다.

"……요?"

연우는 다시 모루 쪽으로 시선을 돌렸다.

따앙— 따앙—

판트가 허겁지겁 설명했다.

"내가 탑에서 얼마나 오래 기다렸는데…… 요."

탑에 있는 내내 판트는 정말이지 화딱지가 나서 미쳐 버리는 줄 알았다.

그로서는 어떻게든 연우와 다시 결착을 짓고 싶었으니까.

그래도 며칠 동안 기다렸던 건 그만한 실력자가 당연히 탑을 오를 거란 '상식' 때문이었다.

아마 그건 연우를 영입하고자 발 벗고 뛰는 다른 클랜들도 마찬가지일 테지.

듣자 하니 연우의 행방을 찾을 수가 없어 여태 고생했었다는 말을 들었다.

그리고 그건 판트도 마찬가지였으니.

그래도 한 달 가까이 연우가 나타나지 않아 전전긍긍하는데.

그때 에도라가 의견을 내놓았다.

탑을 오르는 게 아니면, 혹시 탑 외 지역에 있는 건 아닐까 하는 의견을.

판트는 그게 말이나 되냐면서 코웃음을 쳤지만, 그래도 확인해서 나쁠 건 없지 않냐는 에도라의 설득에 같이 탑을 나섰다.

그러다 뒤늦게 들은 것이다.

연우와 나이트 워치 간에 있었던 일에 대해서.

물론, 결과는 이 모양 이 꼴이 되고 말았지만.

판트는 자신의 실력에 대해서 강한 자부심을 갖고 있었다.

또래에는 당해 낼 자가 없으며, 탑에 올라도 하층에서는 적수가 없을 거라고 여겼다.

혈검의 칸? 폭시 테일 도일? 마커스 계의 검사, 바이람?

흔히 자신과 비견되는 루키라며 손꼽히는 놈들이 있다지만, 판트는 단 한 번도 녀석들을 자신과 동일 선상에 놓은 적이 없었다.

그런 자신을, 연우는 단번에 거꾸러뜨렸다.

그런 사람이 왜 탑 외 지역에 있는 건지 도저히 납득이 가질 않았다.

하지만.

"판트."

"예…… 에?"

연우가 짜증 섞인 목소리로 말했다.

"좀 조용히 해라. 정신 사나워서 주물에 집중할 수가 없으니까."

"……."

연우는 형님의 권한으로 판트의 입을 단단히 봉해 버리고 다시 주물에 집중했다.

따앙—

따앙—

*　　　*　　　*

연우는 여전히 판트가 퀭한 눈빛으로 자신을 보고 있는 걸 알았지만 무시했다.

그러다 가면 아래로 보이지 않게 작게 웃었다.

'남은, 이유라.'

미소에 묘한 의미가 걸렸다.

'많지. 이유는.'

지난 한 달 동안 연우는 꽤 바쁘게 지냈다.

기에스의 눈이 완성되기를 기다렸고, 동생의 추억이 담긴 길을 다니며 녀석이 했을 생각들을 되짚어 봤다.

그리고 회중시계를 수리하기 위해 야금술을 익히기도 했다.

하지만 사실 기에스의 눈 외에도 탑 외 지역에 머무르는 중요한 이유는 한 가지가 더 있었다.

탑 공략을 위한 작전 구상.

'정우는 10층까지 열흘 만에 통과했었지.'

아르티야가 처음 탑의 주목을 받았던 이유.

그건 튜토리얼이 끝난 뒤, 단 10일 만에 초심자 구역을 관통했기 때문이었다.

하루에 한 층씩 깨 버린 셈.

수천 년을 자랑하는 탑의 역사 동안 한 번도 이뤄지지 않았던 대사건이었다.

덕분에 많은 클랜들이 관심을 기울였고, 정우와 아르티야는 그 여세를 몰아 단번에 탑 내 세력전에서 일정 지분을 차지할 수 있었다.

그리고 그들이 세운 기록은, 아르티야가 해체된 지 한참이 지난 지금까지도 탑 내에서 절대 깨지지 않는 불멸의 신화로 남아 있었다.

물론, 연우가 바라는 건 단순히 공명심 같은 건 아니었다.

'정우가 하데스의 열쇠를 얻은 게 바로 그런 기록을 세우고 난 뒤라고 했었으니까.'

올림포스의 보고를 열기 위한 12개의 재료 중 두 번째, 하데스의 열쇠.

하데스의 열쇠는 1층에서 10층까지, 흔히 '초심자 구역' 이라고 부르는 층계들을 빠르게 통과하는 사람들에게만 주어지는 히든피스였다.

제우스의 열쇠가 튜토리얼에서 1위를 기록한 자에게 주어지는 것과 마찬가지로.

탑은 이번에도 말도 안 되는 기록을 요구하고 있었던 것이다.

뭣도 모르고 하데스의 열쇠를 얻고 난 뒤, 뒤늦게 제우스의 열쇠를 튜토리얼에서만 얻을 수 있다는 것을 알게 되었을 때에 조금 안타까운 마음이 들었다.

조금만 더 노력을 했더라면 1위도 노려 볼 만했을 테니까. 나중에 기회가 닿아 올림포스의 보고에 들어갈 기회를 얻긴 했었지만, 그래도 조금만 더 일찍 들어갈 수 있었더라면…….

기존의 기록을 깨야만 하데스의 열쇠를 얻을 수 있으니, 결국 연우는 10일보다 더 빠르게 10층을 모두 통과해야 하는 셈이었다.

조금 힘이 들 것 같았지만, 어려울 거란 생각은 들지 않았다.

이미 튜토리얼에서 쌓은 것들이 상당하니까.

그리고 그것을 위해서 가장 필요한 게 기에스의 눈이기도 했다.

그러다 연우는 문득 자기도 모르게 작게 웃음을 터뜨렸다.

'그러고 보니, 어떻게 보면 이건 형제간의 겨루기가 되는 셈인가?'

그런 생각이 드니 자기도 모르게 호승심이 들었다.

형으로서 자존심 있지, 동생보다 약한 모습을 보여 줄 수는 없었으니까.

연우는 고개를 들어 창가 너머 쪽으로 시선을 돌렸다.

저 멀리.

구름을 뚫고 높게 선 탑이 보였다.

*　　　*　　　*

"하아! 빌어먹을 새끼들. 하여간 그놈이 오고 난 뒤부터 조용할 날이 없어."

연우와 판트 남매가 떠난 자리.

헤노바는 홀로 남은 대장간에서 곰방대를 뻐끔뻐끔 피우면서 툴툴거렸다.

지난 몇 년 동안 조용하기만 하던 곳이었는데.

단 며칠 사이에 너무 많은 일이 한꺼번에 지나가 버렸다.

어쩌다 이 꼴이 나고 만 건지.

좀 조용히 하라고 그렇게 소리를 질러 대도 녀석들은 도무지 듣는 척도 하지 않았다.

이게 전부 가면 쓴 놈.

그놈 때문이었다.

'그러고 보니 놈의 이름이……?'

헤노바는 연우의 이름을 떠올리려다가 이내 여태껏 '야', '새끼', '빌어먹을 놈'이라고만 불렀지, 정작 이름을 물어본 적도 없다는 사실을 깨달았다.

자신도 참 어지간하다 싶었고, 조금 미안해지기도 했다.

고맙단 마음도 있었지만.

"아니지. 아니지. 그놈 때문에 여태 내가 받은 스트레스가 얼만데. 에잉. 고얀 놈."

헤노바는 그렇게 중얼거리면서 연우가 앉았던 자리로 가만히 시선을 던졌다.

방금 전까지만 해도 망치 소리가 시끄럽게 나고, 쇳물이 뜨겁게 끓고, 화로가 시뻘건 불길을 토해 내던 자리.

연우가 묵묵히 망치를 두들기고, 판트가 옆에서 시끄럽게 쫑알쫑알 떠들어 대고, 에도라가 조용히 책을 읽던 모습이.

소란스럽고 정신 사납기만 하던 광경이 아직까지 남아 있는 것 같았다.

금방이라도 살아날 것만 같았다.

그리고.

그 위로 다른 어떤 광경들이 겹쳐 보였다.

"영감님, 영감님. 어때? 이만하면 죽이지?"

"야! 너 지금 그거 썼지? 스킬은 쓰지 않기로 했잖아!"

"아니. 안 썼는데. 증거 없는데."

"안 쓰고 그런 모양이 나올 리가 있냐!"

"증거 없는데. 증거 없는데."

"저 새끼 좀 보소?"

"야, 야. 좀 그만 떠들어라. 너네들 때문에 책을 읽을 수가 없잖아."

"훗. 멍청한 것들. 이러니 우매하단 소리를 듣지."

"그럼 나가서 읽든가, 인마!"

역시나 시끄럽고, 소란스럽고, 분잡하고, 정신 사납기만 하던 광경.

제발 조용히 하라고 소리를 질러 대도, 좀 나가서 떠들라고 발로 걷어차도, 왜 하필이면 여기 와서 이 지랄들을 하냐고 욕지거리를 쏟아 내도, '우리 맘인데?' 라고 뻔뻔하게 대꾸하면서 두꺼운 낯짝으로 자기들의 아지트 삼아 행패를 부리던 놈들이 있었다.

그런 놈들을 왜 떠올리게 하는 건지.

이제는 다시 볼 수도 없을 광경들인데.

후우우—

길게 내뱉는 날숨을 따라 하얀 연기가 대장간 천장을 가득 메웠다.

'늙은 게야. 정말이지.'

헤노바는 쓰게 웃으면서 고개를 절레절레 흔들었다.

"에잉. 빌어먹을 것들."

아무래도 오늘 작업은 여기서 그만둬야 할 것 같았다.

괜히 심란한 마음으로 망치를 잡아 봤자 질 안 좋은 물건만 나올 테니까.

'그러고 보니 이것도 거의 완성 되었어. 그럼 벌써 한 달이나 지난 건가? 하아! 언제나 느끼는 거지만, 시간은 참 빨라.'

원체 정신없이 지내다 보니 평소보다 시간이 더 빠르게 흐른 느낌이었다.

며칠 안에 물건을 완성시켜 주기로 약속했는데.

뭐, 조금 늦어져도 놈들 때문이니 아무 말도 못 하겠지.

헤노바는 그렇게 화로에 지핀 불을 끄고 조용히 일어나려고 했다

그때.

끼이익.

“실례합니다.”

갑자기 문이 열렸다.

“오늘은 장사 끝났어. 내일 다시 돌…….”

헤노바는 상도의도 없이 불쑥 찾아온 불청객을 쫓아 버리기 위해 문가 쪽으로 고개를 돌렸다가 바짝 굳어 버리고 말았다.

그곳에.

다시는 보지 않으리라 다짐했던 얼굴이 있었다.

옛 추억 속에 있던 얼굴.

“오랜만입니다, 스승님.”

사내가 헤노바를 보며 살짝 미소를 지었다.

* * *

달이 뜬 밤.

연우는 지난 한 달 동안 한 것과 마찬가지로 동생이 자주 찾던 카페에 와서 헤이즐넛을 마셨다.

발아래, 아름답게 반짝이는 도시 야경이 보였다.

생동감 넘치는 곳이라 매일 같이 계속 봐도 질리지 않았지만, 연우는 오늘 다른 것을 살피고 있었다.

[정보를 열람할 수 없습니다.]

[감정에 실패했습니다.]

[정보를 열람할 수 없습니다.]

……

[감정에 성공했습니다.]

[???의 ???한 ??? 회중시계]

???. ??????.

'됐어.'

연우는 용마안으로 회중시계를 몇 번이고 살피다가 고개를 끄덕였다.

며칠 동안 주물을 만지면서 야금술에 대한 지식과 경험을 정리했더니 드디어 열람 권한을 얻은 것이다.

하지만 열렸어도, 대부분의 내용을 읽을 수 없었다.

'아직 멀었단 뜻이겠지.'

그래도 열리지 않는 것과 열린 것의 차이는 컸다.

한번 열렸으니 앞으로 더 많은 지식과 경험을 쌓아 용마안을 강화시키면 그만이었다.

그래도 성과는 있었다는 생각에 입가에 살짝 미소가 머물 무렵.

"여기서 혼자서 청승맞게 뭐 하고 있어…… 요?"

뒤에서 인기척이 들렸다.

연우는 회중시계를 도로 품속으로 밀었다.

그사이.

판트와 에도라가 옆자리에 털썩 앉았다.

판트는 여전히 존댓말이 입에 익지 않았는지 말꼬리를 흐렸지만 그래도 처음보단 많이 나아져 있었다.

에도라는 아메리카노를 가볍게 마시면서 피식 웃었다.

"어디 카인 오라버니가 오빠처럼 단순하게 사시는 것 같아? 아마 앞으로의 공략에 대해서 머릿속으로 정리를 하는 중이셨겠지. 안 그런가요?"

그러면서 연우를 보며 확인하듯 화사하게 웃었다.

여기에.

"……?"

연우의 얼굴에는 물음표가 걸렸고.

"오라버니이이?"

판트는 살짝 비음이 섞인 동생의 처음 보는 행태에 이맛살을 구기면서 고개를 외로 꼬았다.

하지만 에도라의 미소는 사라지지 않았다.

"판트 오빠에게 형님이면, 제게도 오라버니가 되는 게 맞죠. 아니면 다르게 불러 드릴까요?"

판트가 발끈했다.

"야! 그럼 나한테도 오라버니라고 불러야지!"

"내가 왜?"

에도라는 판트를 보며 가볍게 코웃음을 쳤다.

연우를 대할 때와는 명백하게 다른 태도.

판트는 그런 동생을 기도 안 찬다는 표정으로 바라봤지만, 에도라는 가볍게 무시했다.

연우도 가볍게 웃음을 터뜨렸다.

어쩌다 보니 우연히 엮이게 된 녀석들.

원하던 대로 승부도 났으니 더 이상 자신에게 신경을 쓰지 않을 거라고 생각했는데.

그 뒤로도 두 사람은 자꾸 자신의 뒤를 따라다녔다.

처음에는 그냥 귀찮아서 무시했다.

하지만 계속 엮이다 보니 이제는 제법 귀엽게 느껴졌다.

특히나 둘이서 티격태격하는 모습에서는 누군가가 비쳤다.

자신과 동생.

칸과 도일.

'남매나 형제는 세상이 달라도 어디나 똑같구나.'

그런 생각을 하며 미소가 짙어지는데.

"그런데 형님."

연우는 판트가 부르는 소리에 정신을 차렸다.

녀석이 조금 묘한 표정을 짓고 있었다.

"왜?"

"아침부터 계속 느꼈던 겁니다만."

그러면서 슬쩍 테라스 아래쪽으로 시선을 던졌다.

처음 만났을 때처럼 눈빛이 사납게 변했다.

"저 꼬리들, 왜 두는 겁니까? 귀찮게."

판트가 말하는 꼬리.

연우의 뒤를 자꾸 따라다니던 놈들을 말하는 것이었다.

그가 탑 외 지역에 있다는 소문이 퍼진 뒤로 따라붙기 시작한 꼬리들이었다.

제들 딴에는 몰래 뒤를 밟는다고 조심했겠지만, 단단히 강화된 연우의 감각을 벗어날 정도는 아니었다.

하지만 연우는 굳이 그들을 내쫓지 않았다.

오히려 따라올 테면 따라오라는 듯이, 어떨 때는 대놓고 활보를 할 때도 있었다.

판트는 그런 점이 의아스러웠다.

그는 누군가가 찜찜하게 자신의 뒤를 밟는다는 걸 용납할 수 없었으니까.

연우는 가만히 아래를 내려다보았다.

"내버려 둬."

"예? 하지만."

"……."

"알았습니다, 알았어요. 굳이 그렇게 노려볼 필요는 없잖습니까."

판트는 입술을 삐죽 내밀면서 투덜거렸다.

연우는 그런 판트를 무시하면서 다시 커피 잔에 입을 갖다 댔다.

그 역시 저렇게 꼬리가 따라붙는 게 솔직히 귀찮았다.

그래서 처음에는 따돌리기도 했었다.

하지만 한번 떨쳐 내도, 녀석들은 거머리처럼 계속 따라붙었다.

그렇다면 차라리 그냥 내버려 두는 게 훨씬 속 편했다.

'굳이 이런 곳에서 소란을 부릴 이유도 없고.'

연우는 동생의 추억이 묻어 있는 곳에서 피를 보고 싶은 마음이 전혀 없었다.

그러던 그때였다.

갑자기 카페 아래쪽에 사람들이 모여들더니 소란스러워지기 시작했다.

연우 주변을 감시하던 꼬리들도 뭔가를 발견한 듯 바쁘게 움직이기 시작했다.

"응? 무슨 일이지?"

판트도 뭔가를 느꼈는지 눈살을 좁히다가, 위쪽으로 올라오는 어떤 기척을 느끼고 시선을 우측으로 돌렸다.

연우도 어느새 테라스 안쪽을 보고 있었다.

곧 테라스 쪽으로 정갈한 차림을 한 남자가 들어오고 있었다.

판트는 살짝 이맛살을 구겼다.

그는 자신의 영역 내에 허락받지 않은 사람이 다가오는 걸 아주 불쾌하게 여기는 성격이었다.

그래서 '이 카페의 테라스는 외뿔부족의 남매가 전세를 냈다'는 소문을 고의적으로 퍼뜨려 일반인들이 출입을 꺼리게 만들었었는데.

하지만 남자는 그런 걸 전혀 아랑곳하지 않는다는 듯, 판트와 에도라를 지나쳐 연우 앞에 섰다.

그리고 공손한 태도로 인사했다.

"카인 님이시지요?"

"그런데?"

연우가 가만히 묻자, 남자가 싱긋 미소를 지었다.

"반갑습니다. 저는 클랜 '붉은 서풍'에서 나온 라함이라고 합니다. 카인 님을 저희 붉은 서풍으로 스카우트하고 싶어 이렇게 찾아오게 되었습니다."

"인기가 많으십니다, 형님? 으흐흐?"

연우는 살짝 짜증이 섞인 얼굴로 탁상 위에 수북하게 쌓인 명함들을 바라봤다.

판트는 그 모습을 보면서 크게 웃음을 터뜨리고, 에도라도 가볍게 손으로 입을 가렸지만 눈가가 호선을 그리고 있었다.

전부 1시간 남짓한 시간 동안 연우가 받은 스카우트 제안서들이었다.

붉은 서풍이 다녀간 뒤로 밖에서 대기하고 있던 다른 클랜들도 수없이 다녀가면서 제안을 건넸던 것이다.

그만큼 튜토리얼에서 펼친 활약들이 눈에 띄었다는 뜻.

대부분 그저 그런 영세한 곳들이었지만, 제법 큰 규모를 가진 곳도 있었다.

"그래서 형님은, 어쩔 생각입니까?"

판트가 씩 웃으면서 물었다.

"뭘?"

"제안 말입니다. 그래도 형님 정도면 부르는 게 값일 텐데? 8대 클랜에서도 입질이 올 만할 테고."

탑의 세계도 사람이 사는 세상이다 보니 대부분 뛰어난 인재들을 원했다.

전력을 보강하면 보강할수록 세력전에서도 큰 두각을 드

러낼 수 있을 테니까.

판트는 과연 연우가 어떤 선택을 내릴지가 궁금했다.

그가 알기로 연우는 개인주의적 성향이 강했다.

튜토리얼에서도 칸, 도일과 친분을 쌓았다지만, 그렇다고 따로 팀을 이룬 건 아니라고 들었다. 거의 솔로로 돌파를 한 것이다.

그런 사람이니, 과연 탑에 들어가서도 독불장군처럼 계속 솔로 플레이를 추구할 것인지 궁금했던 것이다.

그런데 연우의 대답은 어딘지 모르게 아리송했다.

"당분간은."

"응? 당분간이라니? 당분간만 솔로로 지내다가, 몸값 적절하게 튀어 오를 때 소속을 알아보겠다는 뜻?"

"마음대로 생각해라."

"으음."

연우는 더 이상 대답하기 귀찮다는 듯 손사래를 쳤다.

그럴수록 판트는 도통 이해를 할 수가 없어 미간을 가느다랗게 좁혔다.

물론, 연우는 그렇게 말했어도, 정작 어느 특정한 팀이나 클랜에 소속될 생각이 전혀 없었다.

'그런 것 따위 있어 봤자, 거추장스럽기만 할 뿐이지. 혹만 될 가능성이 크고.'

연우는 튜토리얼을 거치면서도 어느 정도 정은 주었어도, 마음을 완전히 열어 준 적은 없었다.

동생이 어떻게 당했는지는 누구보다 잘 알기 때문에.

약점이 될 만한 거리는 절대 만들어 두고 싶지 않았다.

그래서 사람들과도 어느 정도 거리를 두고자 했고, 그건 헤노바나 판트 남매를 대할 때에도 크게 다르지 않았다.

'아니. 클랜에 들어갈 경우가 있긴 하겠어.'

연우는 한 가지 가정을 내리고 피식 웃었다. 하지만 그 웃음에는 살벌한 살의가 담겨 있었다.

'놈들의 심장부에 깊숙하게 들어가, 칼을 꽂을 때.'

물론, 아직 힘이 부족한 지금 당장 시도할 만한 일은 아니었다.

'당분간은 정우가 적어 둔 히든 피스들을 모으면서 힘을 기르는 데에만 집중해야 해. 복수는 그 뒤에 진행해도 늦지 않아.'

원수 중 한 명인 리언트의 한쪽 팔, 빌드를 잡기는 했어도 상황이 맞아서 그렇게 된 것일 뿐.

연우는 아직 정면으로 부딪칠 생각이 전혀 없었다.

그래서 그동안은 뛰어난 플레이어로 주목받는 정도에 그칠 생각이었다.

'팀도, 클랜도, 세력과 관련된 어떤 것도 만들지 않는다.

그저 최대한 나를 속이고, 숙이고, 감춘다.'

연우의 눈빛이 담담하게 빛났다.

'하지만 일어날 때에는 득달같이. 단번에 숨통을 끊어버릴 수 있을 정도로.'

그래서 연우가 가장 먼저 탑에서 해결하고자 하는 히든 피스도 바로 올림포스의 보고를 여는 것이었으니.

그 속에 한 가지 얻을 아티팩트가 있기 때문이었다.

"그럼 커피도 다 마셨으니, 이만 일어나지."

"예. 그러죠."

"네."

판트와 에도라도 연우를 따라서 일어서려던 때였다.

"으음? 여기는 예나 지금이나 비슷한 느낌이로군."

그때.

테라스 쪽으로 한 사내가 들어섰다.

금방이라도 불길이 타오를 것처럼 붉은색 장발이 인상적인 사내.

그 순간, 카페 주변으로 어수선했던 행적이 거짓말처럼 조용해졌다.

연우를 호시탐탐 관찰하던 꼬리들도 어느새 자취를 감춘 뒤였다.

사내는 테라스가 제법 익숙한지 주변 풍경을 살짝 감상

하다가, 푸근하게 웃으면서 이쪽으로 시선을 돌렸다.

사내와 눈이 마주치는 순간.

아주 잠깐에 불과했지만, 연우의 눈빛이 살짝 굳어졌다.

다행히 가면으로 얼굴을 덮고 있어서 들키지는 않았지만, 한번 일어난 심리적인 동요는 멈추지 않았다.

'저 사람이, 여기는 왜?'

연우의 머릿속이 의문으로 가득 했다.

"독식자, 맞지?"

사내가 연우를 보면서 빙긋 웃었다.

담담하면서도, 사람 좋아 보이는 미소.

하지만 그 속에는 절대 사람을 거스를 수 없게 만드는 마력이 숨어 있었다.

흔히 연우를 스카우트하러 온 사람들은 존대를 하는 경우가 대부분이었다.

하지만 사내는 하대를 아주 자연스럽게 하고 있었고 그것이 어색하지 않게 느껴졌다.

은연중에 풍기는 분위기가 공기를 휘어잡고 있기 때문이리라.

사내는 모든 것을 압도하는 힘을 품고 있었다. 지금 연우로서는 절대 맞서지 못할 힘.

연우는 이런 힘을 가진 사람들을 아주 잘 알고 있었다.

'랭커.'

이런 곳에서 탑의 최상층부를 구성하고 있다는 실력자를 만나게 될 줄이야.

더군다나 상대는 연우도 익히 잘 알고 있는 얼굴이었다.

'화권(火拳)의 바할.'

평소에는 점잖은 성격을 하고 있지만, 싸움에 임할 때에는 전신에 불길을 둘러 주변에 있는 모든 것들을 깡그리 태워 버린다는 랭커.

레드 드래곤이 자랑하는 간부 중 한 명이며, 한때 아르티야의 멤버이기도 했던 자였다.

그리고.

'헤노바의 제자이기도 했었지.'

하지만 아르티야의 해체와 함께 헤노바와 의절을 당한 뒤로, 다시는 탑 외 지역에 오지 않을 거라고 했던 녀석이 여기는 왜?

'나이트 워치의 일 때문인가? 산하 조직이라고 해도 랭커들이 신경 쓸 일은 아니라고 생각했는데. 내 판단이 틀린 건가? 아니면 단순히 나를 스카우트하기 위해서?'

여러 가지 가정이 머릿속을 스쳐 지나갔다.

그래도 한 가지는 잊지 않았다.

'이유가 어찌 되었건 간에, 동요하는 모습을 보여서는

안 돼.'

랭커는 대부분 일가(一家)를 이룬 초인(超人)들이다.

일반 플레이어들의 생각이나 노림수 따위는 그들의 손바닥 위에 있는 것처럼 너무 쉽게 읽힐 수 있었다.

바할 역시 언젠가 연우가 부딪쳐야 할 녀석인 건 사실이었지만, 그렇다고 해도 지금은 아니었다.

예전에 생각했듯이.

그는 아직까지 랭커나 클랜들과 직접 부딪칠 정도의 힘이 없었다.

그 전까지는 어떻게든 자신을 감춰야만 했다.

그래서 연우는 최대한 동요한 기색을 드러내지 않았다.

담담하게 고개만 끄덕일 뿐.

바할은 그런 연우를 보면서 피식 가볍게 웃음을 흘렸다.

"무뚝뚝하다는 말은 듣긴 들었지만. 정말인가 보군. 뭐, 그런 성격이 나쁜 건 아니지."

바할은 부드럽게 눈웃음을 흘리면서 말했다.

"길게 말하는 걸 좋아하지 않는 것 같으니, 짧게 말하지. 레드 드래곤으로 들어올 생각 없나?"

"……!"

뜻밖의 말.

연우의 눈이 살짝 커졌다.

"알지 모르겠지만, 우리가 노비스에게 영입 제안을 하는 건 이번이 처음이다. 네가 바로 그 첫 대상이고."

바할의 입꼬리가 말려 올라갔다.

"앞으로 네가 층계 공략을 하는 데 있어 필요한 것들, 전부 물심양면으로 지원해 주지. 지원 정도는…… 아마 네가 생각했던 것, 이상일 테고. 어때?"

연우는 입을 꾹 다물었다.

그가 알기로도 갓 튜토리얼을 헤치고 나온 노비스에게 8대 클랜이 직접 관심을 기울인 건 이번이 처음이었으니까.

아무리 튜토리얼에서 맹활약을 보였다고 해도, 탑을 오르던 중에 사망하거나 낙오하는 경우도 빈번했다.

그만큼 튜토리얼과 탑 사이에는 큰 차이가 있었다.

게다가 초기에는 실력이 뒤처져도, 어떤 계기를 통해 실력자로 우뚝 서는 경우도 많았다.

그렇다 보니 8대 클랜들은 굳이 '유망주'를 발굴하기보다는, 실력이 검증된 이들을 초빙하는 걸 선호하는 편이었다.

유일하게 예외를 두고 있는 곳은 청화도뿐.

다만, 청화도는 클랜 특성상, 자체적으로 플레이어들을 선발하고 육성해서 자기 전력으로 만들 수밖에 없는 구조였다.

상황이 이렇다 보니, 연우 역시 많은 클랜들의 제안을 받아도 별 대수롭지 않게 여겼던 것이다.

하지만 레드 드래곤이 이렇게 직접 움직였다는 것은.

'역시 그만큼 전력을 필요로 할 일이 있다는 거겠지.'

연우는 최고급 마정석이 발굴되는 하르간의 둥지가 신비 상인에게 비싼 값에 팔렸던 것을 떠올릴 수 있었다.

8대 클랜 간에 긴장감이 흐를 거라던 예상.

그게 아니라면 말이 되질 않았다.

레드 드래곤으로서는 연우 같은 사람이 타 클랜으로 흘러 들어가는 걸 조기에 차단하는 게 가장 큰 목적이겠지.

그리고 외부에도 '레드 드래곤이 침을 발라 놨다'고 공표하는 것과 같았으니.

아마 앞으로 연우에게 개인적으로 접근하는 자들은 없을 터였다. 레드 드래곤과 괜히 척을 지고 싶지는 않을 테니까.

'그렇다면.'

연우는 여기서 대답을 잘해야 한다고 판단했다.

바할은 겉으로 보기에 평온한 모습을 하고 있어도, 안쪽에는 흉악한 짐승을 품고 있었다.

최대한 의심을 사는 행동은 피해야 했다.

"아직까지는 어딘가에 얽매이고 싶지 않아서."

연우는 허세에 취한 노비스처럼 가볍게 어깨를 으쓱거렸다.

다행히 바할도 그렇게 받아들였는지, 가볍게 헛웃음을 흘렸다.

"하긴 그때는 뭐든지 해낼 수 있을 것 같은 자신감으로 차 있을 때지."

바할은 '탑은 튜토리얼과 다를 텐데' 라는 뒷말을 굳이 달지 않았다.

탑에서 이리저리 구르다가, 솔로 플레잉의 한계를 느끼고 나면 알아서 지금의 이 제안을 떠올리게 될 거란 믿음이 있었다.

"그래도 긍정적으로 검토해 보라고."

"그러지."

바할은 연우의 어깨를 두어 번 두들기고 지나갔다. 그때마다 실린 마력이 연우에게 큰 압박으로 다가왔다.

"아, 그리고."

그렇게 바할은 테라스를 벗어나다 말고, 뭔가 빠뜨린 게 있다는 듯 잠시 걸음을 멈췄다.

"스승님께서 간만에 너를 마음에 들어 하시는 것처럼 보이던데. 마음이 약한 분이니까 잘 부탁하지."

바할이 가볍게 웃으면서 떠났다.

연우는 전혀 모른 척 고개를 갸웃거렸다.

"스승?"

"아, 그냥 말하면 모를 수 있겠군. 드워프 헤노바 말이야. 내 몫까지 잘 부탁하지."

바할과 헤노바 간의 관계는 탑에서도 그리 알려져 있지 않았다.

오히려 비밀에 가까웠다.

헤노바가 8대 클랜을 탐탁지 않게 여긴다는 건 널리 알려진 사실이었으니.

그동안 암흑가 클랜들이 뭣도 모르고 헤노바에게 해코지를 가했던 이유이기도 했다.

그렇게 바할이 완전히 자리를 떠난 뒤.

"푸하!"

판트는 막혔던 숨을 거칠게 토했다. 그의 표정이 딱딱하게 굳어 있었다.

"뭐야, 저거?"

판트는 연우와 바할이 이야기를 나누는 동안, 단 한 마디도 끼어들 엄두를 내지 못했다.

마치 공간에서 따로 유리된 기분.

그의 아버지가 실력자들을 만날 때에나 느꼈던 압박감을 탑 외 지역에서 느끼게 될 줄이야.

그리고.

그런 압박감을 두고도 아무렇지 않다는 듯 덤덤하게 대화를 나눈 연우가 이제는 괴물처럼 보였다.

"랭커야. 아마도…… 화권인 것 같은데."

"뭐? 화권?"

에도라가 살짝 굳은 표정으로 내뱉은 말에, 판트의 고개가 그쪽으로 홱 돌아갔다.

화권의 바할이라면 레드 드래곤을 상징한다는 '81개의 눈' 중에서도 손꼽히는 실력자.

그런 사람이 연우에게 관심을 가진다고?

특히 레드 드래곤은 76층에 자리를 잡은 채, 50층 아래로는 관심도 두지 않는다는 말이 파다할 정도로 고고한 존재들.

외뿔부족들도 쉽게 대하지 못할 세력이기도 했다.

그런 곳에서 직접 간부가 찾아와 스카우트를 제안할 정도이니.

당연히 연우를 보는 판트의 눈빛도 묘하게 변할 수밖에 없었다.

하지만 그러거나 말거나.

연우는 뭔가를 고민하더니 갑자기 자리에서 벌떡 일어났다.

"너희들은 아직 할 이야기가 남아 있으면 마저 하고 가라."

"어디 가시는데요?"

"대장간에. 잠깐 뭘 좀 두고 온 게 있어서."

연우는 판트가 같이 가자고 말할 겨를도 없이, 테라스 밖으로 몸을 던져 사라졌다.

*　　*　　*

'바할이 왔다가 갔다면, 헤노바에게 들르지 않았을 리가 없어.'

연우가 파악한 헤노바는 겉으로는 잘 툴툴거려도, 속은 유리처럼 너무 약한 사람이었다.

바할과의 만남이 그에게 어떤 악영향을 끼쳤을지 짐작할 수가 없었다.

그런데.

"으음? 이 시간에 네가 웬일이냐?"

헤노바는 화롯가 앞에서 곰방대를 뻐끔뻐끔 피워 대고 있었다.

슬퍼하거나 우울함에 잠겨 있지 않을까 했는데. 전혀 그런 기색이 없어서 오히려 연우가 당황스러울 정도였다.

연우는 순간 괜찮은지 묻기가 애매해졌다.

'내가 너무 민감하게 생각했나.'

연우는 아무것도 아니라고 적당히 둘러대려 했다.

하지만 헤노바는 연우의 대답도 듣지 않고, 갑자기 자리에서 벌떡 일어났다.

"뭐, 이유야 별 상관없으니 됐고. 마침 잘됐다. 방금 전에 좀 짜증 나는 일이 있어서, 간만에 스트레스도 풀 겸 망치질 좀 열심히 했더니. 예상했던 것보다 일찍 물건이 다 만들어졌다."

연우의 눈이 살짝 커졌다.

"그 말씀은?"

"그래. 기에스의 눈, 다 만들었다."

헤노바는 안쪽 구석에 뒀던 함을 가져와 바닥에 내려놨다.

쿵!

얼마나 묵직한지 내려놓는 소리가 제법 컸다.

"열어 봐라."

헤노바가 놀랄 준비를 하라는 듯 오만하게 턱을 치켜세우면서 말했다.

전혀 생각지도 못한 선물.

연우는 고개를 끄덕이면서 천천히 함의 뚜껑을 열었다.

그리고 안쪽에는.

한 개가 아닌, 두 개의 아티팩트가 가지런히 놓여 있었다.

Stage 9.
1층

상의 레더 아머(가죽 갑옷) 한 벌이 곱게 접혀 놓여 있었고, 그 위에 이상하게 생긴 검은색 가면이 올려져 있었다.

연우는 뭔가 이상해서 다른 아티팩트는 없나 확인했다.

하지만 철함 안에는 두 가지 외에는 없었다.

"철함이 바뀐 거 아닙니까? 기에스의 눈이 없습니다만?"

연우는 헤노바를 돌아봤다.

기에스의 눈은 아뮬렛이었다.

흔히 펜던트나 팔찌 형태로 만들어서 가지고 다니는 아뮬렛.

하지만 지금 눈앞에 있는 건 레더 아머와 가면이 전부이니.

헤노바가 자신만만하게 한쪽 입꼬리를 씩 말아 올리면서 대답했다.

"네 물건들, 맞다."

"그럼?"

"일단 감정이나 해 봐, 이것아. 오늘부로 나에 대한 존경심 때문에 네놈이 더 이상 깐족거릴 일도 없을 테니까."

연우는 용마안을 열어서 먼저 레더 아머부터 살폈다.

[기에스가 깃든 마갑(魔甲)]

분류: 가슴 방어구, 아뮬렛

등급: A—

설명: 수십 개의 눈과 수백 개의 팔을 가졌다는 거인, 기에스의 이름을 딴 부적.

여기에 드워프 명장 헤노바는 칼날로 이뤄진 덤불에서만 살아간다는 희귀한 새, 칼까마귀의 꼬리깃만 모아 만든 흉갑을 결합시켜 새로운 형태의 마갑(魔甲)을 만들어 냈다.

아주 가벼운 무게를 자랑하며, 웬만한 도검은 쉽게 튕겨 낼 정도로 뛰어난 탄력과 단단한 내구도를 지녔다.

마력을 불어 넣을 경우 숨겨진 눈과 팔이 열리게

된다.

각각의 눈은 소유자에게 다가오는 대부분의 공격과 저주를 꿰뚫어 보고, 해가 되는 것들은 보이지 않는 팔로 막아 버린다.

* 수십의 눈

감각을 세밀하게 강화시켜 외부의 변화를 빠르게 포착한다. 위기 시에 육체의 반응 속도가 20% 이상 빨라진다.

* 수백의 팔

다섯 가지 속성(물리, 화염, 냉기, 번개, 신성) 공격에 대한 피해를 감소시킨다.

또한, 다른 세 가지 속성(저주, 중독, 비전)에 대한 저항력을 대거 향상시키며, 10—15% 확률로 사전 차단 및 반사 효과를 가진다.

* 기간토마키아의 예방

소유자가 받은 데미지 중 일부를 체력으로 전환시킨다. 만약 체력이 15% 아래로 내려갈 경우, 하루 한 번에 한해서 체력을 절반까지 끌어 올릴 수 있다.

"……!"

연우는 마갑이 가진 기능을 보고 눈을 크게 떴다.

원래 기에스의 눈은 다양한 방어용 옵션을 가지고 있기 때문에 여러 랭커들에게 각광을 받는 아티팩트였다.

보이지 않는 위협으로부터 소유자를 보호하고, 대부분의 속성 공격력을 약화시킨다.

때에 따라서는 공격을 무효화하거나 반사시키는 것도 가능하다.

특히 기간토마키아의 예방은 기에스의 눈이 가진 최고의 옵션이었으니.

체력이 바닥날 경우, 절반 이상으로 회복시킨다는 대목은 목숨을 하나 더 여벌로 구비하는 것과 같았다.

평소에는 입은 데미지를 체력으로 환원시키면서 HP를 관리시켜 주다가, 위기 시에 발동시키면 숨겨진 패로 활용이 가능했다.

다만, 필요한 재료들을 구하는 게 까다롭고, 제작이 가능한 명장도 몇 명 되지 않기 때문에 갖고 있는 사람이 그리 많지 않았다.

그런데 헤노바는 이런 기에스의 눈을 흉갑 형태로 만들면서 방어적인 기능을 더 증가시켰다.

웬만한 물리적인 타격에는 흠집도 나지 않을 만큼 단단하고, 탄력성도 뛰어나서 쉽게 늘어났다.

무엇보다 무게가 전혀 느껴지지 않을 만큼 가벼웠으니.

기동성을 중시하는 연우에게 딱 알맞게 제작된 맞춤형 아티팩트였다.

"그렇게 멀뚱히 감상만 하지 말고 일단 입어 봐라. 그래야 뭐라도 알 것 아니냐."

헤노바는 곰방대를 입에다 물면서 턱짓을 했다.

연우는 그의 말대로 마갑을 상체에 걸치기 시작했다.

역시나 마갑은 아주 가벼웠다. 그리고 피부에 부드럽게 달라붙어서 착용감도 아주 좋았다.

연우는 내친김에 몸도 이리저리 가볍게 움직여 보다가, 천천히 마력회로를 가동시키기 시작했다.

'기에스의 눈에는 설명창에 적힌 것 외에 또 다른 기능이 한 가지 더 있다.'

연우가 한 달이라는 시간을 들이면서까지 기에스의 눈을 필요로 했던 이유.

우웅—

마갑에 마력을 밀어 넣는 순간.

화아악!

마갑의 표면 곳곳에 그어져 있던 검은색 실선들이 동시에 활짝 열렸다.

그 속에는 갖가지 색깔을 가진 눈동자들이 촘촘하게 박혀 있었다.

수십 개의 눈동자는 단순한 무늬가 아니었다.

하나같이 진짜 살아 있는 것처럼 제멋대로 행동했다.

데구루루 옆으로 굴러가는 것도 있었고, 감았다가 뜨기를 반복하는 것도 있었다.

"역시 그건 몇 번 만들어 봐도 볼 때마다 꺼림칙해."

헤노바는 자신이 만들었지만, 보기 끔찍하다는 듯이 눈살을 찌푸렸다.

수십 개의 눈이 이리저리 움직이니 혐오스러울 수밖에.

하지만 연우는 그 눈들 덕분에 여태껏 체감하지 못했던 새로운 감각의 영역을 맛보고 있었다.

마력회로와 마갑이 연결되면서 수십 개의 눈이 가진 '시각'이 감각 영역에 융화되기 시작했다.

[포착할 수 있는 감각 영역이 1.5배가량 확장되었습니다. 보다 많은 것들을 포착하고, 세밀하게 분석하는 것이 가능해졌습니다.]

['기에스의 눈'이 마력회로를 따라 감각에 동조되기 시작합니다. 신체의 일부로 간주됩니다.]

[공감각(共感覺)이 열렸습니다.]

['감각 강화'의 숙련도가 올랐습니다. 37.2%]

기에스의 눈은 원래 아무리 정밀한 감각이라고 해도 절대 포착하지 못할 미세한 것까지 정확하게 읽어 낸다.

그러한 '시각'이 이제 감각 영역에 연동되었다.

덕분에 연우는 더 많은 것을 관찰하고, 더 넓은 곳을 파악할 수 있게 되었다.

그리고 그러한 정보들을 때로는 시각으로, 때로는 후각으로, 때로는 청각으로, 여러 개의 감각으로 다채롭게 풀어 낼 수 있게 되었다. 분석력이 월등하게 높아졌다.

공감각의 탄생이었다.

이것이 바로 기에스의 눈이 가진 또 다른 기능.

감각 공유였다.

[육체의 성장이 확인되었습니다. 중단되었던 계승 작업이 다시 재기됩니다. 98, 99%…….]

[현재 작업량: 99.1%]

'계승 작업까지?'

연우는 눈을 살짝 크게 떴다가, 곧 이유를 깨달았다.

'역시 마갑 안에 내장된 이 기에스의 눈, 기능적인 면부터 세세한 부분까지, 기존 기에스의 눈보다 훨씬 뛰어나.'

어쩌면 소유자의 마력 순환을 보다 원활하게 해 주는 부가 효과가 있는지도 몰랐다.

그만큼 헤노바가 제작하는 데 심혈을 기울였다는 뜻.

헤노바는 드디어 그런 연우의 눈빛이 마음에 들었던지 피식 웃으면서 연기를 가볍게 내뱉었다.

"네놈 눈빛을 보니 이제 좀 속이 시원하구나. 보아하니 예상한 것 같다만, 마력 순환을 원활하게 하는 효과며 마력 복원력도 10%가량 향상되는 기능이 내재되어 있다. 속성 방어력은 물론, 체력 회복까지, 모든 옵션의 기본은 마력에서부터 비롯되니까."

'역시.'

연우는 침음을 삼켰다. 마력 회복력까지 올리다니. 이건 이제 더 이상 '기에스의 눈'이라고 부를 수 있는 수준이 아니었다.

게다가 헤노바가 주는 선물은 거기서 그치지 않았다.

"그리고 하나 더. 가면이나 살펴봐라."

연우는 이번에는 검은 가면을 들어 올렸다.

전체적으로 흑요석처럼 반짝거리고 별다른 무늬가 없지만, 눈가를 따라 새겨진 3개의 붉은 무늬가 유독 인상적이었다.

마치 신화 속 악마의 탈을 보는 것 같았다.

[헤노바의 마장철면(魔裝鐵面)]

분류: 머리 방어구

등급: A

설명: 헤노바가 심혈을 기울여 탄생시킨 가면. 짐승왕의 사자 갈기 투구를 밑바탕으로 특정 지역과 환경에서만 난다는 곤오철(昆烏鐵)과 한철(寒鐵)을 섞으면서 효력이 배로 증가하게 되었다.

* 인식 방해

인식 저해 마법이 새겨져 있어 상대방의 인지를 흐리게 만든다. 사용자가 원하지 않을 시, 절대 얼굴에서 떨어지지 않는다.

자체적으로 복원 효과를 가지고 있어 깨지더라도 금세 원래 형태로 되돌아간다.

* 공격 강화

처치한 몬스터의 숫자만큼 30초 동안 공격력이 1%씩 증가해 최대 30%까지 끌어 올릴 수 있다.

또한, 제어 방해 효과의 지속시간을 10% 이상 감소시킨다.

* 공포 영역

죽은 짐승왕의 힘을 일부 강림시켜 주변의 적들을 15—20초 동안 공포 상태에 빠지게 만들어 발을 묶는다.

또한, 공포 분위기에 따라 적들의 방어력을 20% 약화시킨다.

**이 아티팩트는 '성장형'입니다. 주인의 성장에 맞춰서 아티팩트도 같이 성장하므로, 친숙도와 능숙도를 함께 올리십시오.

**이 아티팩트는 '유니크'입니다. 탑에서도 오로지 단 한 개밖에 존재하지 않으며, 주인에게 완전히 귀속됩니다. 타인으로의 거래나 양도가 불가능합니다.

**마장대검과 같은 세트 아이템입니다. 세트가 갖춰질수록 더 많은 추가 기능이 제공됩니다.

—현재 추가된 기능

2세트: 공격 속도 +8%

~~후우우—~~

하얀 연기가 모락모락 피어 나와 헤노바를 감쌌다.

"시간이 남기도 하고 해서, 네놈이 허구한 날 쓰고 다니는 거, 영 답답해 보여서 한번 만들어 봤다. 땀도 잘 안 찰 거고, 크기도 그만하면 잘 맞을 게다."

아무렇지 않다는 듯이 말하는 투.

하지만 이건 단순히 그런 수준이 아니었다.

대가로 지불했던 짐승왕의 사자 갈기 투구를 아예 뜯다시피 하면서 더 상위의 아티팩트로 강화시켜 버렸으니까.

거기다 마장대검과 세트라니.

연우는 마장철면을 매만지다가 물었다.

"……제가 드린 것으로는 턱없이 부족합니다만."

헤노바가 가당치도 않다는 듯이 가볍게 코웃음을 쳤다.

"그럼 고작 네놈이 가진 것들로 이 위대하신 헤노바 님의 물건을 하나나 제대로 건질 수 있을 줄 알았더냐? 그냥 갖고 가. 외상이다. 나중에 갚아."

다리도 짧은 난쟁이가 굵은 주먹을 양 허리에 얹은 채 배를 쭉 내민 모습.

그러면서도 귀 끝이 살짝 빨개진 모습은 조금 웃음이 나왔다.

연우는 아무렇지 않은 척하는 헤노바의 말과 다르게 여전히 공방을 휘감는 뜨거운 열기를 놓치지 않았다.

용마안으로 얼핏 보였다.

밤이 새도록, 헤노바가 자신에게 제대로 된 아티팩트들을 만들어 주기 위해 작업을 했던 모습이.

그동안 같이 있으면서도 뭔가를 자꾸 숨기는 것 같다 싶더니.

사실 이런 걸 주기 위해서였나.

"……."

검은 가면을 만지는 연우의 두 눈이 깊게 가라앉았다.

'아니면, 역시 바할 때문일까?'

바할이 헤노바에게 다녀간 건 맞는 것 같았다.

헤노바는 그게 짜증이 나서 실컷 망치를 두들겨 댄 것이겠지.

하지만 그렇다고 해도.

이런 물건들이 하루아침에 뚝딱 만들어질 리가 없었다.

바할 때문에 완성이 하루 이틀 정도 빨라질 수는 있어도, 물건은 이미 오래전부터 제작을 하고 있었단 뜻이었다.

바로 연우를 위해서.

그리고 그런 사실들이 연우의 가슴을 조금 먹먹하게 만들었다.

'그만큼 사람이 그리웠던 걸까?'

잔정이 많으나, 더 이상 줄 곳이 없어 쓸쓸한 마음을 감춘 노인.

그리고 그에게 불쑥 찾아온 연우라는 인연.

'역시, 이 사람은 바뀌지 않았어.'

그런 확신이 들었다.

"평소랑 다르게 입이나 꾹 다물고. 왜 그래? 왜? 이 헤노바 님의 은혜에 감격이라도 한 것이냐?"

헤노바가 낄낄거리며 웃었다.

하지만 그럴수록 이상하게 연우의 마음은 더 깊게 가라앉았다. 가면을 쓰고 있어 표정이 드러나지 않는 게 다행인지도 몰랐다.

"고맙게 잘 쓰겠습니다."

연우는 무겁게 고개를 숙이면서 돌아서려는데.

"아, 참. 그리고."

"예."

헤노바가 연우를 잡더니 살짝 헛기침을 했다. 부끄러운지 콧잔등이 붉었다.

"헛험! 그러고 보니 여태 너와 계속 지냈으면서도 이름을 묻지 않았었는데. 뭐냐?"

연우의 눈이 살짝 커졌다가 도로 작아졌다.

그는 잠깐 대답을 하지 않았다.

"이름이 뭐냐니까? 왜 말을 안 해?"

가면 아래, 연우는 몇 번이고 입술을 달싹이다가.

"……카인."

긴 고민 끝에 그렇게 대답했다.

"카인입니다."

*　*　*

바할이 카페를 나서는 순간, 주변 교통을 통제하던 플레이어들이 주변으로 모여들었다.

플레임 비스트.

따로 바할의 친위대로도 불리는 레드 드래곤의 전투 부대였다.

바할은 한적한 거리를 보면서 눈살을 살짝 좁혔다.

"또 길을 막고 있었나? 쓸데없는 짓 하지 말라고 했을 텐데."

"바할 님을 노리는 자들은 많습니다. 유의하신다고 해서 나쁠 것은 없습니다."

바할은 단장의 말에 고개를 가로저었다.

사실 이들은 말이 좋아 자신의 친위대라 불릴 뿐이지, 원래는 레드 드래곤의 수장이 직접 육성한 특수 부대 중 하나였다.

그렇다 보니 바할은 단순히 이들을 지휘하는 역할만 맡고 있을 뿐, 세세한 부분에서는 명령을 따르지 않는 경우가 많았다.

특히 요즘 같이 탑 내에 어수선한 분위기가 돌고 있을 때에는 더더욱 그런 정도가 심했다.

랭커는 각 클랜의 전력을 가늠할 수 있는 유일한 척도.

바할 같은 존재를 잃는 건 절대 안 되는 일이었다.

바할은 이런 탑 외 지역 같은 곳까지 그런 일이 벌어질 리가 없다고 여겼지만, 그래도 플레임 비스트는 말을 따르지 않았다.

물론, 그렇다고 해서 기분이 나쁘거나 하지는 않았다.

이들이 옆에 있기 때문에 그만큼 자신도 순조롭게 움직일 수 있는 것이었으니까.

“한데, 독식자라는 자와는 같이 오시지 않으셨습니까?”

“긍정적으로 검토를 해 본다더군.”

단장은 마음에 들지 않는 듯 눈살을 찌푸렸다.

“노비스 주제에. 간이 배 밖에 나온 놈이로군요.”

레드 드래곤에 대한 충성심으로 살아온 그로서는 클랜의 제안을 걷어찬 연우가 마음에 들지 않는 듯했다.

바할이 피식 웃으면서 가볍게 손사래를 쳤다.

“너무 그러지 말라고. 한창 기세등등할 때잖아? 너나 나도 저 때는 다 저랬었고.”

“그래도 무례한 것은…….”

“그만둬. 어차피 위로 올라가면 올라갈수록 지금의 제안을 떠올릴 수밖에 없을 테니까.”

단장은 묵묵히 고개를 끄덕였다.

초심자 구역이라면 모를까, 탑은 튜토리얼을 기준으로 생각하면 절대 오를 수 없는 곳이었으니까.

"그리고 애초 다른 놈들이 접근하지 않도록 만드는 게 목적이기도 했고. 내가 직접 왔는데, 간이 배 밖으로 나오지 않고서야 누가 건드리겠나. 어차피 갈 곳은 우리 클랜밖엔 없어. 그리고."

바할은 가볍게 손사래를 치면서 분위기를 환기시켰다. 부드럽던 인상 위로 날카로운 불꽃이 일렁였다.

"조사는? 어떻게 됐나?"

단장이 고개를 끄덕였다.

"아무래도 예상했던 그대로인 것 같습니다."

"그렇단 말이지. 하, 하하! 리언트, 그 녀석은 예나 지금이나 바뀐 게 전혀 없구나. 시간이 흘러도 참 한결같은 친구란 말이지."

사실 바할이 탑 외 지역으로 직접 무거운 발걸음을 옮긴 건, 단순히 연우를 스카우트하기 위해서가 아니었다.

그런 정도는 밑에 있는 플레임 비스트 중 한 명만 보내도 충분한 일이었으니까.

그저 외부에는 이 일을 핑계 삼고, 실은 다른 진짜 목적을 수행하기 위해서였다.

리언트에 대한 추격.

얼마 전, 레드 드래곤 내 조사대에게 이상한 정보가 하나 걸려들었다.

청화도에서 무신이 될 예정에 있는 리언트가 튜토리얼에서 뭔가를 비밀리에 꾸미고 있다는 내용이었다.

레드 드래곤은 청화도가 아랑단을 운영하고 있다는 사실을 진즉에 알고 있었지만, 따로 건드리지는 않고 있었다.

그런 비밀 조직은 따로 체크만 해 둬야 한다. 그리고 필요할 때에 한 번에 들이쳐야 효과가 있었다.

그런데 아랑단이 사실은 리언트의 사조직이라는 내용이 새롭게 걸려든 것이다. 여기에 플레이어들을 따로 납치해서 뭔가를 비밀리에 만들고 있다는 것까지도.

이에 레드 드래곤에서는 아랑단에 대한 조사가 필요하다고 판단, 바할에게 조사에 대한 모든 책임 권한을 위임했다.

한때 리언트와 함께 아르티아에서 뛴 적이 있으니, 그를 잘 파악할 거란 판단에서였다.

이때부터 바할은 플레임 비스트를 이끌고, 리언트와 아랑단에 대한 추적을 시도했다.

자금 유동 흐름, 자원의 이동, 튜토리얼로 파견되는 인적사항까지 낱낱이.

그리고 내린 결론은.

"수백 수천의 플레이어들을 갈아 넣어서 새로운 마력 기관을 만든다…… 옛날 전래 동화에서나 듣던 이야기인 줄 알았는데. 진짜 그런 어처구니없는 짓을 저지를 줄이야."

바할은 아직까지 리언트가 만들고자 하는 물건이 정확하게 무엇인지 정체는 파악하지 못했다.

하지만 기능은 어느 정도 유추할 수 있었다.

마력 기관(魔力器官).

혹은 마력 기관(機關)이라고도 불리는 것.

탑을 오르는 플레이어라면 누구나 체내에 마력을 품고 있다.

그리고 이런 마력을 담은 그릇을 마력 기관이라고 한다.

하지만 마력 기관도 신체의 일부다 보니 마력을 담을 수 있는 총량에는 한계가 있을 수밖에 없었다.

군주나 최상위 랭커 등, 뛰어난 경지에 오르면 육체가 재구성되면서 총량이 대폭 늘어난다고도 하지만, 그런 위치에 오르는 사람은 아주 극소수였다.

그리고 그들에게도 항상 마력 총량이 문젯거리였다.

그래서 많은 플레이어들이 외부에서 마력을 공급해 줄 마력 기관을 만들고자 했다.

그 결과물로, 가장 먼저 탄생하게 된 것이 포션이었다.

그 뒤에도 여러 가지 물건들이 우후죽순으로 쏟아졌다.

갖가지 옵션이 달린 마도구(魔道具)나 마력을 따로 저장

할 수 있는 마력원(魔力源)이 만들어졌고, 심지어 '에너지 드레인'이라고 분류되는 마력 갈취를 위한 스킬들이 쏟아지기도 했다.

하지만 그런 것으로도 플레이어들의 욕심은 채워지지 않았다.

그들은 더 많은 총량을, 나아가 무한대로 마력을 공급해 줄 수 있는 기관을 만들고자 했으니.

바할은 리언트가 바로 이런 마력 기관을 만들려 했다고 추정하고 있었다.

마력은 순도가 맑으면 맑을수록 더 효율적인 에너지를 뽑아낸다.

그리고 그런 마력을 뽑아낼 수 있는 가장 손쉬운 방법이, 바로 인간의 피륙과 영혼을 쥐어짜는 것이었다.

하지만 이마저도 나중에는 실패로 판명 나고 말았다.

순수한 마력은 만들 수 있을지 몰라도, 이 과정에서 죽은 인간의 저주나 사념이라도 어리게 되면 더 이상 쓸 수가 없었다.

여러 네크로맨서나 연금술사들이 번번이 실패했던 것도 바로 이런 이유에서였다.

그런데 리언트가 그런 실패도 무릅쓰고, 새로운 시도를 하려고 했다?

그것도 보통 플레이어들이 잘 관심을 기울이지 않는 튜토리얼에서?

바할은 리언트가 '어떤 방법'을 찾아냈을 거라고 생각했다.

저주와 사념이 어리지 않게 할 수 있는 공정 방법을.

'설마 그 방법이 말로만 전해지던 '돌'은 아니겠지?'

예부터 연금술사들 사이에 전설처럼 내려오는 말이 있었다.

마나의 주인, 용종(龍種)만이 지녔다는 마력회로에 버금가는 만능의 물질이 존재한다고.

그들은 그걸 가리켜 '돌' 혹은 '심장'이라고 불렀다.

'뭐, 그럴 리는 없겠지. 그런 게 가능했다면 진즉에 만들어지고도 남았을 테니까.'

다만, 공정 방법과 리언트가 만들었다는 물건은 확실히 확보를 해야만 했다.

'앞으로 아주 큰 도움이 되겠지. 레드 드래곤에게도. 나에게도.'

바할은 혓바닥으로 입술을 가볍게 축였다.

"리언트의 소재는?"

"현재 튜토리얼로 이동했다가 곧 이쪽을 거칠 예정이라고 합니다."

"좋아. 그럼 바로 그쪽으로 이동한다. 말했듯이 목표는 물건과 리언트다. 단, 둘 다 완전한 확보가 어렵다 판단되면 리언트는 죽여도 좋다. 하지만 물건만큼은 무슨 일이 있어도 손에 넣어야 한다."

"예!"

"예!"

"그럼 가자."

그렇게 바할과 플레임 비스트가 움직이기 시작했다.

리언트를 사냥하기 위해서.

이미 그들이 확보하고자 하는 물건은 리언트의 손을 떠나 버렸다는 것도 모른 채.

*　　*　　*

연우는 마갑을 몸에 걸치고, 허리띠에다가 마장대검과 카르슈나의 단검을 교차해서 걸었다.

목에는 고블린 왕의 눈과 몬스터 5색 보석을 같이 박은 펜던트를 걸고, 등에는 비그리드를 비스듬하게 꽂았다.

그리고.

튜토리얼을 통과하면서 계속 썼던 하얀 귀신의 얼굴을 벗고, 대신에 마장철면을 덮었다.

철컥!

가면은 기분 좋은 소리를 내면서 얼굴에 착 달라붙었다.

여태껏 딱딱하고 차갑기만 하던 하얀 귀신의 얼굴과 다르게 아무것도 쓰지 않은 것처럼 너무 편했다.

마치 헤노바의 손길이 직접 맞닿은 것처럼.

우우웅—

지난 한 달 동안 계속 단련을 거듭했던 마력회로도 부드럽게 움직였다.

마력이 몸 곳곳에 활력을 불어넣었다. 검은색 가면 사이로 한 쌍의 도깨비불이 타올랐다.

연우는 천천히 자리에서 일어났다.

모든 휴식과 준비는 끝났다.

이제 탑을 오를 차례였다.

*　　*　　*

"헤노바."

"왜 그러냐, 애송아."

헤노바는 정말 헤노바답다 싶었다.

이름을 가르쳐 줘도 끝까지 이름으로 부르는 법이 없었으니까.

그래도 헤노바는 연우를 제법 뿌듯한 얼굴로 바라봤다.

자신이 마련해 준 아티팩트로 무장한 플레이어는 정말이

지 오랜만이었으니까.

연우도 가볍게 피식 웃다가, 담담한 말투로 말했다.

"이번에 올라가게 되면 얼마나 걸릴지 모릅니다."

"음."

헤노바는 잠시 몸이 움찔거렸지만, 아무렇지 않은 척 배를 불룩 내밀었다.

"공략에 나서면 그야 당연한 거지. 왔다 갔다 하는 것도 네 맘이고. 그런 걸 굳이 왜 나한테 말해?"

연우는 뭔가 말하려다가 고개를 가로저었다.

"아닙니다. 아무것도."

헤노바는 알까?

이게 작별 인사라는 사실을.

'이 이상 가까워져 봤자 이 사람에게는 해만 될 뿐이야. 괜히 내 일에 끌어들일 필요는 없어.'

동생이 왜 그토록 따랐는지는 이미 충분히 알았다.

그렇다면 거기서 끝내야 했다.

자신이 가야 할 길은 멀었고, 험난했다. 옆에 있는 사람들은 자연스레 그 험난한 가시밭길에 같이 휘말릴 수밖에 없었다.

연우는 그렇게 둘 생각이 없었다.

갈리어드에게도 말했듯이.

'이 전쟁은, 내 전쟁이니까.'

남의 손에 맡길 수는 없는 노릇이었다.

"그동안 감사했습니다."

헤노바는 곰방대를 입에다 갖다 대면서 귀찮다는 듯이 손사래를 쳤다. 하지만 그것이 몸 조심하라는 그만의 인사라는 걸 쉽게 알 수 있었다.

연우는 다시 한번 그에게 인사를 하고, 탑 쪽으로 걸음을 옮겼다.

*　　*　　*

몇 번씩이나 느낀 점이었지만, 탑은 높아도 너무 높았다. 구름을 뚫고, 하늘을 떠받치듯이 높다랗게 서 있다.

마지막 층계까지 오른 사람은 반드시 신이 될 수 있다는 신비에 찬 장소.

입구로 통하는 거대한 철문 앞에 섰다.

그때, 뒤에서 다급하게 달려오는 소리가 들렸다.

"스토오오옵!"

뒤에서 불쑥 큼지막한 손이 튀어나오더니 철문을 열던 연우의 손을 덥석 잡았다.

헤엑, 헤엑, 손의 주인이 거칠게 숨을 몰아쉬었다.

연우보다 머리 하나는 더 큰 키. 판트였다.

녀석은 먼 길을 다급하게 뛰어왔던지 얼굴이 붉게 달아올라 있었다.

"아니, 탑에 들어가자고 그렇게 내가 노래를 불러 댈 때에는 듣는 척도 안 하더니! 갑자기 무슨 바람이 분 거요? 들어갈 거면 들어간다고 미리 귀띔이라도 해 주던가!"

연우는 이해가 안 간다는 듯이 고개를 갸웃거렸다.

"굳이, 왜?"

"으으! 진짜, 이 양반이."

판트는 분통이 터지는지 큼지막한 주먹으로 가슴을 두들겼다.

연우는 가느다랗게 눈을 좁혔다.

"너희들이 날 어떻게 생각하는지는 모르겠지만, 난 너희들과 소꿉놀이할 시간 따윈 없어. 노는 시간은 딱 어제까지다. 난 내 갈 길만 해도 바빠."

판트는 연우의 너무 싸늘한 말투에 따지고 싶은 말이 많았지만, 쉽게 입을 열지 못했다.

새카만 가면 사이로 비치는 두 개의 도깨비불.

강렬한 안광은 튜토리얼의 G구획에서 그가 만났던 연우를 떠올리게 했다.

강하고, 독선적이며, 오로지 앞으로 달리기만 하던 모습.

그리고 그 눈빛은 아버지인 무왕이 전쟁을 치르기 전에 보이던 눈빛과 너무 비슷했다.

'대체 뭘 하려고……!'

판트가 섣불리 대답을 하지 못하는데, 뒤늦게 에도라가 도착했다.

그녀는 땀으로 젖은 머리카락을 쓸어 올리면서 싱긋 웃었다.

"그럼 오라버니 먼저 가세요."

"야!"

판트가 무슨 소리냐는 표정으로 에도라를 돌아봤다. 연우도 에도라의 속내를 알지 못해 미간을 찌푸렸다.

에도라의 미소가 커졌다.

"대신에 저흰 저희대로 오라버니 뒤를 쫓아갈게요. 쫓아가는 건 저희 마음이니, 설마 그것까지 막지는 않으시겠죠?"

판트는 좋은 생각이라면서 가볍게 웃음을 터뜨렸다.

연우는 그런 두 남매를 살짝 노려보다가, 고개를 절레절레 흔들면서 뒤돌아섰다.

"알아서들 해. 하지만 낙오하면 버리고 간다."

"크하핫! 걱정 마슈. 눈에 띄는 건 내가 죄다 부숴 버릴 거니까. 1층은 이미 한 번 다녀오기도 했었고. 뭐, 궁금한 거 있으면 나한테만 물으쇼."

"잘난 척은. 규칙도 잘 이해 못 해서 판만 엉망으로 만들어 놨었으면서."

"시끄러. 처음에는 실패해도 두 번째부터 잘하면 되는 거 아니냐."

연우는 투닥거리는 판트와 에도라의 말을 뒤로 흘려들으면서.

끼이익—

있는 힘껏 철문을 밀어 열었다.

그 순간, 1층으로 통하는 탑의 문이 활짝 열렸다.

첫 입성(入城)이었다.

[오벨리스크에 접속하셨습니다.]

[이곳은 1층의 대기 구역입니다. 시련에 필요한 모든 인원이 찰 때까지 이곳에서 대기하십시오.]

연우와 판트 남매는 문을 열고 통로를 걷던 중에 갑자기 주변 풍경이 바뀌는 것을 느꼈다.

그리고 드러난 것은 커다란 너비를 자랑하는 홀(Hall)이었다.

홀은 온통 새하얀 대리석으로 이뤄져 있었다. 천장에는 부드러운 조명을 뿌려 대는 샹들리에가 걸렸고, 바닥에는 갖가지 소파와 편리한 가구들이 놓여 있었다.

그리고 홀의 양쪽 끝에는 기다란 복도가 놓여, 벽면을 따라 여러 개의 방문이 설치되어 있었다.

연우는 여기가 어딘지 대략적으로 알 것 같았다.

'대기 구역.'

장기 미션이 시작되는 11층부터는 층계에서 터전과 촌락을 이루며 살아가는 플레이어들이 많았다.

하지만 단기 미션이 수행되는 10층 아래의 초심자 구획은 보통 대기 구역이 정해져 있어 일정한 인원이 차야만, 시련이 시작되는 방식이었다.

그중에서도 1층의 대기 구역은 흔히 '스타트 존'이라고도 불리며 아주 중요한 장소였다.

탑을 오르고자 하는 이들이 처음이자 마지막으로 쉴 수 있는 장소.

그리고 편의 시설도 제법 잘 갖춰져 있었다.

원한다면 대기 구역 내에서 짧은 명상이나, 수련도 가능했다. 때에 따라서는 신비 상인이 방문해 기초적인 물건 구매도 할 수 있었다.

미션(Mission), 흔히 탑에서는 '시련'이라고 부르는 과제를 수행하기 전에 반드시 거쳐야 하는 장소.

여기서 플레이어들은 서로 간에 친목을 다지기도 하고, 때로는 팀 대 팀으로 거래를 나누기도 했다.

대기 구역에는 이미 플레이어들이 한데 모여 있었다.

인원은 대략 50명 내외.

"왔군."

"……역시. 또 왔어."

플레이어들은 자기들끼리 이야기를 나누다 말고 갑자기 대화를 뚝 그쳤다.

그들은 하나같이 이쪽을 경계심 가득한 시선으로 보고 있었다. 환멸감이나 짜증도 더러 섞여 있었다.

연우는 이게 무슨 짓인가 싶어 살짝 고개를 갸웃거렸다.

전혀 안면이 없는 사람들이라 딱히 그들의 경계심을 살 이유가 없었기 때문이었다.

그러다 곧 시선이 어디로 향하는지를 깨닫고 피식 웃고 말았다.

'이놈들을 보는 거였군.'

판트 남매는 플레이어들의 시선 따윈 전혀 아랑곳하지 않고 있었다.

"어디 보자. 여기쯤에 그게 있었을 텐데. 꽤 맛있었는데."

"술 마실 생각하지 마. 저번처럼 또 난동 피우려고?"

"헤헤. 한 잔 정도는 괜찮지 않냐?"

"안 돼."

판트는 진열장에 혹시 남은 술이 없나 뒤적거렸고, 에도라는 그를 뜯어말리다가 귀찮은지 적당한 구석 자리에 앉아 가져온 책을 펴고 읽기 시작했다.

마치 이 넓은 대기 구역에서 딱 두 사람만 따로 유리되어 있는 듯한 모습이었다.

'하긴. 원래 이런 녀석들이었지.'

최근에 이 두 사람이 뒤를 쫄래쫄래 따라다녀서 그렇지, 원래 판트 남매는 튜토리얼에서도 논외로 취급받고 있었다.

최강의 일족, 외뿔부족의 왕족들.

그들은 뛰어난 재능을 타고날 뿐만 아니라, 최상급 무술을 단련하고, 왕족으로서의 예절과 품위, 덕목까지 익히는 '선택받은 자' 들이었다.

당연히 일반 사람들에게 그들은 전혀 다른 세계의 사람들처럼 느껴질 수밖에 없다.

보이지 않는 벽에 가로막혀 다가가지도 못한다. 아니, 다가갈 엄두조차 내지 못한다.

그리고.

연우는 자신에게도 그런 비슷한 시선이 쏟아진다는 것을 느꼈다.

“저 사람, 맞지?”

“어. 독식자야.”

“미친. 이번 회차 시련도 물 건너갔다고 봐야 하는 건가?”

“어쩌면 무임승차를 할 수 있을지도.”

“저놈들이 그걸 지켜보겠냐?”

이미 연우가 이번 회차에 참여한다는 소식은 저층 구간의 플레이어들 사이에도 쫙 퍼진 모양이었다.

연우는 차라리 잘되었다 싶었다.

어차피 이들과 친분을 쌓을 생각은 전혀 없었으니까.

사실 판트 남매와 같이 움직이게 된 것도 상황이 그렇게 흘러서였을 뿐.

밖에서 했던 말처럼 방해가 된다면 그냥 두고 갈 생각이었다.

직진.

연우는 10층을 모두 끝낼 때까지 공략을 단 한 번도 쉬지 않을 생각이었다.

‘열흘 안에, 아니, 최대 9일 안에 초심자 구역을 모두 통과한다. 말처럼 쉽지는 않겠지.’

그렇게 해야만 하데스의 열쇠를 얻을 수 있을 테니까.

게다가.

초심자 구역에는 한 가지 비밀이 더 숨겨져 있었다.

'각 층계마다 숨겨진 열쇠들도 찾아야 하고.'

튜토리얼에서 한 개. 초심자 구역에서 한 개.

그렇다면 올림포스의 열쇠를 완성시키기 위해 남은 열쇠는 총 10개.

이 10개는 전부 하나씩 각 층계마다 숨겨져 있으며, 히든 피스로 존재하고 있다.

때로는 생각지도 못한 장소에 숨겨져 있기도 하고, 때로는 시련과는 다른 히든 퀘스트를 수행해야 하기도 한다.

즉, 연우는 열 개의 시련을 수행하며 층계를 빠른 속도로 통과하면서 또 별도로 열 개의 히든 피스도 찾는 이중고를 겪어야 하는 셈이었다.

'1층에 숨겨진 열쇠는 헤라의 열쇠였지?'

연우는 헤라의 열쇠를 만들기 위한 방법을 머릿속으로 되짚어 보다가, 검지와 엄지로 눈두덩이를 가볍게 문질렀다.

'벌써부터 피곤해지는군.'

연우는 이런 말도 안 되는 설계를 짜 놓은 관리자들을 욕하면서도, 자리를 잡고 가만히 눈을 감았다.

우웅—

마력회로가 가볍게 회전하기 시작했다.

명상에 잠기면서 마력회로의 움직임을 면밀하게 살폈다. 근육과 골격의 움직임도 세세하게 감각에 잡혔다.

사실 피곤하다는 감상과는 다르게, 그는 이미 실패 따위는 상정에 두지도 않고 있었다.

여태 쌓아 올린 스탯과 스킬이 있었고, 획득한 아티팩트가 있었으며.

몸에 착용한 기에스의 눈도 있었으니까.

"……."

우우웅―

마력이 더 빠른 속도로 회전했다.

*　*　*

"반갑습니다. 저는 이번에 여러분들의 1층 시련을 안내하게 된 관리자, 아론이라고 합니다."

이블케와 달리 190센티미터는 넘는 것 같은 장신. 창백한 피부. 붉은 입술을 뚫고 나온 송곳니가 유독 인상적이었다.

'뱀파이어.'

관리자들은 모두 몬스터인 걸까.

뱀파이어 역시 이블케처럼 반듯한 턱시도를 입고 우아하게 인사했다.

관리자가 나타난 건, 연우가 탑에 들어오고 사흘 정도가 지났을 무렵이었다.

대기 구역에는 수백 개의 방이 제공된다.

각 방은 주인의 허락 없이는 타인이 절대 침입할 수 없는 구조.

덕분에 그동안 연우는 아티팩트를 점검하거나 명상을 하면서 시간을 보냈다.

본격적인 '시간 기록'은 1층의 시련이 시작되는 시점부터였기 때문에 걱정할 필요는 없었다.

그사이에도 유입 인구가 꾸준히 늘면서 대기 구역 내에 상주하는 인원이 거의 100명에 다다르게 되었다.

그 과정에서 연우가 느낀 점은, 플레이어들이 과도하게 판트 남매를 경계하고 있다는 점이었다.

오히려 튜토리얼에서 이름을 알렸던 자신보다도 훨씬 더.

아니, 자신을 경계하는 건, 오히려 판트 남매와 자주 어울리기 때문인 것 같다는 느낌을 받았다.

'그러고 보니 얘들은 이미 1층을 겪었다고 했는데. 무슨 일이라도 있었나?'

판트와 에도라쯤 되는 녀석들이 1층의 시련을 실패했다고 생각할 수는 없었다.

실패했다면 시련을 공략하던 도중에 뭔가 꼬였거나, 팀원들 간에 어떤 반목이 생겼을 경우.

연우는 아무래도 후자가 아닐까 하고 생각했다.

막 나가는 판트 녀석의 성격을 생각해 본다면.

그리고 만약 지금 대기 구역에 있는 플레이어들 대부분이 판트 때문에 공략에 실패했던 자들이라면.

'어떻게 된 일인지 나중에 따로 물어봐야겠군.'

괜히 이번에도 쓸데없는 짓을 해서 방해를 받아서는 안 되니까.

연우가 이런저런 생각을 하던 중에.

관리자 아론은 딱 100명이 된 플레이어들을 한데 모은 자리에서 이런저런 이야기를 늘어놓았다.

본격적인 탑의 공략을 시작하기 전에 필요한 것들이나, 명심해야 할 사항이 대부분이었다.

이미 연우는 일기장을 통해 파악해 뒀던 것들이기 때문에 귀담아듣지 않았다.

그리고 일장 연설이 끝난 뒤.

"여기 계신 분들 중에는 저를 여기서 몇 번씩 봐 이미 내용을 알고 있으신 분들도 있으시리라 생각됩니다. 하지만 처음 오신 분들이 더 많은 것 같으니 시련에 대해서 상세히 설명드리겠습니다."

아론이 빙긋 웃었다.

"단, 설명은 한 번밖에 드리지 않으니 모두 집중해 주시기 바랍니다."

짜악!

아론이 가볍게 박수를 쳤다.

그러자 연우와 플레이어들을 둘러싼 공간이 휘청거리더니, 새로운 공간으로 안내되었다.

순간.

휘이잉—

"으윽."

"흡!"

갑자기 불어닥치는 강풍.

플레이어들은 균형을 잃지 않기 위해서 자세를 바짝 낮추거나, 마력을 한껏 유동하면서 발에 잔뜩 무게를 실어 가까스로 균형을 잡았다.

그리고 주변에 보이는 풍경에 욕지거리를 내뱉었다.

그들이 서 있는 곳은 높다랗게 서 있는 거대한 절벽 위였다.

주변은 도무지 바닥이 보이지 않을 만큼 까마득하게 깊은 협곡이 깔려 있었다.

자칫 강풍에 휩쓸려 아래로 떨어지기라도 했다간 시체도 온전히 남기지 못할 게 뻔했다.

그리고 맞은편에도 그들이 있는 절벽과 같은 모양을 한 절벽이 우뚝 서 있었다.

이쪽 절벽과 저쪽 절벽 사이에는 구름다리가 3개 가지런히 놓여 있었다.

구름다리는 딱 보기에도 위험천만해 보였다.

나무판자와 새끼줄만 대충 엮어서 만들었을 뿐, 이렇다 할 보강재가 하나도 없어 강풍이 불 때마다 크게 출렁이고 있었다.

이곳이 바로.

'1층계의 스테이지.'

연우는 일기장에서나 봤던 스테이지를 보고 눈을 반짝였다.

그 순간.

하늘을 따라 거대한 메시지 창이 열렸다.

[이곳은 1층, 쌍벽의 관입니다.]

[1층의 시련을 시작합니다.]

그때, 메시지 창 아래로 손바닥만 한 크기의 푸른색 크리스탈이 빛무리에 잠긴 채로 나타났다.

개수는 총 5개.

메시지가 계속 이어졌다.

[시련: 현재 이곳에는 두 개의 커다란 절벽이 놓여 있습니다. 각 절벽에는 100명으로 구성된 팀이 존재하며, 각각 5개의 크리스탈이 함께 주어집니다.

적으로부터 절벽을 사수하고, 팀의 크리스탈을 보호하십시오. 그리고 적의 절벽을 쳐서 상대의 크리스탈을 빼앗거나 부수십시오.

정해진 시간 내에 더 많은 크리스탈을 부수거나 빼앗는 팀이 승리하게 됩니다.]

메시지가 끝나자, 다섯 개의 크리스탈은 아론의 손바닥 위로 떨어졌다.

아론이 빙긋 웃으면서 부가 설명을 시작했다.

"메시지에 설명되었듯이, 저쪽 절벽도 이쪽과 똑같이 100명으로 구성된 팀이 있습니다. 그리고 그들에게는 방금 전, 붉은색 크리스탈이 주어졌습니다. 그러니 임의로 이곳은 블루 팀, 저곳은 레드 팀이라고 명명하겠습니다."

아론은 크리스탈에 시선이 고정된 플레이어들을 둘러보면서 말을 이어 나갔다.

"크리스탈을 보호하는 것은 어떤 방법이라도 좋습니다. 미지의 장소에 숨겨도 좋고, 가장 강한 사람이 가지고 있어도 좋습니다. 단, 보호는 하되, 저쪽을 어떻게 침략할지에 대해서도 잘 생각해야겠지요?"

플레이어들은 레드 팀이 있을 맞은편 절벽 쪽으로 시선을 돌렸다가 인상을 찡그렸다.

절벽과 절벽 사이로 이어지는 구름다리는 단 세 개뿐.

그마저도 협곡을 따라 부는 바람 때문에 계속 출렁거린다.

저 위에서 싸우라고?

자칫 움직이다가 절벽 아래로 떨어지지 않으면 다행이었다.

게다가 바닥을 이루는 나무판자나 그것을 엮은 줄도 너무 약해 보였다.

조금만 충격을 줘도 금세 끊어져 버릴 것 같았다.

'1층부터 미친 난이도로군.'

연우는 가볍게 혀를 찼다.

튜토리얼도 튜토리얼답지 않게 아주 어려웠다지만, 그래도 솔로 플레이로도 깨는 게 가능했다.

하지만 1층의 시련은 초기부터 그런 가능성을 차단하고 있었다.

서로 얼굴도 잘 모르는 낯선 100명이서 팀워크를 발휘해야만 한다. 그리고 위험천만한 구름다리 위를 건너 상대의 크리스탈을 빼앗거나 부숴야만 한다.

교섭력, 통치력, 연대감 등, 다양한 것들이 필요한 것이다.

그리고 헤라의 열쇠를 필요로 하는 연우에게는 한 가지 조건이 더 주어졌다.

'푸른색, 붉은색, 색깔 구분 없이 모든 10개의 크리스탈을 손에 넣을 것.'

여기에 시련의 내용에 나왔던 문구에 문제가 있었다.

빼앗거나 '부숴도' 좋다는 문구.

하지만 크리스탈 중 단 한 개라도 부숴지는 순간, 헤라의 열쇠는 손에 넣을 수 없었다.

연우는 조금 짜증이 났지만, 그래도 어쩔 수 없었다.

교섭? 전쟁?

연우에게는 그런 것조차 할 시간이 없었다.

'그냥 압도적인 힘으로, 방해꾼들을 모두 밀어 버린다.'

연우의 눈빛이 스산하게 빛났다.

'우선 이쪽의 크리스탈부터 전부 손에 넣어야겠지.'

연우는 아론이 쥐고 있는 다섯 개의 푸른색 크리스탈에 시선을 고정시켰다.

아론이 싱긋 웃으면서 말했다.

"그럼 이제 본격적인 시련을 시작하겠습니다. 우선 크리스탈 분배부터 하겠습니다. 누가 대표로 받으시겠습니까?"

플레이어들이 잠깐 서로 간에 눈치를 봤다.

100명이라는 인원은 많은 것 같으면서도, 절대 많은 인원이 아니었다.

여기서 대표로 나선다면 앞으로 1층을 공략하는 데 있어 주도적인 역할을 할 게 뻔했다.

다행이라면 이미 플레이어들 간에는 어느 정도 커뮤니티가 존재한다는 점이었다.

연우 등과 달리, 그들은 이미 대기 구역에 머물면서 서로 면식을 튼 상태였다.

그리고 다수는 이미 이전 회차에서 의기투합을 하기도 했으니.

자연스레 이끄는 위치가 된 사람도 있기 마련이었다.

"제가 받도록 하죠."

붉은색 가죽옷을 입은 사내는 주변의 시선을 받으면서 앞으로 나섰다.

아론도 고개를 끄덕이면서 그에게 건네려는데.

"잠까안."

갑자기 판트가 불쑥 앞으로 나서면서 방해했다.

사내의 인상이 살짝 구겨졌다.

"뭡니까?"

"난 너더러 받으라고 찬성한 적이 없는데?"

사내는 살짝 화가 난 얼굴이 되었지만, 꾹 참으면서 말했다.

"누가 받든지 무슨 상관입니까? 일단 받고 나서 각자 의논을 나눠서 숨기면 될……."

"아니. 다섯 개 전부 내가 맡도록 하지."

사내의 얼굴이 종잇장처럼 구겨졌다.

"그게 무슨 말도 안 되는 소립니까!"

"자질구레하게 숨길 바에는 차라리 내가 갖고 있는 게 낫지 않나? 아니면? 너희들 중에 나보다 더 잘 맡을 사람이 있다고 생각하는 건 아니겠지?"

판트가 사납게 웃으면서 주변을 쓱 훑어봤다.

그러자 플레이어들은 주춤 물러서거나, 고개를 돌려 시선을 회피했다.

판트가 다시 사내를 돌아봤다.

아무도 부정하지 않냐는 눈빛.

하지만 사내는 버럭 소리를 질렀다.

"당신은 양심도 없습니까? 이전 회차에서도 그렇게 욕심을 부리다가, 괜히 크리스탈만 전부 부서지지 않았습니까!"

사내의 뒤에 있던 몇몇 플레이어들이 기억난다는 듯이 고개를 끄덕였다.

둘의 말다툼을 지켜보고 있던 연우는 가볍게 혀를 찼다.

'저렇게 된 거였군.'

이전 회차에서 무슨 일이 있었는지 대강 그림이 그려졌다.

판트는 중요한 물건을 타인에게 맡길 수 있는 성격이 아니었다.

반드시 자신이 아니면 안 된다는 근거 없는 믿음과, 자신의 의도대로 사건을 해결해야만 직성이 풀리는 성격이었다.

문제는 그런 모난 성격을 가지고 있어도, 전혀 문제가 되지 않는다는 점이었다.

그만큼 강했으니까.

탑의 세계에서 '강하다' 는 것은 모든 단점을 보완하고도 남을 만큼 아주 귀한 보물이었다.

차라리 정의라고 해도 틀린 게 없었다.

그리고 그건 에도라도 똑같은 생각이었으니.

단순하고 욕심 많은 판트와 다르게 그녀는 분명 이성적이고 합리적인 성격을 가지고 있다.

하지만 그렇기 때문에 더더욱 판트가 저렇게 날뛰어도 별다른 제재를 가하지 않았다.

그녀의 판단대로도 크리스탈은 판트가 가지고 있는 게 가장 안전했으니까.

아무리 1층 시련의 난이도가 생각보다 높다고 해도, 결국 참여하는 플레이어들의 수준은 고만고만했다.

그들이 아무리 떼를 지어 덤빈다고 해도, 판트의 옷자락이나 제대로 건드릴 수 있을까?

그러니 크리스탈은 판트의 손에 들어오는 게 맞았다.

다만, 조금 문제가 있다면.

"그때 당신이 괜히 욕심을 부려 날뛰지만 않았어도……! 그러니 이번에는 절대 크리스탈을 맡길 수 없습니다!"

연우는 어이가 없어서 헛웃음이 나올 지경이었다.

오히려 활약을 하려다가 크리스탈을 깨 버리는 경우라니.

대강 그림도 그려졌다.

아마 적진은 판트의 활약에 도저히 정신을 차리지 못하고 있었겠지.

당연히 시련도 실패했다고 생각했을 테고.

그래서 모든 걸 포기했을 때, 난데없이 시련이 통과했다는 보고를 받아 버린다면?

'당황스럽겠지. 반면에 아군은 어이가 없을 테고.'

사내는 아마 그때를 거론하면서 판트를 믿지 못한다고 의견을 내세우는 것 같았다.

하지만 그런 말을 들을 판트가 아니었다.

자신보다 약한 녀석의 말은 귀담아들을 필요가 없다고 생각하니까.

이전과 같은 실수를 되풀이하지 않으면 된다고 생각하는 게 틀림없었다.

결국 사내의 주장은 씨알도 먹히지 않았다.

"그래서? 그럼 우리끼리 서열 정리라도 해 보자고?"

도리어 판트는 소맷자락을 슬쩍 말아 올리면서 무시무시한 겁박까지 해 대고 있었다.

흉포한 기세가 잔뜩 퍼져 나갔다.

플레이어들의 안색이 시퍼렇게 질렸다.

사내 뒤에 섰던 플레이어들이 그의 옷깃을 잡아당기면서 고개를 가로저었다.

그만하자는 뜻이었다.

결국 사내는 이를 악물았다. 꽉 쥔 주먹에 핏대가 잔뜩 서며 부르르 떨렸다.

에도라는 그때까지도 한 발자국 떨어져서 아무런 개입도 하지 않았다.

튜토리얼의 G구획 때처럼 신마도를 꼭 끌어안은 채로, 가만히 상황을 지켜보기만 할 뿐.

판트는 기세를 꺾어 놨다는 생각에 씩 웃으면서 아론에게 손을 내밀었다.

"결정이 나셨나 봅니다. 그럼 건승을 기원하겠습니다."

아론은 판트에게 다섯 개의 푸른색 크리스탈을 전부 건넸다. 그리고 바닥에 깔린 포탈에 녹아 자취를 감췄다.

"으흐흐. 이번에는 좀 잘해 봐야지."

판트는 크리스탈을 어떻게 숨기거나 보호하겠다는 별다

른 작전도 내놓지 않았다.

그저 헤실헤실 웃으면서 크리스탈을 갖고 놀기 바빴다. 꼭 장난감을 만지고 노는 어린아이 같았다.

그리고 자연스레 안쪽 주머니로 넣으려 했다.

'삥 뜯는 양아치가 따로 없군.'

플레이어들의 안색도 조금씩 어두워질 무렵.

여태 가만히 지켜보고만 있던 연우가 앞으로 성큼 나섰다.

판트가 무슨 일이냐며 멀뚱멀뚱한 시선으로 바라봤다.

그런 녀석 앞으로.

손을 불쑥 내밀었다.

"내놔. 전부."

*　　*　　*

아론은 포탈을 타고 다른 공간으로 넘어왔다.

99개의 층계를 관리하는 여러 관리자들이 한데 머무는 곳. 관리자실이었다.

거기에는 여러 관리자들이 바쁘게 뛰어다니고 있었다. 하늘에는 수백 개의 스크린이 각각의 층계를 동시에 송출하는 중이었다.

"오효효. 왔습니까?"

그때, 아론에게 누군가가 말을 건넸다.

아론의 허리춤에나 올 법한 키를 가진 고블린. 이블케였다.

"예."

아론은 담담하게 고개를 끄덕였다.

이블케를 대하는 그의 태도는 아주 공손했다.

기실 관리자들도 다 같은 의미의 관리자인 것은 아니었다.

각종 사무를 담당하는 자들, 보상을 관리하는 자들, 시련을 감시 및 관리하는 자들 등, 수직적인 직위 관계를 형성하고 있었다.

특히 그중에서 가장 높은 직급을 자랑하는 자들은 각각의 층계를 총 관리하는 책임자들이었다.

이들은 자신들이 맡은 층계에 있어서는 탑의 시스템이 허락하는 한, 최고의 권한을 발휘할 수 있다.

때에 따라서는 군주급 인사들을 찍어 누를 수 있을 정도였다. 단, 여기에는 여러 가지 페널티가 가해질 수 있기 때문에 직접적인 개입은 불가능했다.

따라서 2층의 책임자인 아론 역시 최고위직이라 할 수 있었다.

하지만 이블케는 그런 아론도 반드시 공손하게 대해야 하는 관리자였다.

그는 수백 명에 달하는 관리자들을 다룬다는 우두머리, 12간지(干支) 중 하나였으니까.

그렇기 때문에 둘은 서로 존대를 하더라도, 이블케는 아론을 귀엽게 다루는 말투에 가까웠다.

"어땠나요?"

하지만 겉으로만 봐서는 아무도 이블케가 그렇게 대단한 존재인지 짐작할 수가 없었다.

언제나 특이한 웃음소리를 내고, 외눈 안경을 쓴 독특한 고블린으로만 여길 뿐.

"솔직히 잘 모르겠습니다."

아론은 이블케가 던진 질문에 팔짱을 끼면서 고개를 주억거렸다.

외눈 안경 너머로 비치는 이블케의 눈가에 웃음기가 가득 어렸다.

"모르겠다고요?"

"예. 분명 보통 노비스들보다 월등히 실력이 뛰어난 건 알겠습니다만, 그래 봤자 노비스는 노비스더군요. 어르신께서 왜 그렇게 관심을 기울이시는지는 잘……."

아론은 그렇게 말하면서 슬쩍 고개를 들어 허공에 띄워진 스크린을 바라봤다.

거기에는 판트에게서 크리스탈을 갈취하고 있는 연우의

모습이 보였다.

판트가 불만 가득한 얼굴이 되자, 연우는 '그럼 네 말마따나 우리끼리 서열 정리라도 할까?' 라고 담담하게 되묻고 있었다.

판트가 움찔하면서 꼬리를 마는 모습이 보였다.

아론이 봤을 때는 그저 친한 플레이어들 사이에 얼마든지 있을 수 있는 상황.

하지만 이블케는 뭐가 그리 재미난지 그걸 보면서 낄낄 웃어 댔다.

"오효효효. 그렇군요. 그럼 우리 내기 한 판 해 볼까요?"

"내기라 하시면……?"

"저 플레이어가 이번에 사고를 친다, 안 친다로 어떨까요? 저는 친다 쪽에 걸죠."

아론은 뭔가 마음에 들지 않는 듯 미간을 살짝 좁히다가, 나쁘지 않을 것 같다는 생각에 고개를 끄덕였다.

"좋습니다. 전 안 친다에 걸겠습니다."

"오효효. 좋아요. 그럼 내기 내용은……."

* * *

플레이어들은 입을 쩍 벌리면서, 도저히 믿기지 않는다

는 시선으로 연우를 바라봤다.

분명히 방금 전까지만 해도 말도 안 되는 억지를 부리면서 기세등등하게 날뛰던 판트였는데.

연우는 말 한마디로 판트에게서 크리스탈을 갈취해 버렸다.

게다가 그들은 확실히 들을 수 있었다.

판트가 연우를 가리켜 '형' 이라고 부르는 것을.

'저 판트가 형이라고 부른다고?'

'대체 그동안 밖에서 무슨 일이 있었던 거지?'

'뭐가 어떻게 돌아가는 거야?'

탑 내에서 외뿔부족에 대한 인식은 간단했다.

오만하다.

그들은 구성원 하나하나가 강한 만큼 스스로에 대한 자부심도 무척 강했던 것이다.

그래서 쉽게 마음을 내주지 않으며, 나란히 설 자격이 있다고 인정한 사람이 아니면 말을 섞는 것도 싫어했다.

그렇지만 한번 마음을 연 상대에게는 자신의 목숨도 흔쾌히 내어 줄 수 있는 종족.

당연히 왕족이라는 판트 남매는 자존심이 더 셀 수밖에 없었다.

그리고 그들이 직접 겪은 판트는 그런 소문이 절대 거짓말이 아니라는 것을 똑똑히 보여 줬다.

안하무인에 자존광대가 너무 심했으니까.

그런 판트 옆에 다른 일행이 있는 것만 해도 대단한 일인데. 자신보다 서열이 위라는 것까지 인정하고 있었으니.

자연스레 연우에 대한 관심이 더 크게 쏠릴 수밖에 없었다.

특히 튜토리얼에서 연우와 판트 간의 대결을 지켜보기도 했던 플레이어들은 도무지 믿기지 않는다는 표정이었다.

"나쁜 형님 같으니. 혼자서 날뛰려고 동생 삥이나 뜯고."

판트가 툴툴대면서 발치에 구르던 돌멩이를 발로 뻥 하고 걷어찼다.

그때, 에도라가 연우에게 다가갔다.

"이제 어떻게 할 생각이세요, 오라버니?"

플레이어들은 다시 한번 놀라고 말았다. 얼음장 같았던 에도라가 웃는 모습을 보는 건 이번이 처음이었으니까.

화사하고, 아름다웠다. 뭣도 모르는 남자들은 가슴이 두근거릴 정도였다.

정작 그 미소를 보고 있는 연우는 무덤덤했지만.

그때.

연우가 무미건조한 눈길로 다른 플레이어들을 쓱 훑어봤다.

"잠시 여기 지켜 줄 수 있나?"

순간, 에도라의 눈빛이 반짝였다.

“얼마면 될까요?”

“짧으면 30분. 길면 1시간.”

“그 정도면 충분하죠. 다녀오세요.”

연우는 담담하게 고개를 끄덕이면서 구름다리가 걸쳐진 절벽 끄트머리로 다가갔다.

플레이어들은 연우가 뭘 하려는지 몰라 살짝 인상을 좁혔다.

1층의 시련이 까다로운 건, 상대의 절벽에 침입해 어디에 숨겨져 있는지 모르는 크리스탈을 찾아 부수는 것도 문제였지만.

그보다 조금만 충격이 주어져도 끊어질 것 같은 구름다리를 건너는 것이 가장 큰 문제였다.

그렇다고 해서, 구름다리를 지나지 않을 수도 없었다.

어떻게든 상대의 절벽으로 넘어가야만 했으니까.

하지만 그러자니 도중에 구름다리 위에서 칼부림이 일어날 수밖에 없다.

그러다 싸움이 거칠어지면 구름다리가 끊어져 위에 있던 사람들이 대거 절벽 아래로 추락하고 만다.

부유 마법이나 비행 스킬이 있다고 해도 위험하긴 마찬가지였다.

구름다리 없이 상대 절벽으로 넘어갈 수는 있어도, 그 후에는 오히려 집중 사격을 당할 수도 있으니.

결국 진퇴양난일 수밖에 없는 상황.

이러한 여러 까다로운 조건들 때문에 1층은 초심자 구역에서도 가장 사망자가 많고, 낙오자도 많은 스테이지였다.

기세등등하게 튜토리얼을 통과했어도, 탑을 더 이상 오르지 못하는 자들이 수두룩해지는 것도 바로 이 때문이었다.

판트 남매가 한 번 공략에 실패했던 것도 무리는 아니었다.

그래서 플레이어들은 연우가 어떤 행동을 보일지 관심을 보이면서도, 냉소적인 시선이기도 했다.

도리어 이전 판트 때처럼 크리스탈을 전부 챙겨 갔다가 무슨 사고라도 치는 게 아닐까, 대놓고 인상을 찌푸리기도 했으니.

하지만 그러거나 말거나.

연우는 등에서 비그리드를 천천히 뽑으면서 구름다리 앞에 섰다.

저 멀리, 맞은편 절벽에서 레드 팀이 구름다리 위를 달려오는 게 보였다.

'아무리 어렵다고 해도, 1층을 통과할 수 있는 공략법은 분명 여러 개가 있어.'

휘휘휘!

마검 비그리드를 따라 강렬한 바람이 불기 시작했다. 귀기도 같이 둥둥 떠다녔다.

검의 축복.

이미 G구획에서 수십 명의 플레이어들을 단번에 쓸어 내기도 했던 기능.

얼마나 강렬한지, 협곡을 타고 올라오던 강풍이 빗겨 나갈 정도의 세기였다.

연우는 비그리드를 꽉 쥐면서 높이 들었다.

콰아아!

'하지만 그중에서도 가장 확실한 건.'

연우의 입술 끝이 비틀렸다.

'압도적인 힘으로 처바르는 거지.'

그 생각과 함께.

촤아악—

연우는 비그리드를 비스듬하게 사선으로 세게 내리그었다.

비그리드를 따라 감돌던 돌풍이 채찍처럼 날아들었다.

돌풍은 3개의 구름다리를 단번에 부숴 버리는 것으로도 모자라, 맞은편 절벽에 작렬했다.

폭발 소리와 함께 절벽이 크게 요동쳤다. 벽면을 따라 거대한 칼자국이 길쭉하게 남았다.

콰콰콰—

쿠르르르……!

절벽 일부가 와르르 무너지면서 먼지구름이 하늘로 치솟았다. 부서진 낙석이 눈 다발처럼 아래로 우수수 쏟아졌다.

그 장면을 지켜보고 있던 판트는 입을 쩍 벌렸다.

튜토리얼 G구획에서 봤던 것보다 훨씬 강해진 위력.

그동안 망치질만 한 줄 알았는데, 사실 따로 수련도 하고 있었던 걸까?

하지만 에도라는 그럴 줄 알았다는 듯, 빙긋 웃으면서 고개를 끄덕였다.

블루 팀의 다른 플레이어들은 몸을 덜덜 떨고 있었다. 도저히 초심자 구역에 있을 사람의 솜씨가 아니었으니까.

이전 회차에서 판트가 보였던 솜씨만 하더라도 혼자서 2개 팀을 찍어 누를 정도로 압도적이었는데.

연우가 보인 힘은 그마저도 아득히 뛰어넘고 있었으니.

하지만 가장 큰 재앙을 맞은 사람들은 따로 있었다.

3개의 구름다리를 통해 이쪽으로 빠르게 달려오던 레드 팀의 플레이어들.

그들은 블루 팀에 판트가 있다는 것을 눈치채고, 먼저 공격을 시도하던 중이었다.

선수 필승.

이전 회차의 사건 때문에 블루 팀이 내홍을 겪을 동안,

빠르게 몰아쳐서 블루 크리스탈을 부수고 레드 크리스탈은 그 틈에 숨긴다는 계획이었다.

구름다리를 건너는 3개 조가 각자 맡은 임무도 따로 있었다.

하나는 판트를 대적하고, 다른 하나는 블루 팀을 몰아붙이며, 남은 하나는 블루 크리스탈을 빠르게 물색하자는 계획.

하지만 그런 그들이 잡았던 작전은 구름다리를 전부 건너기도 전에 재앙을 맞고 말았다.

아니, 지금은 자신들의 목숨을 부지하는 것도 급급한 상황이 되어 버렸으니.

부서진 구름다리의 잔해가 아래로 쏟아진다. 깊숙한 협곡을 따라 플레이어들의 비명 소리가 울려 퍼졌다.

이펙트가 곳곳에서 터졌다.

부유 마법이나 비행 스킬, 혹은 아티팩트가 있는 플레이어들이 일제히 생존을 도모하는 중이었다.

하지만 노비스가 그런 것들을 쉽게 가질 수는 없는 노릇.

결국 레드 팀 중 태반이 협곡 아래로 추락하는 불상사가 벌어지고 말았다.

"퇴로는 끊었고."

하지만 이곳은 강자존의 법칙이 살아 숨 쉬는 탑의 세계.

연우는 언제나 그렇듯 자신과 관련이 없는 자들에게는

무관심했다.

애초 이런 세계에 발을 들였을 때부터 그들도 이런 건 충분히 각오를 하고 덤빈 것일 테니.

그리고 원하던 대로 이것으로 절벽과 절벽 사이의 연결은 모두 끊어졌다.

저쪽에서 공격할 루트가 사라졌으니, 이제 이쪽에서 마음껏 날뛸 수 있었다.

팟!

연우는 마력회로를 더 크게 회전시키면서 절벽 아래로 몸을 던졌다.

순보였다.

쐐애액—

연우는 마치 무게가 없는 사람처럼 쇄도했다.

추락하는 부서진 구름다리 잔해들을 디딤돌 삼아서 빠른 속도로 공간을 건넜다.

"미, 미친……!"

"저게 뭐야!"

레드 팀은 부서진 구름다리 때문에 충격에 잠겨 있다가, 갑자기 거센 기세가 다가오자 뒤늦게 연우의 등장을 눈치챘다.

남은 플레이어들은 허겁지겁 무기를 뽑으면서 스킬을 발동시키기 시작했다.

아직 레드 크리스탈을 제대로 숨기지 못했기 때문에 어떻게든 시간을 벌어야만 했다.

하지만 비그리드에 내장된 검의 축복이 다시 한번 빛을 발했다.

적의를 가진 적이 많으면 많을수록 귀기의 위력도 비례해서 강해지는 옵션.

연우는 다시 한번 비그리드를 횡대로 휘둘렀다.

칼날에 잔뜩 맺혔던 귀기가 다시 한번 강풍과 함께 터져나갔다.

해일이 지면 위를 쓸어 냈다.

콰콰쾅—

“크아악!”

“아악!”

가장 정면에서 연우와 부딪쳤던 자들은 사체도 남기지 못하고 그대로 터져 나갔다.

뒤에 있던 플레이어들은 도미노처럼 줄줄이 쓰러졌다.

발동하려던 스킬들이 줄줄이 취소되면서 이펙트만 허망하게 허공에서 맺혔다가 사라지길 반복했다.

마치 반딧불이라도 한데 모여 있는 것처럼 보였다.

타악!

그사이 연우는 절벽에 부드럽게 착지할 수 있었고.

휘휘휘……!

다시 한번 비그리드를 안쪽으로 잡아당겼다가, 이번에는 수직으로 그어 올렸다.

콰콰콰—

수평으로 휘두른 귀기가 해일을 일으킨다면, 수직으로 그은 귀기는 빛의 기둥을 만들어 낸다.

위력을 넓게 퍼뜨리는 것과 좁은 지점에 밀집시키는 것의 차이.

당연히 위력은 훨씬 더 강할 수밖에 없었다.

연우의 앞을 가로막았던 것들이 몽땅 지워졌다.

연우로부터 레드 팀의 숲 지대로 이어지는 길이 열렸다.

그곳으로 마침 숲 지대 쪽으로 도망치던 플레이어들이 보였다. 레드 크리스탈을 운반하거나 소지하는 임무를 맡았던 조였다.

연우는 오른손을 가볍게 흔들었다.

팔목에 감겨 있던 검은 팔찌가 으스스한 빛을 토해 냈다.

곳곳에 보이던 죽은 영혼들이 망령으로 귀속되고, 곧바로 흑의 칼날로 변형되었다. 연우는 그 위에다 열화 스킬을 더했다.

퍼퍼펑!

숲 지대로 움직이던 플레이어들은 갑작스레 일어난 폭발

에 달리던 그대로 몸이 튕겨 났다.

그나마 실력이 있는 자들은 늑골이 부러지는 정도였지만, 그렇지 않은 플레이어는 그대로 절명하고 말았다.

파밧!

연우는 길목 사이를 통과, 이번에는 마갑에다 마력을 불어 넣었다.

츠츠츠.

그러자 마갑에 그어진 실선을 따라 수십 개의 눈이 번쩍 뜨였다.

그 모습이 너무 괴기스러웠지만, 연우는 잔뜩 확장된 감각 덕분에 레드 크리스탈의 위치를 정확하게 파악할 수 있었다.

크리스탈이 가진 독특한 마력의 파장을 찾기만 하면 그만이었으니까.

연우는 쓰러진 자들에게서 5개의 레드 크리스탈을 전부 회수했다.

그 과정에서 연우를 막으려는 사람은 아무도 없었다.

아니, 막을 수가 없었다.

이미 축복 전염을 통해 그들에게 잔뜩 퍼져 나간 갖가지 저주와 공포가 그들의 발목을 잡았으니.

게다가 그들 중 대다수가 이미 부상을 입은 상태였기 때문에 어떻게 나설 수도 없었다.

아마 그들은 이번 회차가 끝나면 당분간 재도전도 힘들지 몰랐다. 정신적 타격과 함께 부상도 그만큼 심각했으니.

100명의 플레이어로 이뤄진 팀 하나가 아예 연우 한 사람을 당해 내지 못하고 박살 난 것이다.

그리고.

맞은편 절벽에서 상황을 지켜보던 블루 팀은 모두 경악성을 토해 냈다.

G구획에 참여한 적이 있던 플레이어들은 여전한 실력에 침음을 삼켰고, 다른 사람들은 말로만 듣던 독식자의 무위를 보고 암담한 격차를 느꼈다.

하지만 연우는 그런 사실에 대해서 전혀 감흥이 없었다.

아무리 탑이 거칠다고 해도 초심자 구역은 초심자 구역일 뿐.

역대 튜토리얼 중에서도 가장 거칠었다던 회차를 1위로 통과했던 그에게 이런 시련은 너무 손쉽기만 했다.

더구나 그의 머리에는 오로지 헤라의 열쇠를 만들어야 한다는 생각밖에 없었다.

연우는 모든 크리스탈을 한 손 위에 얹었다.

다섯 개의 블루 크리스탈과 다섯 개의 레드 크리스탈. 총 10개의 크리스탈은 자잘한 흠집은 있을지라도, 모양은 건재했다.

화아악!

그 순간, 크리스탈이 일제히 빛무리에 잠겼다.

그리고 하나로 합쳐지면서 열쇠가 나타났다.

우윳빛으로 빛나는 열쇠.

[히든 피스 '헤라의 열쇠'를 획득했습니다.]

제우스의 열쇠가 토파즈를 세공한 것처럼 노랗게 빛났다면, 헤라의 열쇠는 다이아몬드를 세공한 것처럼 투명하게 반짝였다.

[헤라의 열쇠]

분류: 잡화

등급: C+

설명: 천공과 정절의 여신, 헤라의 보고를 열 수 있는 열쇠. 사용 방법에 대해서는 전혀 알려진 바가 없다.

연우는 주먹을 꽉 쥐었다.

두 번째 열쇠의 획득이었다.

그리고.

[모든 시련이 종료되었습니다.]

하늘을 따라 메시지가 떠올랐다.
시련이 시작된 지 불과 30분.
최단기 회차가 만들어지는 순간이었다.

*　　*　　*

[누구도 쉽게 이루지 못할 업적을 이뤄 냈습니다. 추가 공적치가 제공됩니다.]

[공적치를 5,000만큼 획득했습니다.]

[추가 공적치를 3,000만큼 획득했습니다.]

[체력과 마력이 회복됩니다.]

[모든 상태 이상이 회복됩니다.]

……

[모든 플레이어들이 대기 공간으로 소환됩니다. 충격에 유의하십시오.]

……

[공적치를 합산합니다.]

[공적치 결과]

1위. 비공개(50,000Point)

2위. 없음

3위. 없음

……

[위대한 기록을 달성했습니다. 명예의 전당에 이름을 올리시겠습니까?]

[등록을 거부하셨습니다.]

[하지만 공개되지 않아도 당신의 업적은 탑에 깊게 새겨져 원할 시에 언제든 등록 여부를 전환하실 수 있습니다.]

"대단하십니다. 아무리 1층이라 해도, 시련을 이렇게 빠른 속도로 주파하신 분은 처음 봅니다. 과연 독식자랄까요…… 기록을 갱신하셨습니다. 신기록입니다."

아론은 모든 플레이어들이 한데 모인 자리에 나타나 혀를 찼다.

관리자실로 들어가 이블케와 내기를 했던 게 불과 몇 분 되지 않았는데.

이렇게 빨리 끝나 버리게 될 줄은.

내기의 대가로 이블케에게 뭘 내놓아야 할지가 골치긴 했지만, 그래도 한 가지는 확실하게 알 수 있었다.

연우가 튜토리얼에서 세운 성적은 절대 운이 아니라는 것.

그리고.

'히든 피스의 존재까지 알고 있다.'

올림포스 12주신의 열쇠를 만들려고 한다는 것까지도.

아무래도 당분간은 내기를 할 때 무조건 이블케가 건 곳에 걸어야겠다는 생각이 들었다.

"그럼 이제 시련의 보상을……."

"잠깐."

아론은 손바닥을 펼치려다 말고 고개를 갸웃거렸다.

연우가 도중에 그의 말을 끊었다.

"왜 그러십니까?"

"그 보상, 초심자의 구역을 전부 통과하고 난 뒤에 한꺼번에 받고 싶은데."

아론은 눈을 살짝 크게 떴다가 이내 그럴 줄 알았다는 듯 피식 웃었다.

각 층마다 주어지는 보상을 받아야만 위층 공략이 한결 수월해질 텐데, 그것마저도 끝까지 미루겠다니.

미루면 미룬 만큼 훨씬 더 좋은 보상이 주어질 테니 그걸 획득하겠단 뜻이었다.

이런 경우가 전혀 없는 것은 아니었으니 놀라울 건 아니었다.

다만.

'각 층계마다 지금처럼 기록들을 갱신한다면, 그 뒤에 받을 수 있는 보상은 과연 무엇이 될까?'

아론은 이제 관리자실이 떠들썩해지다 못해 머리가 터지도록 시끄러워지지는 않을까 하는 생각이 들었다.

아니, 관리자뿐만 아니라, 탑 자체가 흔들리고 말겠지.

도대체 얼마나 더 터무니없는 짓을 저지르려는 건지.

피식. 웃음이 나왔다.

그리고 이블케가 왜 그렇게 이자에게 관심을 기울이는지도 어렴풋이 알 것 같은 느낌이 들었다.

아론은 손길을 거두면서 고개를 끄덕였다.

"그러셔도 좋습니다. 그럼."

우아하게 인사를 올리는 아론의 머리 위.

거대한 빛의 장막이 드리워졌다.

[관문이 종료되었습니다. 2층으로 올라가시겠습니까?]

블루 팀의 플레이어들 머리 위로 공통된 메시지가 떠올랐다.

그들은 모두 침음을 흘렸다.

그들 대부분이 몇 회차에 걸쳐서 1층 공략을 시도했던 사람들.

당연히 지긋지긋한 1층을 통과해 2층에 올라간다는 사실에 기뻐해야 했지만.

도저히 그럴 수가 없었다.

연우를 제외하면 공적치를 획득한 사람이 아무도 없었으니까.

원래대로라면 각 층계에서 획득한 공적치를 바탕으로 보상을 얻고, 다음 층계의 공략을 위한 아티팩트와 포션을 구매해서 준비를 해야만 한다.

하지만 이번 회차는 연우가 아예 독식을 해 버렸으니.

그들에게 떨어지는 건 아무것도 없었다.

비록 연우에게 업혀 승리하긴 했어도, 해낸 일이 전혀 없었다. 당연히 업적이랄 게 없었다.

공정한 시스템을 표방하는 탑에서는 그에 따라 보상이나

공적치를 전혀 주지 않았다.

이래서야 2층으로 넘어간다고 해도, 오히려 더 험난한 미래만 기다리고 있을 뿐이었다.

결국 대다수의 플레이어들은 리타이어 선언을 던졌다. 통과 자격을 스스로 포기한 것이다.

그렇게 플레이어들이 하나둘씩 붉은색 포탈을 따라 대기 구역으로 사라지고.

자리에는 연우와 판트 남매, 그리고 아론만 남았다.

"올라가시겠습니까?"

아론이 웃는 눈길로 세 사람을 돌아봤다.

연우는 당연히 고개를 끄덕였고, 판트는 잠시 고민을 하다가 콧방귀를 뀌면서 그러겠다고 대답했다. 에도라는 담담하게 웃는 것으로 대답을 대신했다.

"그럼 다음 층으로 안내해 드리겠습니다."

연우의 발밑에 포탈이 열렸다.

리타이어한 플레이어들에게 열린 붉은색과는 전혀 다른 푸른색 포탈.

연우는 그대로 다음 층으로 이동했다.

아직 목표까지 9개의 층이 남아 있었다.

쏴아악!

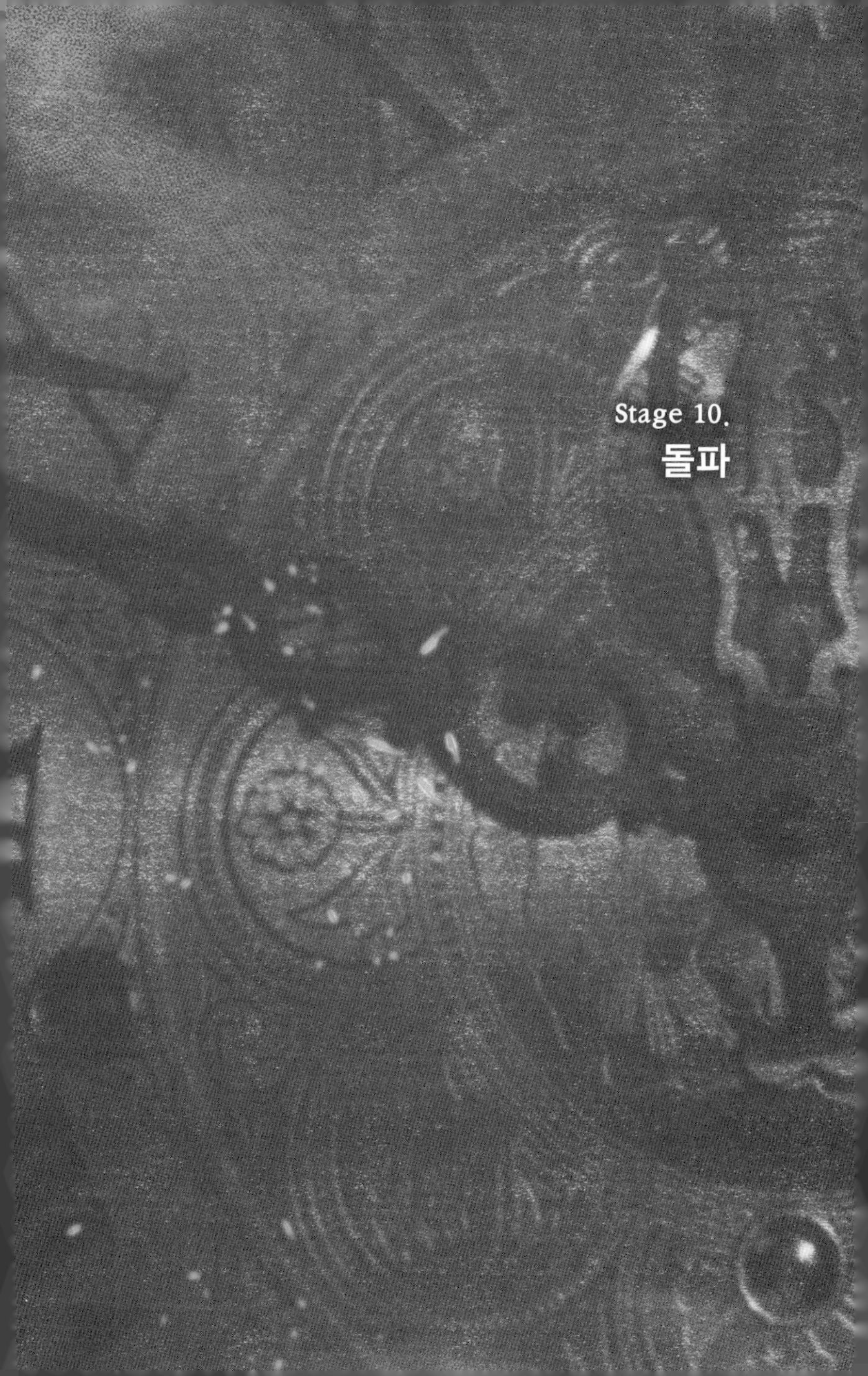

Stage 10.
돌파

[이곳은 2층, 산과 들의 관입니다.]

연우가 다시 눈을 떴을 때, 에메랄드빛 바다만 가득했던 세상은 이제 온통 초록으로 가득했다.

1층이 험준한 절벽으로 가득했다면, 이곳은 숨이 탁 트일 만큼 상쾌한 광경을 자랑했다.

아직 아래층에서 사람들이 도착하지 않았기 때문인지, 2층엔 연우를 비롯해 판트와 에도라밖에 없었다.

"역시 회차가 덜 끝나서 그런가. 사람이 없어도 너무 없네. 형님, 바로 시작할 거요?"

판트가 주변을 둘러보며 투덜거리면서 연우를 돌아봤다.

연우는 그럴 거라는 듯 담담하게 고개를 끄덕였다.

'여기서 찾아야 할 건 데메테르의 열쇠.'

데메테르는 땅과 풍요를 관장한다는 신이었다.

"이전에도 말했지만, 내가 독식하는 게 아깝게 여겨지면 바로 리타이어해."

"에이. 그럴 필요가 뭐 있수? 사실 형님이 어디까지 갈 수 있나 궁금하기도 하고, 뭐. 같이 한번 해 봅시다."

연우는 피식 웃으면서 하늘 쪽으로 고개를 들었다.

"솔로 스테이지를 신청한다."

그때 허공의 문이 열리면서 누군가가 툭 떨어졌다.

사람의 몸에 늑대의 머리를 가진 늑대인간. 역시나 단정한 슈트를 입고 있던 그는 이블케나 아론처럼 흥미 가득한 시선을 던졌다.

"2층의 관리자, 요하네스라고 합니다. 바로 시련에 도전하고 싶으시다고요?"

연우가 고개를 끄덕였다.

"위험하실 텐데요."

"하지만 회차를 독식하게 되면 그만큼 높은 공적치를 쌓을 수 있지 않나?"

"탑의 시스템을 아주 잘 이해하고 계시군요. 알겠습니

다. 그럼 카인 님, 판트와 에도라 님에게만 한정시켜 인정해 드리겠습니다."

그의 말이 끝나기 무섭게.

[2층의 시련을 시작합니다.]

[시련: 이곳의 대지는 여신의 은총으로 아름다운 절경을 자랑합니다.

하지만 그런 만큼 이 숲의 풍요를 독차지하려는 자들이 있습니다. 이들로부터 숲의 평화를 지키십시오.]

탑의 시스템은 수행자들을 돕기 위한 것.

플레이어가 혼자서라도 수행을 하겠다고 나서자, 탑이 이것을 하나의 회차로 인식해 버린 것이다.

정우와 아르티야가 단 며칠 만에 초심자 구역을 모두 돌파할 수 있었던 것도 모두 이 덕분이었다.

그 뒤로 다른 플레이어들도 같은 방식으로 도전해 봤지만 엉망진창으로 깨진 경우가 대부분이었다.

두두두!

곧 땅이 미약하게 울리더니 저만치 먼 곳에서 어마어마한 규모를 자랑하는 오크 떼가 몰려 왔다.

그런데 다른 쪽에서도 소란이 있었다.

서쪽에는 놀이, 남쪽에는 고블린이, 북쪽에는 오우거들이 내려왔다.

그 외에도 작게나마 곳곳에서 다른 몬스터들이 나타났다.

수없이 닥치는 몬스터들을 제압해 숲의 왕이 되는 것.

그것이 2층 시련의 주된 내용이었다.

웬만한 머릿수를 보유하거나, 작전을 계획하지 않으면 절대 통과할 수 없을 곳이었지만.

피식.

연우에게는 가장 자신 있는 곳이었다.

'튜토리얼에 있었던 몬스터 러시와 별반 다를 게 없으니까.'

마장대검을 역수로 쥐고, 자세를 한껏 낮추면서 지면을 세게 박찼다.

'착실하게 한 곳씩 처치한다.'

팟!

처음 노린 곳은 오크.

저 뒤쪽에 투구를 쓰고서 수하들을 진두지휘하는 오크로드가 보였다.

*　　*　　*

[데메테르의 열쇠가 완성되었습니다.]

연우는 2층에서 모든 몬스터들의 로드를 잡아 나온 히든 피스를 하나로 합쳤다.

녹색 빛깔을 자랑하는 열쇠가 손에 잡혔다.

[위대한 기록을 달성했습니다. 명예의 전당에 이름을 올리시겠습니까?]

[등록을 거부하셨습니다.]

[하지만 공개되지 않아도 당신의 업적은 탑에 깊게 새겨져 원할 시에 언제든 등록 여부를 전환하실 수 있습니다.]

연우가 허공을 보며 소리쳤다.

"다음."

화아악!

[이곳은 3층, 창과 칼의 관입니다.]

3층은 연우에게도 아주 익숙한 장소였다.

"우와아아!"

"와아! 죽여라!"

"막아라! 어떻게든! 놈들을 무찔러라!"

수많은 병사들이 창과 칼을 든 채 서로를 죽고 죽이는 곳.

바닥에는 시신들이 가득하고, 곳곳에 탄내며 피비린내가 진동을 해 댔다.

이곳에서 얻어야 할 것은 아레스의 열쇠.

각 병사들이 쥐고 있는 창과 칼을 분지르면 간간이 나오는 조각들이 히든 피스였다.

[3층의 시련을…….]

연우는 관리자가 나타나 시련을 따로 내리기 전에 이미 마장대검을 쥐고 움직이고 있었다.

체력과 마력이 계속 줄어들면서 피로가 몰려올 법도 했지만, 부족한 건 몬스터들을 대량으로 잡아 룬을 삼키는 것으로 대체하는 중이었다.

'아르티야가 초심자 구역을 모두 통과하는 데 걸린 시간은 열흘. 그렇다면 난.'

연우는 어느새 지휘관으로 보이는 놈에게로 마장대검을 휘두르고 있었다.

쇡!

'닷새 안에 끝낸다.'

퍼억!

지휘관의 머리통이 허공으로 튀었다.

* * *

탑의 층계 외곽에 위치한 아공간, 관리자실.

스크린을 보고 있던 관리자들은 일제히 경악을 내질렀다.

"조금 전, 7층의 관문도 통과……!"

"시간은? 이번엔 시간이 얼마나 걸렸지?"

"12시간 28분입니다!"

"미쳤어!"

"저게 가능해?"

"아르티야는 팀플레이기라도 했지, 저놈은 혼자라고. 젠장!"

관리자들은 의자에 털썩 주저앉거나, 담배를 피우거나, 머리를 벅벅 긁는 등 허탈한 심정을 어떻게든 풀어야만 했다.

처음에 이블케가 아론에게 내기를 걸었을 때까지만 해

도, 모두 반쯤 장난으로 여기고 있었다.

하지만 한 층, 한 층을 통과할수록.

그들은 이블케가 했던 말이 절대 농담이나 장난이 아니라는 사실을 깨달았다.

그리고 연우의 활약만큼이나 두 사람을 따라다니는 판드와 에도라도 어느 정도 활약을 펼치기 시작했으니.

물론, 탑 내에서 절대적인 권한을 가진 관리자들에게 연우 등의 실력은 크게 관심을 줄 만한 정도는 아니었다.

그들 중 상당수는 오래전에 플레이어로 활약하며 높은 층수를 공략하거나, 군주의 자리까지 디뎠던 자들도 있을 정도였으니까.

다만, 그들이 놀란 점은 연우가 시스템을 너무 잘 '이해'하고 있다는 것이었다.

층계를 통과하는 족족 기록을 갱신할 뿐만 아니라, 숨겨진 히든 피스까지 쏙쏙 뽑아 먹었으니까.

간만에 주목할 만한 플레이어가 나타났다는 사실에 흥미를 가지고 쳐다봤다.

하지만 그게 계속될수록.

3층, 4층, 5층을 넘어갈수록.

위층으로 올라갈수록 시련을 통과하는 시간이 단축되면 될수록.

관리자들은 고개를 절레절레 흔들어야만 했다.

이게 어디 말이나 되는가.

아무리 초심자 구역이라고는 해도, 시련은 시련일 텐데. 그걸 아무렇지 않게 계속 돌파해 버리다니.

이건 정말이지 '미쳤다' 고 해도 과언이 아니었다.

그렇다고 어떻게 제재를 가할 수단도 없었다.

관리자의 권한은 어디까지나 시련을 통과하는 데 있어 방해가 될 소지가 큰 편법을 제어하는 것에만 국한될 뿐.

그런 속을 아는지 모르는지.

선배들에게 보고를 올리던 막내 관리자는 실시간으로 떠오르는 현황 보고를 보면서 경악성을 질렀다.

"8층, 7시간 5분 컷! 아테네의 월계관을 완성시키고, 열쇠까지 손에 넣었습니다……!"

"……."

"……허!"

관리자들은 이제 허탈하게 웃다시피 했다.

"오효효효. 제가 또 이겼군요."

그때, 이블케가 송곳니가 훤히 드러나도록 익살맞게 웃더니 8층의 관리자에게 손을 불쑥 내밀었다.

아론과 요하네스 등에 이어서 벌써 8번째 내기 희생자였다.

물건을 넘기는 관리자의 손길이 덜덜 떨렸다.

이블케는 만족스럽다는 듯이 다시 한번 크게 웃었다.
"아무래도 카인 님 덕분에 금세 부자가 되겠어요. 매일 오늘만 같으면 참 좋을 텐데 말이지요, 오효효효!"

* * *

끄어어!
온통 불과 용암만이 흐르던 세상.
갑옷처럼 탄탄한 붉은 가죽에 뾰족한 뿔을 지니고 있는 몬스터, 불카는 고통에 찬 비명을 질렀다.
녀석은 원래 9층, 불과 용암의 관에서 히든 피스로 존재했다.
당연히 초심자 구역의 솜씨로는 절대 잡을 수 없어야 했지만.
퍼퍼퍽!
이미 몸 곳곳에 박힌 날카로운 대검은 그의 신경을 다발로 끊어 고통을 선사했고, 파리 떼처럼 돌아다니는 놈들은 그의 광증을 더 도지게 만들었다.
감히, 불의 왕인 나를……!
하지만 그런 불카의 분노 따위, 연우에게는 전혀 눈에도 들어오지 않았다.

"쯧. 역시 아직 종속에는 한계가 있나? 어쩔 수 없지. 에도라, 이목을 집중시켜. 판트, 쳐."

"예."

"알았수다!"

연우의 지시에 따라 뒤쪽으로 빠져 있던 판트와 에도라도 앞으로 튀어나갔다.

5층이 될 때까지 연우의 뒤를 쫄래쫄래 따라다니기만 하던 그들은 언제부턴가 공략에 적극 가담하기 시작했다.

연우의 플레이를 뒤에서 묵묵히 지켜보다가, 스타일을 어느 정도 숙지하게 되자 보조 역할을 도맡은 것이다.

원래 판트 남매의 자존심이라면, 그들이 주도적으로 나서는 게 아니라 보조 역할에 그치는 것에 대해서 불만을 가질 수 있었다.

하지만 두 사람은 전혀 그런 게 없었다.

연우를 도우면 도울수록 뭔가 깨닫는 게 많아졌다.

원래 두 사람은 여태껏 단순히 스킬 수련에만 집중하는 게 전부였다.

하지만 연우는 그들에게 그 외의 것을 가르쳐 줬다.

시야.

스킬의 응용 방식이나 전황을 읽는 법 등, 수많은 전투를 치른 사람만이 가질 수 있는 '눈'을 갖게 해 줬다.

이것은 두 남매에게 커다란 충격으로 다가왔다.

여태껏 세상을 보던 시각과는 전혀 다른 시각에서 세상을 볼 수 있게 되었으니까.

그럴 때마다 두 사람은 각자 스스로를 냉정한 시각에서 되돌아 볼 기회를 가질 수 있었다.

실력을 재점검하고, 부족한 부분을 빠르게 확인했다.

그리고 거기서 깨달은 바를 토대로 곧바로 스킬에 응용시키니.

파지지직—

실력도 금세 늘어났다.

생각지도 못한 부분에서 새로운 수련을 할 수 있었던 것이다.

판트가 뇌기를 잔뜩 끌어올렸다. 굵은 팔뚝 위로 샛노란 뇌전이 튀어 오르면서 전신을 뒤덮더니.

"으랏차차!"

콰아앙!

마치 포탄처럼 지면을 으스러져라 박차면서 불카에게로 달려들었다.

츠팟—

에도라도 신마도를 한 손에 움켜쥐면서 빠르게 앞으로 튀어나갔다.

판트와 에도라의 합공(合攻)은 자로 잰 것처럼 완벽했다.

처음에는 판트가 튀어 나가면서 주의를 끌고, 에도라가 뒤에서 불카를 공격했다. 그러다 불카가 에도라에게로 몸을 돌리려 하면 이번에는 판트가 뒤에서 불카의 사각지대를 파고들어 빈틈을 공략했다.

물론 이 둘만 있는 건 아니었다.

바로 이 뒤에는 연우가 나타났으니까.

파바밧!

연우는 벽면을 디디면서 천장까지 올라갔다가, 불카의 머리 위로 떨어졌다.

오른손에는 카르슈나의 단검, 왼손에는 마장대검을 역수로 쥔 채로.

퍼어억!

쿠어어엉—

졸지에 정수리 부근이 칼로 꿰뚫린 불카는 끔찍한 고통 때문에 몸을 뒤틀었다.

쿵! 쿵!

그럴 때마다 대지가 들썩였다.

'역시 두개골이 너무 단단해.'

마력을 잔뜩 실어도 두 단검은 깊숙하게 들어가지 않았다. 불카의 맷집이 그만큼 대단하다는 뜻.

일기장에서 봤던 내용 그대로다.

연우는 불카에게 붙잡히기 전에 순보를 밟아 멀찍이 녀석에게서 떨어졌다.

그리고 연우가 떨어진 자리를 판트가 다시 정면에서 달려들었다.

콰아앙—

불카의 몸이 크게 들썩였다.

커다란 몸뚱이가 허공에 붕 떠오르더니 벽에 세게 부딪쳤다.

무지막지한 힘.

정확하게는 불카의 체력을 지속적으로 깎아 놨기 때문에 가능한 일이었다.

연우는 언제부턴가 세 사람의 호흡이 생각했던 것보다 훨씬 잘 맞는다는 사실을 인정하고 있었다.

'아마 이 둘이 없었다면 닷새 만에 돌파하는 게 쉽지 않았겠지.'

공략법을 안다고 해도, 각 시련 곳곳에 흩어진 히든 피스를 빠르게 모으는 건 결코 만만하지 않은 일이었으니까.

불카를 상대하는 것도 마찬가지.

녀석은 왜 초심자 구역에 있나 싶을 정도로 너무 강했다. 연우가 전력을 다해도 겨우 잡을 수 있는 수준.

당연히 시간 내 사냥은 힘들 수밖에 없었다.

하지만 판트와 에도라가 도우면서 빈 공백을 빠르게 채울 수 있었으니.

둘은 그의 지시를 너무 잘 따라 주고 있었다.

마치 아프리카에서 함께 손발을 맞추던 사병들처럼.

한 가지를 지시하면 그 속에 담긴 다른 의미까지 금세 알아챘고, 말로 하지 않아도 호흡에 알맞게 섞여 들어왔다.

'외뿔부족이란 존재들은 다 이런가?'

싸움에 있어서의 천부적인 재능.

그렇게밖에 표현할 길이 없었다.

쿠웅!

그때, 결국 불카가 계속되는 공격을 이기지 못하고 끝내 쓰러지고 말았다.

ㅊㅊㅊ.

녀석이 붉은색 빛을 띠면서 서서히 사라지기 시작했다. 원래 시체를 남기지 않는 녀석인 것이다.

연우는 불카가 완전히 사라지기 직전에 몸뚱이에서 마지막 남은 히든 피스를 꺼냈다.

그리고 하나로 연결시키자 메시지가 떠올랐다.

['헤파이스토스의 열쇠'가 완성되었습니다.]

……

[위대한 기록을 달성했습니다. 명예의 전당에 이름을 올리시겠습니까?]

[등록을 거부하셨습니다.]

[하지만 공개되지 않아도 당신의 업적은 탑에 깊게 새겨져 원할 시에 언제든 등록 여부를 전환하실 수 있습니다.]

연우는 루비를 깎은 것처럼 아름답게 붉은색 빛깔을 띠는 열쇠, 헤파이스토스의 열쇠를 손에 꽉 쥐었다.

'이제 남은 건 헤르메스의 열쇠. 단 하나.'

연우는 여태껏 2층에서부터 9층까지, 각 기록을 계속 갱신하면서 신들의 열쇠를 손에 넣는 데 성공했다.

1층의 헤라, 2층의 데메테르, 3층의 아레스를 시작해서, 4층의 포세이돈, 5층의 아폴론, 6층의 아르테미스, 7층의 아프로디테, 8층의 아테네, 9층의 헤파이스토스까지.

기존에 갖고 있던 제우스의 열쇠까지 합친다면 벌써 10개를 손에 넣은 것이다.

이제 올림포스의 보고를 열 수 있는 것까지 남은 개수는 단 두 개.

하나는 초심자 구역 내 최고 기록을 세워야만 얻을 수 있는 하데스의 열쇠.

다른 하나는 10층에서 얻을 헤르메스의 열쇠였다.

여행과 전령의 신, 헤르메스.

그는 이승과 저승을 연결하고, 하늘과 땅을 자유롭게 다닐 수 있는 유일한 존재라던가?

'이것도 빨리 처리하자.'

연우는 바닥에 깔린 푸른색 포탈 위에 올라갔다.

[모든 시련이 끝났습니다. 10층으로 올라가시겠습니까?]

[단, 다음 층계는 솔로 스테이지입니다. 파티 플레이가 임시 해체될 수 있으니, 입장하시기 전에 유의하시기 바랍니다.]

연우는 판트와 에도라를 돌아봤다.

"여기까지 달려왔는데 뒤처지지는 않겠지?"

"하! 우리보다 늦어져서 쪽팔리지나 마슈."

판트가 팔짱을 끼면서 콧방귀를 뀌었다. 그러면서도 입가에는 함박웃음이 걸렸다.

연우도 가볍게 피식 웃으면서 포탈을 타고 초심자 구역 마지막 층계로 넘어갔다.

[10층, 백색의 관에 입장하셨습니다.]

10층은 여태껏 다양한 환경이었던 다른 층계와 다르게 온통 하얗기만 한 백색 세상이었다.

연우는 고개를 들었다.

다른 층계들처럼, 이곳도 바로 시련이 시작되었다.

[10층의 시련을 시작합니다.]

[시련: 이곳은 시간과 공간에서 분리되어 이승과 저승, 하늘과 땅이 교차하는 지점, 아무것도 없는 무(無)의 영역입니다.

하지만 당신은 생명. 이곳에 있을 자격이 없습니다. 무슨 수를 써서라도 이곳을 탈출하십시오.]

'1층 다음으로 플레이어들이 가장 많이 떨어져 나간다는 층계라더니. 확실히 그럴 만하군.'

일기장에서도 10층의 난이도는 1층에서부터 9층까지를 전부 합친 것에 비할 바가 아니라고 했었다.

그 전까지 선전하다가도 정신적으로 지친 나머지 나가떨어진다는 곳.

하지만 반대로 9층까지 겨우 전전하다가도 쉽게 통과할 수도 있는 장소이기도 했다.

그만큼 10층의 시련은 예측불허였다.

이곳에서 보는 것은 단 하나.

'정신력.'

9층까지 기록을 매번 갈아 치우며 들어가면서 나와 동료들은 한창 분위기가 고무되어 있었다. 10층도 금세 끝낼 수 있을 거라고 생각했으니까.

하지만 언제나 그렇듯, 이 빌어먹을 탑은 절대 희망을 품지 못하게 만드는 데 너무 탁월했다……

……10층에서는 모든 것을 지워 버린다.

친구도, 가족도, 동료도 없이 혼자서 덩그러니 버려져 어떻게 탈출해야 할지 단서 하나 없이 고독을 겪고, 탈출에 성공해야만 한다.

물론 쉬울 리가 없었다.

아무리 정신이 단단한 사람이라 할지라도, 인간은 사회적인 동물. 홀로 떨어진 곳에서는 미치기 마련이었다.

이 층계의 시련에 대해 안다고 해도, 스스로 깨우치지 않으면 극복하기 힘든 장소이기도 했다.

아무리 실력이 뛰어나다고 하더라도, 정신적인 싸움은 육체적인 싸움과 다르다.

고독은 멀쩡한 사람도 피폐하게 만드는 법이니까. 오히려 스스로에게 절대적인 확신을 가진 사람이 다칠 때가 훨씬 많았다.

그래서 팀 아르티야는 승승장구를 하다가 10층에서 처음으로 난관에 봉착하고 말았다.

여태껏 파티 플레이를 하다가 솔로 플레이로 떨어졌을 때.

자신감이 더 이상 통하지 않을 때 사람의 마음은 흔들리게 된다.

그러다 불안감은 동료들에 대한 그리움과 뒤섞여 사람의 정신을 좀먹어 버렸다.

동생도 바로 여기서 아주 힘들어했다.

하지만.

'내게는 통하지 않을 일이지만.'

연우는 아프리카를 뛰어다니면서 수없이 많은 피폐와 고독을 겪었다.

스스로에 대한 확신?

그런 건 전혀 없었다.

오히려 그는 매번 스스로를 의심하고, 불신했다.

그렇기 때문에 늘 실수를 하지 않으려고 노력했다. 스스로에게 차가운 잣대를 들이댔기 때문에, 언제나 냉철한 이성을 관철할 수 있었다.

'10층 어딘가에는 분명 문이 있다.'

하지만 문은 한 개가 아니었다.

'총 10종류. 붉은색, 푸른색…… 색도 다양하댔지.'

연우는 눈을 감았다.

감각 강화 스킬을 통해 감각 영역을 확장시키면서 이 너머 어딘가에 있을 문들을 찾았다.

마갑에 마력이 실리면서 수십 개의 눈이 번쩍 열렸다.

인지 영역(認知領域)이 계속 확장되었다.

그러다 눈을 뜨고 마장대검을 역수로 쥐었다.

퍼억!

아무것도 없는 허공에 마장대검이 박혔다.

아래로 내리그었다.

공간이 열리면서 붉은색 문이 나타났다.

'찾았다.'

*　　　*　　　*

10층의 시련은 일종의 미로였다.

문을 찾아 열면 새로운 백색 공간이 나타나고, 거기서 또 문을 찾아 열면 새로운 백색 공간이 나타나는 미로.

당연히 하얗기만 한 세상에서 숨겨진 문을 찾는다는 건 절대 쉽지 않은 일이었고, 어떻게 찾는다고 해도 한 가지 의심에 부딪치고 만다.

문은 서로 다른 색깔과 형태를 가진 총 열 가지 종류로 구분할 수 있었다.

이것들을 맞닥뜨렸을 때, 사람이라면 누구나 의심을 가지게 된다.

뭐지? 왜 문마다 색깔이 다르지?

설마 내가 나온 문이 틀린 건가?

색깔 하나만 밀고 나가야 하나?

아니면 다른 순서가 있나?

그것도 아니면 다른 트릭이 있는 걸까?

'이곳은 사람의 심리를 교묘하게 파고들어.'

의심암귀라는 말이 있다.

마음속에서 자란 의심은 끝내 무럭무럭 자라 확신을 먹어 치우고, 정신까지 피폐해지게 만든다는 뜻이었다.

10층의 시련은 이것을 시험했다.

문을 열게 하고, 플레이어의 인내심을 테스트했다.

그리고 판단력과 정신력도 따졌다.

과연 이 속에 숨겨진 트릭을 간파할 수 있는지.

미로를 무사히 탈출할 수 있는지를.

하지만 대부분의 플레이어들은 의심암귀에 사로잡히다가 끝내 리타이어하고 말았다.

상당수가 자살을 하거나, 포기를 하는 등 정신적 이상을 겪는 경우도 태반이었다.

하지만 이 층의 정답은.

'그냥 무작정 통과하는 것.'

문의 색깔과 형태에는 전혀 의미가 없었다.

그냥 문은 문이고, 다음 미로로 안내할 뿐이었다.

그렇게 열고 열면서, 계속 나오다 보면 시련을 무사히 탈출할 수 있는 구조였다.

필요한 것은 정신력.

그리고 자신에 대한 굳은 신뢰였다.

설사 자신이 온 길이 잘못되었다고 의심이 들더라도 끝내 극복해 낼 수 있다는 굳건한 자신감이 있어야만 시련을 무사히 통과할 수 있는 것이다.

하지만 이러한 사실을 안다고 해도, 정작 시련에 임하는 플레이어들은 쉽사리 그러지 못했다.

어느 문은 쉽게 찾아져 미로 통과가 쉬운 반면에, 어느 문은 그렇지가 않기 때문이었다.

게다가 혼자서 판단을 해야 하기 때문에 이미 들었던 충고 따위는 쉽게 잊혀졌다.

무엇보다 숨겨진 문이라는 것은 사람을 곤혹스럽게 만들기 마련이었다.

하지만 연우는 전혀 그런 것을 걱정하지 않았다.

확장된 인지 영역을 바탕으로 숨겨진 문을 찾아 열고 다음 칸으로 이동하고, 다시 문을 열어 다음 칸으로 이동했다.

그러나 시간이 갈수록.

연우는 미로를 찾는 손길이 느려졌다.

아니, 오히려 문을 찾아도 도로 닫는 경우도 허다했다.

그러고는 몸을 돌려 다시 다른 문을 찾았다.

'이게 아냐.'

'이것도 아니고.'

'이 문 너머에는…… 아무것도 없다.'

연우는 절대 자신이 찾은 문에 미련을 두지 않았다.

사실 연우가 찾고자 하는 것은 10층의 탈출구가 아니었다.

'이곳 어딘가에 히든 피스가 숨겨진 장소가 있어.'

사실상 헤르메스의 열쇠를 완성시키는 건 다른 신들의

열쇠를 완성시키는 난이도를 전부 합친 것보다 어려웠다.

수천 년 동안 대부분의 플레이어들이 올림포스의 보고를 열지 못한 것도 바로 이런 점 때문이었다.

미로 곳곳에 히든 피스가 각자 다른 문 너머에 숨겨져 있으며, 위치는 각 회차 때마다 갱신되었다.

아무것도 없는 백색 세상에서 아무런 힌트도 없이 100개나 되는 히든 피스를 찾아라?

사람으로서는 피가 말리는 일이었다.

모든 히든 피스를 모으는 것도 힘든 데다가, 자칫 다른 문이라도 실수로 열게 되면 시련이 끝나고 마니까.

히든 피스를 찾기 위해 시련을 미룬다니.

정말이지 웃긴 일이었다.

하지만 연우는 자신을 믿었다.

확장된 인지 영역과 감각을 믿고, 히든 피스가 갖고 있을 묘한 기운을 믿었다.

무엇보다.

'찾아라.'

수십 개의 기에스 눈도 가지각색으로 데구루루 굴러가면서 히든 피스를 탐색했다.

그럴 때마다 백색 공간 너머, 문 너머의 공간을 뒤졌다.

이것이 바로 연우가 기에스의 눈을 손에 넣기 위해 지난

한 달 동안 기다리고 또 기다렸던 이유였다.

헤르메스의 열쇠를 손에 넣기 위해서.

헤르메스의 열쇠를 만드는 일은 다른 층계의 열쇠를 만드는 것보다 훨씬 힘들다.

제우스의 열쇠나 하데스의 열쇠를 구하는 것 뺨칠 정도였으니.

만약 이런 편법이 동원되지 않았더라면 절대 꿈도 못 꾸었겠지.

아니, 어쩌면 헤르메스의 열쇠는 만들 수 있었을지도 모른다. 예민해진 감각을 통해 미궁을 계속 더듬다 보면, 언젠가 히든 피스는 모두 찾아낼 수 있을 테니.

'하지만 그랬다가는 하데스의 열쇠를 못 얻었겠지.'

연우는 계속해서 뚜벅뚜벅 앞으로 걸어 나갔다.

그럴 때마다 기에스의 눈이 빠르게 움직였다.

그렇게 시간이 흐르고.

찰칵, 찰칵—

연우가 기에스의 눈을 부리면서 모았던 '헤르메스의 깃털' 이 한데 맞물리면서 열쇠가 탄생했다.

'됐다.'

그리고.

[모든 관문이 끝났습니다. 1층부터 10층까지 초심자 구역을 모두 통과했습니다.]

[위대한 기록을 달성했습니다. 명예의 전당에 이름을 올리시겠습니까?]

[등록을 거부하셨습니다.]

[하지만 공개되지 않아도 당신의 업적은 탑에 깊게 새겨져 원할 시에 언제든 등록 여부를 전환하실 수 있습니다.]

……

[초심자 구역을 전부 통과하는 데 소요된 시간은 151시간 35분 01초입니다. 기존 '차정우'의 기록을 83시간 2분 9초 이상 앞당겨 신기록을 갱신했습니다.]

[위대한 기록을 달성했습니다. 명예의 전당에 이름을 올리시겠습니까?]

연우는 아주 잠깐 명예의 전당에 아로새겨진 '차정우'라는 이름을 가만히 응시했다.

'역시 너는 여기에 있었구나.'

연우는 잠시 갖가지 생각이 들었지만, 곧 고개를 가로저었다.

"아니."

[등록을 거부하셨습니다.]

[하지만 공…….]

[보상으로 '하데스의 열쇠'를 획득했습니다.]

[보상으로 '얼음 반지'를 획득했습니다.]

[보상으로 '해골 문장'을 획득했습니다.]

……

여러 개의 보상이 나타났지만, 연우의 눈길을 사로잡은 건 하나뿐이었다.

검은 자수정을 깎아 만든 것 같은 열쇠.

하데스의 열쇠였다.

동생이 얻기도 했던 히든 피스.

연우는 하데스의 열쇠와 헤르메스의 열쇠를 바닥에 내려놓고, 남은 10개의 열쇠들도 똑같이 옆에다 나열했다.

보석을 세공한 것처럼 서로 다른 빛깔로 반짝대는 총 12개의 열쇠들.

서로가 뿌리는 빛에 다시 반짝이며 아름답게 빛났다.

그 순간.

[올림포스 신들의 12개 열쇠를 모두 모으셨습니다. 신들의 열쇠가 하나로 합쳐집니다.]

메시지가 떠오르면서 열쇠가 만들어졌을 때처럼, 이번에는 신들의 열쇠가 빛에 휩싸여 한데 맞물리면서 새로운 열쇠가 탄생했다.

새로운 열쇠는 기존 열쇠들과는 달랐다.

은을 세공한 것처럼 아주 평범한 모습.

하지만 연우는 열쇠를 따라 은은하게 퍼지는 신묘한 기운을 느낄 수 있었다.

['올림포스의 열쇠'가 탄생했습니다. 이로써 당신은 올림포스 신들이 수만 년간 쌓은 재화와 보물의 창고, 올림포스의 보고를 열 자격을 획득하셨습니다.]

[올림포스의 보고에서는 원하는 물품을 딱 한 가지만 얻을 수 있습니다.]

그리고 연우의 바로 눈앞에 새로운 문이 나타났다.

여태껏 마주쳤던 것과 다른 황금색 문.

올림포스의 보고로 이어지는 문이었다.

연우는 문고리 아래에 있는 열쇠구멍을 찾아 열쇠를 밀었다. 그리고 옆으로 돌렸다.

찰칵!

맞물리는 소리가 들리고.

파스스—

올림포스의 열쇠는 고운 모래가 되어 사라졌다.

여태껏 이 열쇠를 만들기 위해서 그렇게 모진 고생을 했던 것을 떠올려 본다면 허망하기까지 한 결과.

하지만 연우는 미련을 버리고 주저 없이 황금색 문을 활짝 열었다.

문 너머는 10층의 백색 세계와 또 다른 세계였다.

온통 칠흑 같이 어두운 세계 아래, 높이를 짐작하기도 힘들 만큼 거대한 철문이 놓여 있었다.

마치 신화를 다룬 그림, 〈천지창조〉처럼 12주신을 비롯한 올림포스의 많은 신들이 거대한 거인들을 상대로 전쟁을 벌이는 모습을 아로새긴 철문이었다.

보는 것만으로도 위압감이 저절로 느껴졌다.

마치 탑을 처음 만났을 때처럼, 하지만 그것과는 조금 다른 느낌을 가진 경외라는 감정이 절로 일었다.

그리고 그 앞에.

한 사내가 의자에 앉아 흥미 가득한 눈길로 연우를 바라보고 있었다.

깃털이 달린 모자와 가벼워 보이는 신발, 그리고 뱀 두 마리가 서로 얽힌 지팡이.

'헤르메스.'

위대한 존재가 연우를 보면서 웃었다.

"너로구나. 관리자들을 놀라게 만들었다던 아이가."

헤르메스는 유일하게 신들 중에서도 천상과 지옥을 자유자재로 다닐 수 있는 존재.

당연히 그에게는 한 가지 과업이 주어져 있었다.

보고의 수문장.

세상에는 수많은 사람들이 이곳을 탐내고 있으니. 그들로부터 보고를 지키는 게 임무였던 것이다.

하지만 그건 달리 말하자면 이런 뜻도 되었다.

'관조자.'

그는 언제나 세상을 돌아보며, 굽어다본다.

당연히 연우를 알고 있다고 해도 이상하지 않았다.

또한, 그 때문일까?

연우는 헤르메스에게서 아무것도 느낄 수 없었다.

탑을 보고, 이곳의 문을 보면 저절로 고개를 숙이게 만드는 위압감이 느껴진다.

그런데 헤르메스에게서는 전혀 그런 것이 없었다.

한낱 물건이 아닌, 진짜 신인데도 불구하고 인지 영역에는 전혀 잡히질 않았다.

철저한 무(無).

아예 이 자리에 없다고 해도 믿을 수 있었다.

아마도 이쪽을 배려해서 그런 것이겠지.

물론 그렇다고 해서 함부로 할 수 있거나 하는 건 아니었다.

아무런 존재감도 느껴지지 않는다고 해도, 그에게는 절대 범접할 수 없는 무언가가 있었으니까.

"이전에도 이곳을 찾는 이가 있었고, 최근에는 더 많이 늘어난 듯하지만, 이렇게까지 놀라움을 함께 주었던 아이는 없었던 것 같건만."

헤르메스는 연우를 보면서 다시 한번 감탄을 터뜨렸다.

"너 같은 아이는 정말이지 처음이로구나."

그만큼 연우가 준 충격이 크다는 뜻이겠지.

하지만.

"보고(寶庫)를 열고 싶습니다."

연우는 무덤덤하게 헤르메스의 칭찬을 옆으로 흘렸다.

그의 칭찬을 듣는다고 해서 딱히 얻는 게 없었다.

그저 지금은 조금이라도 빨리 올림포스의 보고에 들어가고 싶은 마음만 굴뚝같았다.

얻을 것도 이미 점찍어 뒀다.

'제우스의 아스트라페와 아테네의 아이기스.'

아스트라페는 인위적으로 뇌기(雷氣)를 일으켜 적을 섬멸한다는 벼락창으로 최강의 유니크라 불렸다.

아이기스는 9개의 방패로 이뤄진 무구로, 대부분의 공격을 막아 내고 중앙에 박힌 고르곤의 머리를 통해 상대를 마비시키거나 석화시킬 수도 있는 최고의 유니크였다.

각각 신을 상징하며 신화 속에서도 몇 번씩 이름을 떨쳤던 에픽 아티팩트들.

또한, 신명(神名)을 품고 있기 때문에 아티팩트를 가진 순간, 자연스레 신의 힘도 지닐 수 있게 되었다.

당연히 그 두 가지는 보고 내에서도 손꼽히는 보물이었다.

"푸핫! 마음이 벌써부터 저기로 가 있나 보구나. 알았다. 그렇게 소원이라고 하니 들어줘야겠지."

짝!

헤르메스는 경쾌하게 웃으면서 박수를 쳤다.

그러자.

그그긍—

철문이 요란한 소리를 내면서 좌우로 열리기 시작했다. 대지가 들썩이고, 천장이 울렸다.

그리고.

칠흑 같던 어둠으로, 황금색 빛이 찬란하게 쏟아졌다.

〈다음 권에 계속〉